미영과 양자의 은하 행정 서비스 센터

곽재식 연작소설

아작

차례

인간적으로 따져보기

1

양식이 미영에게 말했다.

"어쩌자고 마금희랑 싸우는 일을 한다고 했어요? 잘못돼서 밑천까지 다 말아먹으면 어쩌려고요?"

거기에 미영이 대답하는 목소리는 노여움으로 젖어들고 있었다.

"무슨 우리가 마금희랑 싸워? 내가 지금 마금희랑 글러브 끼고 링에서 붙나? 그런 거 아니잖아요. 우리가 마금희랑 싸우는 게 아니라, 마금희랑 싸우는 사람이 고용한 변호사가 우리한테 맡긴 일, 그것만 하는 거라니까."

"하여튼 우리가 마금희 상대편에 가 붙는 거 아니에요? 마금희만큼 소송에서 피해야 할 사람이 또 어딨다고, 하필 마금희랑 싸우는 편에 들어가는 거냐 이거죠. 이거, 지금이라도 안 한다고 무르죠?"

"무르는 건 안 돼. 벌써 돈을 썼거든."

양식은 미영의 말에 놀랐다.

"어디에요?"

"뭐, 이것저것."

"이것저것, 뭐 어떤 거요?"

"김양식 이사는 무슨 이사가 사장이 돈 어디에 썼는지를 그렇게 따져?"

"그런 거 따지는 게 이사잖아요."

"내 성과급으로 지급해서, 내가 필요한 데 썼어."

양식은 미영이 말끝을 얼버무리는 것을 놓치지 않았다. 양식은 다른 곳을 보며 고민하는 척하다가 몰래 미영이 보고 있던 기계 화면을 봤다. 화면에 미영의 성과급으로 돈이 지급되었다는 기록이 보였다.

"아니 돈 받아서 대뜸 자기 성과급부터 주면 어떡해요? 이거 도덕적 해이 아니냐고요."

"김 이사, 말이 좀 심하네. 내가 김 이사 월급 떼먹고 내 월급만 챙겼나, 그게 아니잖아요."

"그 월급 준다고, 허구한 날 뭐가 펑펑 터지고, 퍽퍽 부서지고 그런 데만 돌아다녔는데, 너무하잖아요. 맨날 미친놈들 도망 다니는 거 쫓아다니고. 아니면 미친놈들한테 쫓겨 다니고. 쌍으로 한 놈은 도망 다니고 한 놈은 쫓아오든지 그런 데로 다니면서 고생고생해서 번 돈이잖아요. 돈 좀 아껴 쓰고 대신에 좀 멀쩡한 일 하면 안 돼요? 마금희 같은 변호사랑 싸우는 거는 진짜 우리가 사업을 시작한 목적하고는 너무 상관없잖아요."

두 사람의 말다툼이 격해져가자, 비서가 끼어들었다.

"저, 그게 사장님이 본인 월급 못 챙겨 가신 지가 사실 꽤 됐거든요. 그래서 이번에 성과급이랑 월급 받아 가신 게, 규정상으로 하실 만한 일을 하신 것이긴 한데…."

비서와 경리부장은 미영과 양식을 지켜보지 않는 척하면서 한 마디 한 마디를 귀담아듣고 있었다. 그러나 비서가 끼어들어 하던 말을 마치기 전에 뒤에서, 경리부장이 비서를 부르는 척하면서 말을 못 하게 했다.

"어, 이거 뭐야? 잠깐만."

그러고는 비서를 자기 쪽으로 오게 했다. 경리부장이 비서에게 귀엣말로 말했다.

"저 양반들 '사업 시작한 목적' 어쩌고 하는 소리 할 때는 안 끼는 게 상책이야. 어차피 백 마디 천 마디 해봐야 아무 부질 없는 소리거든."

비서는 말없이 미영과 양식을 쳐다보았다. 두 사람은 서로 싸우는지, 서로 신세 한탄 경쟁을 하는지 알 수 없는 태도로 계속 떠들어대고 있었다.

비서는 한참 그 모습을 감상하다가 경리부장에게 물었다.

"그런데 마금희가 왜 그렇게 무섭다는 거예요?"

그렇게 해서, 경리부장은 비서에게 마금희에 관한 이야기를 들려주게 되었다.

경리부장은 이렇게 이야기를 시작했다.

"역사란 원래 선한 사람들에 의해 발전하는 것이지만, 가끔 역사가 악인들에 의해 발전할 때도 있다고 하는 말이 있거든."

비서는 무슨 소리를 하는 건지 알 수가 없다는 표정을 지었다. 경리부장은 곧 마금희에 대한 이야기를 이어나갔다.

2

솜브레로 은하 최악의 변호사로 널리 알려진, 마금희의 악명이 시작된 것은 소위 말하는 '청우 사냥 사건' 때부터였다. 청우는 솜브레로 은하계에서 발견된 생물로, 색깔이 푸른색이라는 것을 제외하면 지구의 소와 아주 비슷한 동물이었다. 다만 지구의 보통 소보다는 훨씬 더 크고, 힘도 세다는 차이점이 있었다.

청우가 널리 알려진 것도 바로 그렇게 지구의 소와 너무나 비슷하다는 점 때문이었다. 학자들은 청우의 특징에 대해서 연구하면서 이런 주장을 했다.

"이렇게 지구 생물과 비슷한 동물이 먼 행성에 있는 것을 보면, 이것은 바로 먼 옛날 지구 생명체의 조상이 온 우주를 싸돌아다니면서, 지구에도, 이 행성에도 같은 생명체의 자손을 퍼뜨린 것 아니겠는가?"

또 어떤 사람들은 이렇게 말하기도 했다.

"그게 아니라, 조건이 비슷한 행성에서 생명체가 탄생하면, 시간이 흐름에 따라서 결국 비슷한 생물이 나타나게 된다는 진화 형태 단일설이라는 극히 매력적인 생각의 증명이다."

결국에는, 다음과 같은 말로 자연히 이어지게 되었다.

"지구의 소와 이 외계행성의 청우가 겉모습이 비슷한 것과 내부 구조, 습성이 비슷한 것은 사실이지만, 정말로 생명체의 계통에서도 비슷한 점이 있는지, 더욱 섬세하게 따져보자.

예를 들어서, 청우의 혈액형도 소의 혈액형과 비슷하게 나타나는 것인지, 세포의 구조가 비슷한지, 유전자는 지구의 생명체처럼 DNA라는 물질의 형태로 기록되어 있는지, DNA를 사용하고 있다면 염기 종류는 지구처럼 네 가지인지, 혹시 아닌지, 유전 물질이 복제되고 자라나는 방식이 지구의 생명체와 같은지 어떤지를 살펴보면 어떤가."

여기에 궁금증을 품었던 사람들은 은하수에만 해도 수백 명이 넘었지만, 우리가 주목할 만한 사람은 화성에 있는 학교에 다니던 한 대학원생이었다.

이 대학원생은 자기의 선배 대학원생에게 이렇게 말했다.

"이거 논문 학기 내에 쓰려면, 지금 제가 청우가 있는 행성에 가서 실제로 청우를 잡아다가 좀 조사를 해봐야겠습니다."

앞으로의 이야기가 펼쳐질 만한 공교로운 우연으로, 그 선배 대학원생은 다음과 같이 대답했다.

"어쩌냐. 우리가 정부 과제하면서 따낸 연구비로 연구해야 하는데, 지금 출장비가 다 떨어졌어. 그런데 '계정 과목 변경 신청 마감 기한 연장 처리 신고 기입 체계 접속 권한 발급 요청 절차 결재 의견 수렴서' 작성이 바로 어제 금지되는 바람에 출장비를 더 쓸 수가 없네. 어쩔 수 없다. 출장비는 더 못 쓰지만 조사연구비는 더 쓸 수가 있으니까 그걸로 어떻게 좀 해보자."

그렇게 해서, 이 대학원생은 직접 청우를 연구하러 찾아가는 것이 아니라, 다른 사람에게 청우를 한 마리만 잡아달라고 의뢰할 수밖에 없게 되었다.

그리고 이 대학원생은 연구비 규정을 위반하지 않고, 규정대로 연구비를 사용해서 청우를 구하기 위해 한 변호사에게 이 업무를 부탁했다. 연구비를 쓸 수 있는 항목 중에 남아 있는 것이 '법률 전문가 서비스 비용'이라는 것밖에 없어서 무슨 일이든 변호사를 통해서 일을 하는 수밖에 없었던 것이다. 그렇게 해서 일을 맡게된 변호사가 마금희였다.

마금희는 연구비 규정을 세밀하게 살펴보더니, 새로운 제안을 했다.

"문제없겠네요. 제가 청우는 잡아다드릴 테니까, 조금만 더 비용에 얹어주세요."

대학원생은 이 제안에 응했고, 이에 따라 마금희는 전자그물을 들고 사냥용 비행엔진을 타고 다니며 청우를 잡았다.

이렇게 해서 마금희가 잡아서 화성까지 끌고 온 이 동물을 헤집어보았더니 과연 지구의 동물과 분자 구조도 비슷하더라, 그게 아니면 DNA를 쓰기는 쓰는데 염기의 종류는 다섯 개더라 비슷한 결론이 났다거나, 그 덕분에 "고등한 물질 생명체가 존재하는 방식은 우주 전체에서 DNA 분자를 정보 전달 매체로 사용하는 방법이 유일하게 수억 년 이상의 안정성을 갖는 방법이며, 외부 조건을 막론하고 다른 물질은 이런 역할을 할 수가 없다"는 기가 막힌 결론이 나왔다거나 했을 수도 있었을 것이다.

하지만 이런 연구 결론은 마금희와는 아무 상관이 없었다.

마금희의 악명은, 이렇게 마금희가 잡아 온 청우를 화성에 도착해서 꺼내놓고 보니, 문득 이 청우가 말을 하더라는 것에서 시작되었다.

3

마금희가 잡아 온 청우는 우주선에 태워 운반해 오는 동안, 우주선의 대원들에게 말을 배웠다. 청우는 소가 우는 소리와 비슷한 소리를 낼 뿐이었기 때문에, 유창하게 발음을 하는 것은 아니었다. "우우우우우"나 "유우우우우"나 "무우무우" 같은 소리를 내는데 그걸 묘하게 조절해서 꼭 사람 말소리와 비슷한 소리를 내는 것이었다.

이것을 신기하게 여긴 한 사육 담당자가 청우에게 먹일 먹이를 고르면서 물었다.

"여물을 푹 끓인 게 좋아, 좀 덜 끓인 게 좋아?"

그렇게 청우의 취향을 물어보다가, 청우가 단지 말하는 소리를 엇비슷하게 흉내 낼 뿐만 아니라 말을 알아듣고 분명히 의사를 표현한다는 사실을 알게 되었다.

그뿐만 아니었다. 청우를 조금 훈련시켜서 키보드 자판 역할을 하는 발판을 발굽으로 눌러 의사소통을 하게 시키자, 청우는 상당한 시행착오 끝에 사람들과 꽤 풍부한 의사소통을 할 수 있게 되었다. 청우를 사람과 비교한다면 아주 똑똑한 사람이라고 할 수는 없었다. 그렇지만 그래도 청우가 가진 지능의 법적인 위치를 평가할 화성의 검사와 판사들 중에도 청우보다 덜떨어진 사람들이 얼마든지 있는 수준이었다.

특히, 청우가 말이라는 것을 모르면서 살아온 동물이다가, 잠깐 사이에 세상에 말이라는 것이 있다는 사실을 알고 말을 깨우쳤다는 사실을 고려한다면, 청우는 놀라운 동물이었다. 그렇게 말을 배운 지 얼마 지나지 않았으면서도 그렇게나 많은 대화를 할 수 있다는 점도 대단해 보였다.

청우가 똑똑해지는 데는 한계가 있었고, 인간이 말을 가르치기 전에는 서로 대화를 할 줄도 모르는 동물이기는 했다. 그렇지만 인간이 길들여서 말을 가르치면 청우가 서로 농담 따먹기를 할 수 있는 친구가 되는 것도 사실이었다.

문제는 마금희에게는 어쨌거나 청우가 동물일 뿐이었다는 점이었다. 연구용으로 청우를 사냥하는 것에는 아무런 제약이 없었다. 마금희는 청우를 사냥하는 데에 재미를 느꼈고,

청우에 대해 연구하고 싶은 사람들도 세계 곳곳에 널려 있었다. 마금희는 청우를 붙잡아서 은하수와 안드로메다 은하계 곳곳으로 보내며 돈을 벌었다.

그러나 소와 닮은 친근하고 순한 모습에다, "가두지 말라" "죽이지 말라"고 애원하는 의사를 표현할 줄 아는 이 동물은 수많은 인간의 행성에서 동정심을 끌어냈다.

"어떻게 지각이 있고, 마음이 있는 동물을 함부로 붙잡고, 죽일 수 있는가?"

그렇지만 마금희는 반박했다.

"이 동물은 원래 상태로는 그야말로 소같이 사는 동물일 뿐입니다. 인간이 억지로 개입해서 뭔가를 가르쳤기 때문에 그제야 지능과 비슷한 역할을 하는 어떤 습성이 괴상하게 발달한 것뿐입니다. 내가 이 동물을 처음 잡을 때, 그 순간에는 이 동물은 그저 소 같은 동물일 뿐이었습니다."

마금희에게 소송을 건 청우 보호 협회 회장이라는 사람도 따질 논리는 있었다.

"그렇다면 사람도 어린 아기들은 말 못하고 지각없기는 마찬가지입니다. 다른 인간이 가르쳤기 때문에, 말도 하고, 따지기도 하고, 소송도 거는 것입니다."

그러자, 마금희는 다시 반대 예시로 하백민주왕국의 늑대 떼들에 관해 이야기했다.

"인위적으로 조작해서 사람 비슷하게 된다고 해서 바로 사람 취급을 하면 안 되는 겁니다.

하백민주왕국이 있는 행성의 늑대 떼들은 늑대와 같은 동물이지만, 얼마 전에 애완동물로 이 늑대를 기르던 사람들이 지능 강화 약품을 살포하는 바람에 무척 많은 숫자가 사람과 똑같이 말을 하고 사회를 이룰 수 있게 되었다고 합니다. 그렇다고 해서, 이 동물도 사람과 같이 지능이 있고 지각이 있는 동물이라고 해야 합니까? 만약 그렇다고 한다면, 지능 강화 약품으로 사람만큼 똑똑해질 수 있는 동물은 한두 종류가 아닙니다."

청우 사냥 자체가 인기 있는 오락거리가 되면서, 마금희의 주장은 지지를 얻기 시작했다. 그런 만큼 마금희에 반발한 사람들도 생겼는데, 그중에는 오히려 반대 방향으로 내달려서, 다음과 같이 주장하는 사람들도 있었다.

"그렇기 때문에 인간은 어떤 동물도 함부로 대해서는 안 됩니다. 고기는 단백질 제조 기계에서 만들어낸 인공 고기만 먹어야 하고, 가축을 잡아먹어서는 안 됩니다."

그렇지만 이런 의견을 사람들은 싫어했다. 심지어 마금희에게 가장 열심히 반대하는 청우 보호 협회 회장도 인공 단백질만 먹어야 한다는 의견은 싫어했다.

"인공 단백질만 먹자는 주장을 하면, 사람들은 우리가 전부 다 인공 단백질 제조 회사의 하수인이라고들 생각할 거라고. 인공 단백질을 대량 생산할 수 있는 회사가 몇 없잖아. 그러니까 그 회사들이 자기 회사 제품 팔려고 '동물은 죽이면 안 된다' 그렇게 선전하는 거라고 그냥 생각할 거라니까. 괜히 우리도 그런 식으로 주장하다가 인공 단백질 제조 회사랑 한패로 묶이면 안 돼. 그러면 우리가 무슨 소리를 하든지 간에 인공 단백질 팔아서 돈 챙기려는 수작으로만 볼 거라고."

마금희는 소송에서 이겼다. 그리고 마금희는 자기를 따라 몰려든 청우 사냥꾼들을 이끌어 그다음 주장을 펼쳤다. 여기에 마금희의 천재적인 발상이 있었다.

"우리는 청우 사냥에 생계를 걸고 있습니다. 만약에 정말로 청우라는 동물을 그렇게 사랑해서 우리가 사냥을 못 하게 만들고 싶으시면, 우리에게 생계를 이어 갈 보상금을 주시면, 협상하도록 하겠습니다."

마금희는 이번에는 다른 선을 대어, 오히려 사냥당하는 청우가 얼마나 불쌍한지를 다시 선전하기 시작했다. 한편으로는 자신을 고용한 것으로 되어 있는 청우 사냥꾼들도, 오갈데 없이 은하계를 떠돌다가 마침 솜브레로 은하계의 동물이 많은 어느 행성으로 와서 굉장히 힘들게 살아가고 있다는 점과, 그 사람들도 마지못해 괴로워하며 청우를 사냥하며 살 뿐이라는 이야기를 내어놓게 했다.

마금희는 청우 보호 협회 회장을 완전히 이겼고, 마금희와 청우 사냥꾼들은 우주 각국의 정부가 걷어다주는 보상금을 챙겼다. 특히 재산이 어마어마한 안드로메다 은하계의 부자들 사이에는 청우 같은 동물을 위해 얼마나 많은 돈을 쓸 수 있는지 서로 과시하는 묘한 유행이 생기기도 해서, 마금희에게 들어오는 돈은 더욱더 많아졌다.

청우 보호 협회 회장은 마금희가 돈을 챙기고 손을 뗀 뒤에야 부랴부랴 사람들을 움직여, '지적 생명체 보호법'이 생기게 할 수 있었다.

"일정 정도 이상의 지능을 가지는 것으로 관찰되는 외계 생물에게는 위해를 끼쳐서는 안 된다."

여기까지 이야기를 듣던 비서가 경리부장에게 물었다.

"그렇게 외계 동물을 보호하는 법이 쉽게 생길 거면, 왜 마금희가 청우를 잡으러 한창 다닐 때 진작에 그 법을 만들어서 금지하지 못한 거예요?"

"그 법이 생긴 거 자체가 마금희가 바라서 생겼다는 말이 있거든."

"왜요? 마금희가 사냥 금지하는 법을 왜 바라는데요?"

"자기랑 똑같은 수법 쓰는 사람이 생기는 걸 싫어한 거지. 그런 사람들이 많이 생겨서 이게 상습적인 범죄처럼 보이게 되고, 상투적인 빤한 사기 수법 비슷하게 보이게 되면 어떡할 거야. 그러면 결국 자기도 사기범처럼 보일 거거든. 그걸 막으려고, 자기 수법 쓰는 다른 사람은 안 생기게 잽싸게 막으려고 한 거야."

경리부장의 대답을 듣고도 비서는 이해하기 어렵다는 표정을 지었다. 비서는 다시 물었다.

"그래서 마금희는 이제 그런 일에는 손을 씻은 거예요?"

경리부장은 아니라고 했다. 그리고 그다음으로 마금희가 한 일들을 이야기해주었다.

마금희는 지적 생명체 보호법의 빈틈을 파기 시작했다.

지적 생명체 보호법에서 '지능'은 인간의 지능을 검사하는 고전적인 방법에 따라 정해져 있었다. 말을 배울 수 있는 능력, 숫자를 헤아릴 수 있는 능력, 다른 동물들과 어울리거나 세상을 관찰하고 분석할 수 있는 능력. 이런 것들을 어느 선까지 갖출 수 있는지 따져서, 일정한 기준이 넘으면 그 생물이 '지능'이 있다고 보았다.

그런데 마금희는 '노앵설'이라는 동물이 발견되어 있다는 사실을 찾아냈다. 노앵설은 솜브레로 은하계의 외곽에 있는, 높은 산이 많은 행성에서 사는 동물이었다. 노앵설은 새가 우는 휘파람 소리 같은 소리를 내는 동물이지만 겉모습은 커다란 꽃과 비슷했다. 노앵설은 꽃봉오리에서 떨어진 꽃이 바람에 날리는 것과 같은 모습으로 수천 미터 높이로 빽빽이 뻗어 있는 행성의 산봉우리 사이를 날아다녔다.

노앵설은 그때까지의 법에 따르면 지능이 없어 보였다. 숫자를 헤아리지 못하는 것이 분명했고, 세상을 분석해서 볼 수 있는 능력도 전혀 없어 보였다.

그렇지만 노앵설은 자기가 느끼는 기분과 감정을 표현하는 것이 매우 다채로웠다. 노앵설을 붙잡기 위해 사냥꾼들이 달아나면, 노앵설은 두려움을 표현하는 소리를 냈는데, 그 소리는 지구인이 만든 어느 구슬픈 노래 못지않게 애절한 곡조였다. 곡조는 자유롭게 끊임없이 이어져서 매우 긴긴 시간 노래를 들을 수 있었다. 전자 그물로 노앵설을 덮치기 위해 근처까지 다가온 사냥꾼이 겁에 질려 노래하는 노앵설의 소리를 듣자, 넋을 잃고 그 슬픈 곡조를 듣게 되고 나중에는, "내가 지금 여기에서 뭘 하고 있는 거야."라면서, 그저 같이 울게만 된다는 이야기도 많았다.

외부에 대한 분석 능력이 그렇게 부족한 동물이 어떻게 외부로 감정을 표출하는 능력만 발달했는지는 알기 어려운 일이었다. 높은 산이 많고 대기의 밀도가 높은 이 행성의 환경 때문에 메아리가 기묘하게 치는 경우가 많은데, 그 메아리 때문에 이 동물이 이렇게 다채로운 소리를 내는 능력을 갖추게 되었다는 말도 있었다.

그렇지만 마금희에게 그럼 문제는 중요하지 않았다. 마금희는 다시 노앵설 사냥꾼 협회를 조직해서, 노앵설을 사냥하고 다녔다. 그러나 그 아름답고 슬픈 노래를 듣는 사람들은, 누구든지 이런 동물들을 잡아서 가두어놓고 구경하거나, 죽여서 조사해보거나, 구워 먹는 일은 너무 가혹한 일이라고 생각하기 마련이었다.

청우 보호 협회의 회장은 '청우 노앵설 보호 협회'로 이름을 바꾸고 마금희에게 다시 소송을 걸었다. 그렇지만 이번에도 마금희는 잘 준비해놓은 대로 반박했다.

"자기가 느낀 감상을 복잡하게 표출할 줄 아는 생물은 많습니다. 안드로메다 은하계 개척 초기에 악명 높았던 다리가 열여덟 개 달린 잔인한 해충 중에 '향랑'이란 생물을 잘 아실 것입니다. 향랑은 개척자들이 공격했을 때 죽으면서 그 징그러운 발을 떨어댔습니다. 그런데 사람이 보기에는 그게 그냥 보기에 소름 끼치는 많은 다리가 꼼지락거리는 모양일 뿐이지만, 이 해충에게는 그 모습이 죽기 전에 마지막으로 자기가 느낀 것을 표현하는 방식이었습니다.

노앵설이 내는 소리가 사람이 느끼기에 우연히 슬픈 노래처럼 들린다고 해서, 노앵설이 그 해충보다 더 우월해서 다른 취급을 해야 한다는 것은 공정하지도 않고 옳지도 않습니다. 그렇다고 해서 갑자기 노앵설 사냥을 금지하면, 불쌍한 우리 사냥꾼들은 하루아침에 뭘 먹고 삽니까?"

청우 노앵설 보호 협회 회장은 마금희를 이길 수가 없었다. 마금희는 다시 소송에서 이겼다. 보호 협회 회장은 마금희와 사냥 협회 사람들이 이 슬픈 노래를 부르는 생물을 풀어주라고 부탁하기 위해서, 다시 많은 돈을 마금희에게 쥐여줘야 했다.

'지적 생명체 보호법'은 시행령과 시행규칙들이 전면적으로 재검토, 재정비되었다. 나름대로 정밀하게 정해져 있었다고 생각했던 '지능이 있는 생물'의 기준은 좀 더 복합적으로 바뀌었다. 지능의 여러 요건을 복합적으로 갖고 있지 않더라도, 충분한 감성, 충분한 계산 능력, 충분한 소통 능력, 뭐든지 한 가지만 어느 선 이상으로 갖고 있더라도 지능을 가진 것으로 널리 인정해주자는 식으로 법이 바뀌게 되었다.

하지만 마금희는 거기에서도 멈추지 않았다. 마금희는 솜브레로 은하계 중심부 지역에 있는 한 행성에서 '소백충'이라는 생물이 있다는 사실을 알아냈다. 축축하고 잡다한 식물계 생물들이 가득한 이 행성에 어마어마한 숫자가 살고 있는 소백충의 모습은 어떻게 보면 뱀 같기도 하고, 어떻게 보면 커다란 애벌레 같기도 했다.

소백충은 암만 봐도 지구의 지렁이만도 못한 지능을 갖춘 동물 같았다. 처음에는 마금희가 소백충을 죽이거나 사냥해 봐야 아무런 문제가 안 될 것처럼 보였다. 그런데 얼핏 보기에 그저 역겹게만 생긴 이 동물 십억 마리에 한 마리 정도는 놀랍게도 아주 뛰어난 지능을 지닌 경우가 있었다. 이 '똑똑한' 소백충들의 지능은 사람과 비슷한 수준이라서, 어렵지 않게 사람의 말을 배워서 소백충 쪽에서 먼저 사람에게 말을 걸어올 정도였다.

"저한테는 굉장히 좋은 날씨인데, 아무래도 인간이시라면 오늘 같은 날씨면 너무 덥죠?"

인간에게 듣는다면 지겹다는 느낌이 들 만큼 자연스러운 인사말을 소백충이 건넸을 때, 또다시 많은 학자가 얼마나 놀랐을까.

"저렇게 뛰어난 지능을 가진 개체가 나타난다면, 저 생물은 지적 생명체로 보고 죽이면 불법으로 해야 합니다."

이번에는 마금희에게 뒤처지기 싫어서 재빨리 '청우 노앵설 소백충 보호 협회'를 결성한 회장이 그렇게 주장하며 마금희에게 소송을 걸었다. 그렇지만 이번에 마금희에게는 또 다른 묘수가 있었다. 마금희는 소백충에게 말을 해보라고 시켰는데,

소백충은 유창한 사람의 말로 이런 이야기를 했던 것이다.

"제발, 저 다른 소백충들 좀 없애주십시오. 너무 위험해서 살 수가 없습니다. 동족끼리도 서로 멋대로 공격하는 아주아주 멍청한 동물들이기 때문에 제 주변에는 저 소백충이 없는 게 저한테는 오히려 안전합니다. 게다가 제가 보고 있으면, 이 생각 없는 놈들이 얼마나 역겨운 짓거리들을 하면서 꿈틀거리고 다니는지, 보고 있기만 해도 마음이 다칠 정도로 충격적인 장면들이 저것들 사이에 얼마나 많은지 모르겠습니다. 제발 저 소백충들 좀 없애주십시오.

제가 소백충이라는 소백충은 깡그리 다 잡아 죽여서 멸종을 시켜야 된다는 이야기를 하는 것도 아닙니다. 그저 제가 좀 안전하고 평화롭게 살 수 있도록, 제가 사는 근처에 있는 소백충들만 박멸을 시켜달라는 겁니다."

소백충 스스로가 다른 소백충들을 죽여달라고 하는 데야, 회장은 더 말을 하기가 곤란해졌다.

마금희는 법 적용이 우물쭈물한 틈을 타서, 소백충을 마음껏 사냥하고 다녔다. 수백만, 수천만 마리의 소백충을 죽이는 중에, 소위 말하는 저 '똑똑한 소백충'들도 몇 마리는 섞여서 죽었다는 이야기도 있기는 했지만, 알 수는 없었다.

협회 회장을 돕는답시고, 어떤 사람들은 다음과 같이 주장하기도 했다.

"저렇게 지능이 크게 차이가 난다면, 보통 소백충과 일억 마리 중에 한 마리만 생기는 똑똑한 소백충은 서로 다른 동물로 구분해야 하는 것 아닙니까?"

그렇지만 모든 소백충들은 그 신체 구조와 물질 구조가 동일했다. 다만 그 신체의 작용으로 형성된 정신적인 내용만이 서로 달랐을 뿐이었다. 소백충의 뇌의 논리 구조에 일종의 '지능의 관문'에 해당하는 게 있어서, 그 벽을 넘어서기만 하면 거침없이 뛰어난 지능으로 소백충의 뇌가 뒤덮이지만, 그 벽을 넘어설 수 있는 확률은 아주 낮은 형태였다.

"같은 소백충이지만, 극소수의 똑똑한 소백충과 수백억 마리의 멍청한 소백충이 우글거리는 이런 형태는 이 좁은 행성에 이렇게 많은 동물이 공존하면서 살기 위해 자연스럽게 진화한 섭리인 것이다. 이것이 인구밀도가 높은 지역에서 자연스러운 생명의 형태이다."

해바라기 은하계에 있는 행성의 독재 정부를 옹호하는 얼간이 학자들은 그따위 소리를 하기도 했지만, 어쨌거나 이번에도 소백충을 무참히 죽여대는 마금희가 이겼고, 이것을 안타깝게 여기는 사람들이 지는 형편이었다.

법이 바뀌기 전에 마금희는 다시 한 번 돈을 챙겼다. 새로 바뀐 법령에는 "지적 생명체을 한 종류와 다른 종류로 구분하는 데는 그 생명체의 물질 구조뿐만 아니라, 정보 구조도 같이 평가해야 한다."라는 말이 들어갔다.

이 법령이 나왔을 때, 마금희는 다음과 같이 주장하며 다시 소송을 걸었다.

"그렇다면, 사람도 몸은 같은 사람이라도, 똑똑하고 공부 많이 한 사람은 더 우월한 사람이고, 못 배운 사람은 그 사람보다는 한 단계 떨어지는 하등한 짐승이란 말인가? 그런 식으로 구분하는 것이 옳단 말인가?"

"그게 그런 뜻은 아니고요….."

마금희의 주장을 부드럽게 막아내면서 구구하게 설명을 하느라, 연합 정부와 협회 회장은 다시 다양한 명목으로 돈을 써서 불만을 무마해야 했다.

일이 이렇게 되고 나서도 마금희는 비슷한 일을 계속 벌였다. 이제 마금희가 찔러대는 문제에 사람들은 점점 지겨워지기 시작했기 때문에, 마금희는 예전처럼 큰돈을 벌 수는 없었다.

아무리 어떤 불쌍한 동물들이 은하계 저편에서 죽어간다 한들, 결국 애절하게 느껴지지 않는 날이 오기 마련이라고 마금희 자신도 이야기했다. 그렇지만 마금희는 계속 비슷한 방식으로 이상한 동물을 찾아내서, 사냥한다면서 사람들을 혼란스럽게 하고, 소송으로 싸웠다.

협회 사람들 중에는 이런 말을 하는 사람도 있었다.

"이제 마금희는 돈을 바라고 이런 짓을 하는 게 아니다. 마금희에게 돈은 썩어나도록 있다. 마금희는 이런 문제를 일으키는 일 자체에 재미를 느끼고, 법의 허점을 찾아내서 지능이 있는 동물들을 합법적으로 죽이는 데 보람을 느끼는 악마다."

악명에 걸맞게도 마금희가 다음으로 찾아낸 동물은 솜브레로 은하계의 PO426 성단 외곽 행성에 사는 '차귀'라는 동물이었다. 차귀는 비늘이 달린 도마뱀이나 옛날 전설에 나오는 용처럼 생긴 동물인데, 지능은 지구의 도마뱀과 별다를 바 없어 보였다.

하지만 차귀 한 마리는 그렇게 도마뱀과 별다를 바 없지만, 여러 마리의 차귀들은 서로 머리의 뿔을 대고 모여들어서 연결하려는 습성이 있었다. 그렇게 모여서 연결된 차귀들은 보통 네다섯 마리 정도였지만, 가끔 백 마리, 천 마리의 차귀가 연결될 때도 있었다. 그렇게 많은 차귀들이 모인 덩어리는 성능 떨어지는 뇌들이 서로 연결되면서 꽤 훌륭한 성능을 지닌 하나의 뇌 역할을 하는 경우가 있었다. 그렇게 여러 마리의 차귀들이 서로 얽힌 덩어리들은 인간처럼 말을 하기도 했다. 때에 따라서는 인간이 보기에 득도한 사람처럼 대단해 보일 만큼 굉장히 똑똑해지는 경우도 있었다.

그렇지만 차귀는 그렇게 모여서 아주 똑똑해진 상태로 있다가도, 또 시간이 흐르면 다시 하나하나 분해되어서, 한 조각한 조각이 도마뱀 한 마리 정도와 다를 바 없는 형태로 바뀌었다. 그리고 마금희는 분리된 상태의 차귀들만을 사냥했다.

한참 삶의 번민과 인생의 보람에 대해서 진지한 이야기를 늘어놓던 차귀가 어느새 서로 풀려서 분해되고 나면, 가차 없이 마금희의 손에 들어가서 조그마한 우리 속에 갇혀 짐짝처럼 내던져지는 신세가 될 수 있었던 것이다.

가니메데에 사는 사람들 중에는 뭉쳐서 똑똑해진 차귀를 굳이 찾아와서, "차귀님, 인생에 대해 가르쳐주십시오." 하고 스승으로 모시는 사람들도 있었는데, 마금희는 그 스승이 여러 동물로 분리되자마자, "이제는 지능이 없는 상태니까, 합법입니다."라면서, 다시 합쳐서 스승의 역할을 하기 전에 분리된 한 마리 한 마리를 바로 사냥해버렸다.

이제 '청우 노앵설 소백충 차귀 보호 협회' 회장이 된 회장도 잘 뭉쳐 있는 차귀들을 스승으로 모시면서, "도대체 이 귀신같이 따라다니는 마금희를 어떻게 해야 할까요?"라고 물으며 인생의 나아갈 길을 상담하는 사람이었다. 그런데 마금희는 그 스승이 분해되면 바로 장어구이처럼 요리해서 먹겠다고 덤벼들고 있었던 것이다.

회장은 우선 스승을 보호하기 위해, 회장 자기가 먼저 스승을 생포했다고 선언하고 자기 애완동물로 등록해서 마금희가 공격하지 못하도록 했다. 그렇지만 이런 우스꽝스러운 방법을 스승님들 스스로도 싫어했고, 어떤 스승님들 중에는, "내가 너의 애완동물이 되어서 살아남을 바에야, 차라리 아무것도 모르고 분해되었을 때, 조각조각 자연의 섭리대로 사냥당해서 죽는 것이 영예로우니라."라면서, 그것을 거부하는 경우도 있었다.

어쩔 수 없이 이번에도 회장은 마금희와 협상을 할 수밖에 없었다.

지적 생명체 보호법은 다시 바뀌었다. 이제는 단순하게 동물의 지능을 따지는 것이 아니라, 동물의 여러 양상과 동물 무리의 형태를 복합적으로 판단하고 연구 보고서를 만들어서 최대한 객관적이고 합리적으로 지적 생명체 여부를 분석 연구한 결과로 따지는 것으로 법이 바뀌었다.

마금희는 바로 이렇게 법이 바뀔 것을 예상하고 있었다. 마금희는 이미 동물의 지능을 복합적으로 평가할 수 있는 학자들을 고용한 평가 회사, 연구 회사들을 여럿 세워서 그 회사 활동으로 돈을 벌 수 있도록 준비해둔 상태였다.

우주 곳곳의 온갖 사소하고 귀중한 생물들에 대해, '복합 지능 평가 분석'을 하는 작업들이 은하계 곳곳의 정부 주도 사업으로 벌어졌고, 돈을 받아서 그 별별 복잡한 평가를 할 수 있는 회사 중에는 마금희 소유의 회사들이 그렇게 많았다는 이야기였다.

4

이야기를 다 들은 비서가 경리부장에게 다시 물었다.

"마금희가 어떤 사람인지는 대충은 알겠는데요. 그러면 이번에 사장님이 받아 오신 일은 뭔데요?"

그 말에 경리부장 대신에 미영이 대답하겠다고 나섰다. 경리부장이 이야기하는 동안 결국 이번 일도 맡기로 결정한(다른 무슨 수가 또 있었겠는가) 미영과 양식은, 이미 서로 싸우며 하던 이야기를 마치고 비서와 함께 경리부장이 하는 이야기를 듣고 있었던 것이다.

미영이 투철한 사명감마저 느껴지는 어조로 들려준, 마금희와 겨루는 소송은 다음과 같다.

이후 마금희가 또다시 찾아낸 동물이 마지막으로 한 가지가 더 있었으니, 바로 '제성대곡'이라는 것이었다. 솜브레로 은하계에 따뜻하고 살기 좋은 행성이 있는데, 스포츠 경기장으로 가득 찬 행성으로 개발하려고 사람들이 모여들었다가 그 행성에 제성대곡이라는 이름이 붙은 동물들이 살고 있다는 것을 알게 되었다.

제성대곡이라는 동물의 모습은 털이 복슬복슬하고 동글동글하고 오동통한 오뚝이와 비슷한 모습이었다. 그 털이라는 것이 지구의 털짐승 털 같다기보다는 꼭 아크릴 같은 플라스틱 재질처럼 보이고 색깔도 개체마다 갖가지로 다양하다는 것이 특징이었다. 이 동물은 여럿이 무리 지어서 쾌활한 소리를 내며 돌아다녔는데, 인간들과 접촉한 후에는 무슨 이유인지 조선 시대에 유행했던 갓을 머리에 해당하는 곳에 쓰기 좋아하는 습성이 생기기도 했다.

갓을 쓰고 다니면서 평화롭게 통통거리며 다니는 이 동물들을 좋아하는 사람들이 매우 많이 생겨났다. 이 동물의 모습을 관찰하는 카메라의 영상을 구경하는 사람들은 우주 곳곳에 널려 있었고, 이 동물 모양의 인형이나, 이 동물을 주인공으로 하는 영화 같은 것들이 달 기지에서 크게 유행하기도 했다. 심지어 이 행성을 갈아엎어서 야구장과 축구장을 지으려던 업자들조차 "이 행성은 제성대곡이 자유롭게 살게 해주는 것이 더 좋겠다!" 하며 일제히 다 철수해버리기도 했다.

그쯤 되었을 때, 마금희는 이 행성에 나타나서 제성대곡들을 사로잡아서 애완동물로 화성에 팔아넘기는 사업을 시작하겠다고 나섰다. 이번에는 벼르고 있던 '청우 노앵설 소백충 차귀 제성대곡 보호 협회' 회장이 그 어느 때보다도 날렵하게 소송을 걸었다.

"복합 지능 분석을 해보면, 제성대곡은 지적 생명체임이 분명합니다."

그렇지만 복합 지능 분석을 할 줄 아는 회사들을 틀어쥐고 있는 사람이 마금희였고, 마금희가 월급을 주는 학자들이 복합 지능 분석의 권위자들이었다. 굳이 마금희가 이 학자들에게 거짓말을 하라고 압력을 넣지 않더라도, 마금희 쪽이 복합 지능 분석에 대해서는 훨씬 더 잘 알아서 허점과 주의사항을 알아낸 상태였다.

마금희는 제성대곡에게 지능이 없지 않나 싶게 만드는 의심스러운 점들을 면밀히 밝혀서 제시했다. 타이탄에서 온 중립평가단이 보기에도 마금희의 의심은 그럴듯하게 들리는 것들이 많았다. 얼핏 보기에도 제성대곡들의 모습은 지능이 충분히 높다고 해야 하는지, 아닌지 애매한 부분들이 있었다.

어떨 때 보면 물개 정도는 되는 것처럼 행동하기도 하고, 어떤 무리를 보면 양 떼들과 비슷한 행동 정도가 제성대곡의 본성처럼 보이기도 했다. 풀을 뜯어 먹다가 배가 불러서 잘 때는 토끼 정도의 지능을 가진 것처럼 보이기도 했는데, 또 멋진 갓을 머리에 쓰고 좋아서 방방 뛰는 모습을 보면 꼭 어린애가 즐거워하는 모습 같기도 해서, 도저히 제대로 판단하기 어려웠다.

이쯤 되자, 안드로메다의 부자들을 중심으로 '화이트 리스트 원칙'을 제안하는 사람들이 급격히 늘어나기 시작했다.

"어떤 동물을 평가해서 죽여야 된다 말아야 된다 하는 것 자체가 위험하고 무서운 일이다. 소, 돼지, 닭, 칠면조, 오리처럼 오랫동안 가축으로 키워온 몇 가지 동물들을 제외하고는, 어느 행성의 무슨 생물이건 긴급한 상황 외에는 절대 괴롭혀서는 안 된다는 법을 만들자."

그렇지만 마금희는 오히려 이런 사람들이 늘어나는 것을 악용해서 역공격하기도 했다.

"동물을 보호해야 한다면, 수천 년, 수만 년 동안 우리 곁에서 우리가 잘 사는 데 도움을 준 지구의 가축들을 가장 먼저 보호해야 합니다. 인류 문명의 시작 때부터 우리 인간이 살아가는 데 목숨을 바쳐왔던 동물들은 계속해서 끝도 없이 도살해서 불고기 거리로 만들면서, 아무 인연도 없는 이 먼 행성의 플라스틱 토끼 떼만도 못한 동물들은 절대 건드리면 안 된다는 것은 말도 안 됩니다."

제성대곡을 지적 생명체로 보느냐, 마느냐 하는 싸움은 법정마다 봄볕에 꽃피듯이 많아졌다. 마침내 은하 인권 위원회의 공동 학자단에서는 제성대곡들 중에서 가장 지능이 발달한 것 한 마리를 골라서 지구로 데려와서 지능 평가 시험을 치르게 하고, 그 결과에 따라 지능이 있는지 없는지 평가하자는 결론을 내렸다.

청우 노앵설 소백충 차귀 제성대곡 보호 협회 사람들은 이 지능 평가 시험을 마지막 결전으로 여기고 온 힘을 다했다. 협회 사람들은 행성에 퍼져 있는 제성대곡들 중에서 가장 똑똑한 제성대곡을 찾아내기 위해 갖가지 방법을 동원해서 나섰고, 제성대곡들이 조금이라도 더 똑똑해지도록 자연적인 관찰의 기준이 허용하는 범위 내에서 여러 가지 방법으로 제성대곡들을 가르치고 도와주려고 했다.

마침내 알록달록한 갓끈이 달린 갓을 유난히 좋아하는 한 제성대곡이 모든 제성대곡의 대표로 선정되었다. 이 제성대곡은 마금희와 협회 회장이 공동으로 제공하는 우주선을 타고 지구로 가서 지능 평가 시험을 치를 예정이었다.

행성에 살고 있는 제성대곡들의 지능으로 어느 수준까지 이해하고 있는지 정확히 알 수는 없었지만, 제성대곡들은 지금 자기 행성을 떠나 지구로 가는 자기들의 동료 한 명이 굉장히 중요한 일을 하고, 그 동료가 이루어낸 결과에 따라 행성 전체에 있는 자기들의 운명이 결정된다는 사실을 어렴풋하게는 알고 있는 것처럼 보였다.

제성대곡들은 지구로 떠날 수험생 제성대곡에게 모여와, 수험생 제성대곡이 먹고 힘을 내라고 뜯어 먹을 좋은 풀을 나눠주기도 하고, 자기가 아끼던 갓을 주면서 쓰고 가라고 주기도 했다. 서로 등을 비비는 제성대곡 특유의 격려해주는 동작을 하는 무리들도 있었다. 말을 할 줄 모르는 동물들이었지만, 협회 사람들이 보기에는 그 많은 동물이 모두 모여들어서 이런 말을 해주는 것 같았다.

"너무 걱정하지 말고, 평소 하던 실력대로만 하고 와. 그럼 될 거야. 우리는 너 믿어."

수험생 제성대곡을 태운 우주선은 행성을 떠나 지구로 향했고, 단숨에 하늘 저편으로 떠올라서 멀리멀리 날아가는 그 우주선의 궤적을 많은 제성대곡들이 모두 함께 한참 쳐다보았다.

지구에 도착한 수험생 제성대곡은 지구궤도에 있는 우주 정거장으로 갔다. 그곳에서 수험생 제성대곡은 수많은 학자들이 협의해서 만들어놓은 지적 생명체 심사 시험을 치렀다.

지적 생명체 심사 시험의 내용은 특이하면서도 지구인이 보기에는 어마어마하게 쉬운 것들이었다. 비유하자면 사과 하나를 먹고 사과 하나를 또 먹으면 사과를 몇 개 먹었다고 해야 하는가? 같은 문제들이 전부였다. 그렇지만 모든 제성대곡들의 대표인 가장 똑똑한 제성대곡에게, 그 문제들은 하나같이 고민스럽고 골치 아픈 것들이었다.

고민하면서 힘을 다해 열심히 문제를 푸는 제성대곡을 보면서, 이야기 꾸미기 좋아하는 사람들은 이런 이야기도 했다.

"저 정도로 지능이 낮은 생물이 저 정도로 집중력을 오래 유지한다는 것 자체가 굉장한 일인데, 저 생물은 고향 행성에서 자기를 간절한 마음으로 응원하고 있는 모든 동족 생물들의 염원을 생각하고 있기 때문에 온 힘을 다해서 저 정도 집중력을 내고 있는 것이다."

정말 어땠는지는 아무도 모를 일이다.

8시간 정도 동안 이어진 제성대곡을 대상으로 한 지능 평가 시험이 끝이 났을 때, 제성대곡은 너무나 집중한 나머지 머리에 쓰고 있던 갓이 30도 이상 기울어져 비뚤어지게 쓰고 있는 것도 모를 지경이었다. 갓을 쓰는 것을 아주 좋아하는 제성대곡들에게는 놀랍도록 보기 드문 일이었다.

그리고 그 간곡히 기력을 쏟아 넣은 긴긴 시간이 무정하게도, 인간들의 채점 컴퓨터는 바로 결과를 알려주었다.

먼저 전해진 소식은 합격점 80점에, 수험생 제성대곡은 79점을 얻어 1점 차이로 지적 생명체로 인정을 받지 못하게 되었다는 것이었다. 수험생 제성대곡은 우는 소리를 내며 슬퍼하기 시작했고, 이 소식은 수험생 제성대곡의 고향에도 전해졌다. 수험생 제성대곡을 응원하고 마음 졸이며 결과를 기다리던 다른 모든 제성대곡들도 그 사실을 알게 되었다. 알게 되었다고 하기에는, 그냥 그 막연한 느낌만을 전해 받은 것이라고 할 수 있었다. 그렇지만 그것만으로도 누가 먼저 울기 시작했는지 모르겠는데, 하나둘 울기 시작하자, 여러 색깔, 크고 작고, 늙고 어린 모든 제성대곡들이 다 같이 슬프게 울어서, 온 행성의 제성대곡들이 다 같이 펑펑 울게 되었다.

그런데 그다음으로 다시 소식이 전해졌다. 합격점은 80점이 아니라 70점이고, 수험생 제성대곡의 점수는 79점이기 때문에 9점이나 점수가 높아서 지적 생명체로 인정을 받게 되었다는 것이었다.

이 차이는 수없이 많은 단체와 이익집단의 지적에 따라 너무나 자주 바뀌던, 평가 기준의 혼란 때문에 발생한 일이었다. 마금희 쪽에서는 80점을 합격점으로 보는 해석이 맞다고 주장했고, 협회 쪽에서는 70점을 합격점으로 보는 해석이 맞다고 주장했다.

그렇게 해서, 마금희는 다시 한 번 소송 싸움을 하게 되었다.

"그 협회 회장이 우리한테, 우주 곳곳을 다니면서, 법정에서 쓰도록 여러 가지 동물들의 다른 사례들 몇 가지를 확인해서 증거를 모아달라는 부탁을 한 거거든요. 이걸 어떻게 거절할 수가 있겠어요."

미영이 말했다. 그리고 미영은 양식과 함께 다른 사람들과 함께 일하러 출발할 우주선을 타려고 나섰다.

양식은 걸어가면서 말했다.

"거절했어야지요. 어떻게 거절하느냐면, '죄송합니다. 이건 좀 어렵겠네요.' 이렇게 거절했어야지요. 마금희랑 잘못 엮이면 우리도 다 털린다니까요."

"아니, 이 정도면 괜찮은 일이잖아. 무슨 큰 불법도 아니고, 보람도 있고, 돈도 되고."

미영과 양식은 우주선 자리에 앉으면서 다시 다투는 말투가 되어가고 있었다.

"괜찮은 일이면 우리한테 들어왔겠냐고요. 다들 마금희랑은 안 싸우려고 하니까, 여기 부탁해도 안 되고, 저기 부탁해도 안 되고 하다 보니까, 우리한테까지 일 들어온 거 아니에요?"

"왜 그렇게 자기 직장에 자신감이 없어? 아니면 자기 실력에 자신감이 없는 거야? 처음에 사업 시작하면서 거창하게 사업의 목적이 뭐다 어쩐다 이야기할 때는 진짜 태양도 어둡고 은하계도 좁다던 기세더니."

"제 말이 그 말이에요. 우리가 사업 시작한 목적이 엄연히 있는데, 그거 생각하니까 그런 거죠. 내 삶이 어둡고, 앞길이 막막하다는 생각이 들잖아요."

그렇게 다시 들으나 마나 한 말다툼을 하는 사장과 이사를 경리부장과 비서는 다시 감상하기 시작했다. 미영과 양식의 대화는 점차로 끊임없이 멍청한 소리로 흘러갔다. 경리부장과 비서 둘 중에 누가 말했는지 모르겠는데, 이렇게 속삭였다.

"저 두 사람에게 지적 생명체 심사 시험을 한번 받게 해서, 어떤 결과가 나오는지 봐야겠어."

네 사람을 태운 우주선은 곧 G581E 행성을 벗어나, 멀리 날아올랐다.

— 2013년, 광명에서

잠자는 숲속의 미녀와

미남들의 행성

1

비서는 불이 꺼진 우주선 꼭대기 층에 앉아 창밖을 올려다 보았다. 천장 벽면에는 밤하늘 같은 바깥 풍경이 보였다. 검은 우주의 빈 공간과 갖가지 색깔의 많은 별들이 있었다. 그렇지만 그 별들의 배치와 기이한 빛깔은 고향 행성의 밤하늘과는 전혀 다른 모습이었다. 비서는 이렇게 밤처럼 어두운 자리에 앉아서 아무 소리도 들리지 않는 조용한 바깥 우주를 보고 있는 것이 우주여행의 운치라고 생각했다. 음악을 틀 것도 없이 그저 고요한 가운데 가끔 우주선에서 나는 작은 소음들을 듣는 것이 더 좋았다.

컴퓨터가 목표물에 대한 내용을 분석해서 차근차근 알려주는 소리가 들렸다. 비서는 별들을 보며 고향 생각을 하고 있었기 때문에, 그 소리에 크게 신경을 쓰고 있지는 않았다.

"잡아야 할 목표는 소형 로봇으로, 별명은 '강아지 로봇'입니다. 우주 비행도 가능한 형태이므로, 우리가 다가가다가 들키면 강아지 로봇이 도주할 위험을 고려해야 합니다. 강아지 로봇은 은하계 간 이동은 불가능하지만 장거리 이동 기능도 갖추고 있습니다."

마지막에 장거리 이동 기능도 있다는 이야기는 그래도 귀에 들어왔다. 비서는 그건 꽤 걱정거리라는 생각이 들었다. 그렇지만 멀리 보이는 성단의 빛이 유난히 신비롭게 아름다워서 그 걱정은 곧 잊었다.

그러나 안타깝게도 비서의 평화로운 여유를 괴롭히는 다른 소음이 곧 들려왔다. 이 소리는 신경을 쓸 수밖에 없었다.

"이번에는 우리가 사업 시작한 목적에 들어맞는 거라고 하셨잖아요? 그래서 아무것도 없이 죽어라 멀기만 한 여기까지 왔는데, 이런 데서 로봇 사냥해다가 주는 게 일이라고요? 이거는 우리가 사업을 시작한 목적에 맞는 일이 아니잖아요."

김양식 이사의 목소리였다. 틈도 두지 않고 바로 이미영 사장의 답이 이어졌다.

"좀 멀기는 하지만, 또 뭐 그렇게 죽어라 멀어. 진흥 은하계면, 사람이 안 가본 데도 아니고, 이 정도면 좀 멀긴 해도 못 갈 데는 아니지."

"10년 동안 여기 아무도 안 왔을 겁니다. 이 행성에만 아무도 안 온 게 아니라, 이 은하계 자체에 아무도 안 왔을걸요."

"그리고 김 이사, 이만하면 사업 목적하고 아주 안 맞는 일도 아니지."

"이번 건은 그냥 좋은 우주선 가진 사람 아무나 붙잡아서 잡일 시킨 거나 마찬가지잖아요."

"그렇지는 않지. 어지간한 실력으로는 로봇 추적 코드만 갖고 혼자서 움직이는 로봇을 잡는 거는 꿈도 못 꿀걸. 우리 쯤 되니까, 우리 실력을 알아보고 이런 일을 맡긴 거지. 그러 니까 수고비도 많이 쳐준 거고."

"수고비 많이 준다고 아무 일이나 막 받아 오면 어떡합니 까. 사장님, 또 수고비 액수만 듣고 그냥 '어휴, 감사합니다. 예, 저희만 믿으십시오.' 바로 그러신 거 아니에요?"

양식이 한 말은 미영이 실제로 의뢰를 받으면서 한 말과 두 글자 빼고 동일했다. 미영은 양식의 정확한 지적에 당황했 으나, 그래도 그 의지에는 흔들림이 없었다.

"그러면 회사에 돈이 없는데 어떻게 해. 이만한 일거리 잡 히면 뭐든 해야지. 그리고 아무 일이나 막 받아 오다니. 우리 사업 목적하고 상관이 있으니까 받아 온 거잖아."

"사업 목적이 뭔데요. 진짜, 이번에는 말 나온 김에 한번 차근차근 따져봅시다."

"보자고, 보자고. 그러면 우리 처음 시작할 때 썼던 사업 계획서를 한번 같이 또박또박 읽어보자고."

미영은 손에 들고 있던 단말기로 사업 계획서 내용을 화면 에 띄우려고 했다.

"우리 사업 목적은…."

미영이 사업 목적을 큰 소리로 소리 내어 읽으려고 하는데, 비서의 목소리가 들렸다.

"컴퓨터에 목적지 행성이 이제 근접했다고 뜨는데요?"

두 사람이 의미 없이 말다툼하는 것이 듣기 싫어서 비서는 일부러 큰 목소리로 말했다. 과연 두 사람은 말을 멈추고 일단 우주선을 행성으로 돌입시키는 데 집중하려고 했다.

"일단 일거리가 급하니까, 우선 강아지 로봇부터 잡고 보자고."

"어휴, 이거 여기까지 와서 일을 안 할 수도 없고."

우주선은 행성으로 돌입하기 시작했다.

2

행성은 검은 구름이 잔뜩 끼어 있는 곳이었다. 사람이 살기에 아주 나쁜 곳은 아니었다. 산소가 아주 적고 독성 물질이 대기에 많아서 숨을 쉬면 곧 죽을 만한 곳이었기 때문에 사람이 맨몸으로 오래 살 수는 없었다. 그렇지만 중력이 지구의 절반이 넘었고, 기압은 5, 6미터 물속에 있는 정도라 버틸 만했다. 온도는 섭씨 40도 정도이니 한증막 수준밖에 안 되었다. 세균이나 바이러스는 없었으므로, 뒷산에 소풍 가는 복장으로 나간다고 해도, 숨만 참고 있으면 죽을 염려는 없었다. 덥고 끈끈하고 답답하기야 하겠지만.

무엇보다도 물이 아주 많았다. 점점이 섬 같은 것이 보이기도 했지만, 대부분이 바다로 되어 있는 행성이었다. 이만한 곳이 만약 우리 은하 안에 있는 행성이었다면 벌써 사람으로 뒤덮인 도시가 되었든지, 특수하게 개조된 동식물들을 키우는 농장으로라도 변했을 것이 뻔했다. 그러나 이 행성에는 네 다리와 마치 귀처럼 생긴 장치를 달고 이곳저곳 빠르게 돌아다니는 강아지 로봇 외에는 아무것도 없어 보였다.

"여기 원래 주인이 누구라고 했죠?"

"김 이사, 김 이사는 내가 말을 하면 좀 귀담아들어요. 여기 진홍 은하계가 원래 여기 온 사람 이름을 따서 그렇게 별명으로 부른다고 했잖아요. 은둔 갑부 진홍이라는 사람이 여기뿐만 아니고, 이 은하계 전체 땅을 다 샀다고 했잖아요."

양식과 미영의 대화 분위기가 좋지 않아졌다. 비서가 대신 말을 했다.

"은하계 부동산을 통째로 그렇게 살 수가 있어요?"

경리부장이 대답했다.

"요즘에는 법이 바뀌어서 그렇게 안 되는데, 옛날에는 됐죠. 혹시라도 생물이 사는 행성이 있으면 그 근처는 소유권이 인정 안 되기는 하지만, 이렇게 생물이 안 사는 빈 행성은 무더기로 다 살 수 있었어요."

"그런데 이상하네. 이 정도면 좋은 행성으로 보이는데, 왜 그 긴 세월 동안 개발을 안 했을까요. 빈 땅을 그렇게 은하계 하나를 통째로 사났으면 땅값 올라가도록 빨리 개발해야 하는 거 아닐까요?"

"어쨌거나 이제는 법도 바뀌고 소유 기한도 끝이 나서, 지금은 소유권이 인정이 안 되죠. 그래서 여기에 있는 로봇이나 시설도 이제 다른 사람이 가져가도 도둑질하는 게 아니에요. 그래서 우리 고객이 된 그 토성 갑부도 여기서 로봇 한 대 집어 오라고 우리한테 부탁한 거고."

"여기 로봇이 무슨 엄청나게 좋은 거고 그래요?"

양식이 대신 끼어들어 대답했다.

"좋고 자시고 그런 것도 없어요. 몇십 년 전에 나온 완전 구식 로봇이에요. 인공지능도 정말 초보적이고. 그 로봇 컴퓨터는 말도 할 줄 모를걸요? 여기 주인인 은둔 갑부라는 그 사람이 괴상한 사람으로 예전부터 유명했거든요. 수집가들이 그 괴상한 은둔 갑부가 설정해서 배치한 로봇이라고 하니까, 괜히 관심 두고 가지려고 하는 거지. 좀 특이하긴 할지 모르죠. 인공지능은 떨어지는데 이상하게 이동 성능은 좋다, 뭐 그런 이야기는 있으니까. 그런데 그런 게 무슨 쓸모가 있는지."

"투덜투덜하지 마시고. 저기 보이네. 붙잡아서 직접 보고 이야기하자고."

미영이 화면을 보고 말했다. 과연 이 행성의 바다 위를 재빠르게 날아다니고 있는 강아지 로봇이 나타났다.

로봇은 짧아 보이는 다리가 넷 달렸고, 검은색 감지 장비가 달린 머리처럼 보이는 것이 몸통에 솟아 있었다. 귀처럼 보이는 장치가 거기에 둘 달려 있었는데, 수면 위로 날아오를 때는

네 다리와 귀를 모두 쭉 펴 들었다. 작고 가벼워 보였지만, 우주 비행을 위한 장치들이 달려 있어서 그래도 로봇 하나 크기가 사람 두세 명 정도는 되어 보였다. 로봇은 재빨리 움직이면서 물 위에 뭘 담갔다가 물속에 들어갔다가, 다시 물 밖으로 나왔다가, 물 안으로 반짝거리는 광선을 쏘았다가 했다.

양식과 미영은 상대방을 비난하며 입으로는 다투면서도 손으로는 잘 맞는 장단으로 같이 우주선을 조종했다. 미영의 우주선은 부드럽게 로봇의 뒤를 쫓았다. 곧 로봇 한 대를 안전하게 붙잡을 수 있는 거리로 다가갈 수 있었다.

그러나 아쉽게도 로봇은 다가온 우주선을 알아채자 바로 도망쳤다. 로봇은 연약해 보이고, 인공지능도 뒤떨어지는 것이 분명했다. 그렇지만 이동과 우주 비행 성능은 아주 좋아서 간단하게 멀리 날아가버렸다.

"어디까지 도망치는 거야?"

미영이 그 말을 끝마칠 즈음 되었을 때, 로봇은 이미 이 행성을 멀리멀리 빠져나갔다. 잠시 후 로봇은 초고속 이동으로 벌써 몇 광년 떨어진 거리로 가버렸다.

미영과 양식은 동시에 말했다.

"엄청나게 빠르네."

미영은 칫, 하고 한 번 소리를 내더니 다시 말했다.

"추적 코드가 있으니까, 바로 다시 찾아봅시다. 어디로 도망갔는지 바로 나오겠지."

"말씀하시기도 전에 벌써 찾고 있습니다."

양식이 대답했다.

미영과 양식은 곧 로봇의 추적 코드를 발견했다. 근처에 있는 다른 행성에 로봇이 있다는 신호였다.

"그런데 좀 이상하네요. 아까 우리가 놓친 그 로봇은 아니고. 그 로봇과 같은 기종으로 똑같이 생긴 다른 로봇인데요."

"뭐, 아무려면 어때. 하여튼 한 마리만 잡아가면 되잖아."

두 사람은 옆 행성으로 이동했다. 그 행성도 비슷해 보였다. 따끈따끈하고, 물이 많고, 지구랑 비슷하지만 사람이 맨몸으로 살 곳은 못 되고, 그런데 개발은 하나도 안 되어 있고. 그런 행성 위를 강아지 로봇 혼자서 부지런히 날아다니며 움직이고 있었다. 안타깝게도 로봇이 너무 빨리 움직여서 미영과 양식이 쉽게 로봇을 잡을 수 없다는 것조차도 비슷했다.

미영과 양식은 또 로봇을 놓쳤다. 두 번째 로봇도 재빨리 멀리멀리 도망쳤다. 두 사람은 다시 다른 로봇을 찾아내서, 또 잡으려고 갔고, 이번에도 좀 떨어진 곳에 있는 비슷한 다른 행성에 갔지만 또 놓쳐버리고 말았다. 그런 식으로 온종일 두 사람은 여덟 번 로봇을 붙잡으려다가 실패했다. 그중에는 두 사람이 다른 로봇을 쫓아 떠나가자 다시 원래 있던 행성으로 되돌아가는 것들도 있었다.

"저게 뭐야? 왜 저렇게 빨리 잘 움직여?"

"애초에 뭘 하는 로봇인지도 모르겠어요."

"일단 도대체 저 로봇이 이 은하계에 몇 대나 있는지부터 한번 살펴보자고."

미영의 말에 양식은 한참 계산을 했다. 양식이 계산한 것에 따르면, 이 은하계에 그날 본, 돌아다니다가 도망치는 로봇은 6백 대에서 1천 대 정도가 있는 것처럼 보였다. 그 로봇들은 행성 하나를 정해서 각각 돌아다니며 부지런히 움직이고 있었고, 뭔가 일을 마치면 다른 행성으로 재빨리 이동했다. 누군가가 쫓아오거나, 행성에서 화산이 폭발하는 등의 위험이 발생하면 또 황급히 도망치기도 했다.

　"도대체 아무도 없는 행성에 저런 게 왜 득실득실한 거지?"

　"이 은하계에 별이 몇 개인데, 6백 대면 득실득실은 아니죠."

　"그냥 재미로 만들어서 뿌렸다고 보기에는 많아 보인다는 말이지. 저것들 습성을 알아야 우리가 저 로봇을 붙잡을 거잖아. 뭘 하는 로봇인지 한번 알아보자고요."

　"조림 사업용 로봇 아닐까요?"

　"테라포밍 로봇이라고? 말은 되네. 사람이 살 만한 행성만 돌아다니고 있으니까. 생물이 살 수 있을 만한 행성만 돌아다니면서 산소 만들어내는 미생물이나 해초 같은 거 뿌리고 다니는 로봇일 수 있겠네. 그런 미생물 뿌려놓으면 산소가 점점 나와서 행성들이 점점 더 사람이 살기 좋은 환경으로 바뀔 거고. 그러면 은하계를 통째로 산 부동산 투자에 걸맞은 개발이지."

　"몇백 년, 몇천 년, 몇만 년 걸릴 수도 있는 일인데, 그런 걸 하는 데 저렇게 로봇에만 맡겨놓았을까요?"

　"은하계를 통째로 산 다음에 거기로 혼자 떠나서 숨어버린 부자가 하는 짓이잖아. 뭔들 우리가 이해할 수 있겠어."

미영의 말을 듣고, 양식은 로봇이 있었던 행성들만을 다시 찾아다녀보았다. 일단 그 행성의 뜨끈한 바닷물을 떠서 조사해보았다.

"미생물을 뿌린 흔적은 없는데요. 로봇의 목적이 행성들을 생명체가 살기 좋은 곳으로 바꾸는 건 아닌 거 같네요."

"그럼 도대체 애네들은 뭐하러 저렇게 부지런히 돌아다니는 거야? 그냥 그런 살 만한 행성이 있는지 없는지 조사만 하고 다니는 거야?"

"개발은 안 하고 땅을 보러 다니기만 한다고요?"

"왜 그런 사람들 있잖아. 돈은 없으면서 땅만 사면 돈 벌 텐데… 하는 생각만 앞서서, 이 동네 저 동네, 이 땅 저 땅, 땅만 보러 다니는 사람들. 그 부자도 막상 은하계 하나를 사놓고 나서는 그랬던 거 아닐까?"

미영과 양식은 막막했다. 그사이에도 로봇들은 이 행성에서 저 행성으로 돌아다니고 있었다.

비서와 경리부장이 하룻낮, 하룻밤을 쉬고 자면서 즐기고 놀 동안, 미영과 양식은 둘이 붙어서 정신없이 로봇 붙잡는 방법만 연구했다. 그렇지만 쉽게 결과는 나오지 않았다. 그러나 둘은 지치지도 않는지, 별별 이상한 방법으로 로봇들을 쫓아다니며 붙잡으려 했다. 결과는 다 실패였지만.

비서가 경리부장이 알려준 방법대로 음료를 마시며 별을 보는 운치를 즐기고 있을 때, 미영이 지르는 소리가 멀리서 들려왔다.

"그래, 그래, 중심으로 쳐들어가 보자. 이 자식들, 내가 꼭 잡는다. 꼭 잡아."

미영과 양식은 가장 가까이 접근했던 로봇 석 대를 분석한 자료를 보고 있었다. 두 사람은 로봇들의 중심 기지라고 할 만한 곳을 찾아냈고, 그곳으로 가보기로 했다.

3

은하계의 중심에 가까운 곳에 로봇들이 집처럼 이용하고 있는 기지가 있었다. 미영이 중얼거렸다.

"개집이네."

그 기지는 금속으로 만든 우주 정거장이었다. 보급 로봇과 마이크로 로봇들이 관리를 잘 하고 있어서 아무도 살지 않은 지 벌써 몇십 년이 지났지만 깨끗하게 관리되고 있었다.

미영과 양식이 기지에 접근하니, 로봇들은 모두 재빨리 도망쳤다. 그리고 우주 정거장의 보안 체계가 자동으로 작동되면서, 최소한의 에너지 보급과 구조 요청을 할 수 있는 설비를 제외하고 다른 조사는 할 수 없도록 방어 장치가 켜졌다.

"여기는 도대체 뭐하는 데야?"

"저기 저거 수영장 아니에요? 여기 사람 사는 데였던 거 같은데."

기지에 도착한 직후 비서가 말했다. 그리고 양식과 미영이 부지런히 돌아본 결과 그 말이 맞았다.

그곳은 바로 옛날 진홍이라는 그 은둔 갑부가 살던 곳이었다. 아무도 찾아오지 않을 법한 멀고 먼 은하계를 찾아서 은하계를 통째로 사들이고, 은퇴한 후에 바깥세상과 인연을 끊고 혼자 숨어 살던 바로 그곳이었다.

"고운 재단이라…, 고운 재단 사람들이 남겨놓은 흔적이 좀 있네."

그곳에는 은둔 갑부가 이곳으로 떠나기 전에 설립해둔 고운 재단이라는 곳에서 찾아와 설치해둔 간단한 기념비나 비석 같은 것들이 몇 개 있었다. 아마도 은둔 갑부가 세상을 떠났다는 소식을 듣고 찾아온 사람들이 장례를 치른 뒤에 남겨둔 물건인 것처럼 보였다.

"여기에 있는 것들을 보면, 대충 이 양반이 뭐하던 사람인지는 알겠지."

미영은 뒤적거리며 살펴본 것들에 대해 양식에게 이야기해주었다.

미영이 알아본 바에 따르면, 이 은둔 갑부는 굉장히 어마어마한 돈을 벌어들이고, 평생 사랑했던 사람과 결혼도 하고 애들도 다 잘 키운, 행복하게 사는 사람의 모범과 같이 살았던 여자라고 했다. 특히 BFB라는 우주용 식품 회사에 돈을 투자했던 것이 성공해서 막대한 재산을 얻었고, 그 덕분에 이 은둔 갑부는 살아생전 하고 싶은 온갖 도전을 하고, 돕고 싶은 온갖 사람들을 돕는 것을 모두 다 시도해볼 수 있었다.

온갖 일들에서 다 성공을 경험해본 이 은둔 갑부는 말년에 드디어 죽지 않고 사는 법에 관심을 갖게 되었다고 한다.

"세상에 온갖 일들에 다 성공하고 나니까, 그런 만큼 살면서 누린 행복이 다 날아가고, 죽는 게 너무 아쉽고 두려워서 그런 거 아닐까요?"

미영의 이야기를 듣다가 비서가 말했다. 은둔 갑부가 실제로 무슨 생각을 품었는지는 알 길이 없다. 그렇지만 은둔 갑부는 세포 재생술에 돈을 투자해서 성공했다. 세포 재생술은 세포를 새로 만들어주는 미생물을 몸에 주입해서 몸을 늙지 않은 새 세포로 바꾸어주는 기술이었다.

몸이 늙어서 뇌가 점점 쇠약해져갈 때, 적절하게 세포 재생술을 이용하면, 노쇠한 뇌세포의 일부가 아주 조금씩 젊은 새 세포로 바뀌게 된다고 한다. 그렇게 되면, 갑자기 크게 바뀌는 느낌이나 인격에 갑자기 충격이 오는 느낌 없이 결국은 깨끗한 젊은 뇌를 다시 갖게 된다는 것이다. 상처를 입고 잘려나간 살점에 서서히 새 살점이 돋아나 아물듯이, 몸이 스스로 자라나는 기능과 치유되는 기능이 부드럽게 조절되어, 낡고 망가져가던 몸이 점차 새것으로 바뀐다고 했다.

그렇지만 이 은둔 갑부는 이 세포 재생술에 만족하지 못한 것 같았다. 몸이 늙어 죽는 것을 막아냈다고 해도, 갑자기 사고를 당해서 한순간에 몸이 박살 나서 죽어버리는 일은 막지 못할 것이기 때문에, 그런 사고가 일어날 가능성을 두려워한 것 같다고 양식은 생각했다. 양식의 추측이 맞는지 대답해줄 수 있는 사람은 없었지만. 어쨌든 은둔 갑부는 멈추지 않고 계속 죽지 않는 방법에 대해 고민하며 이것저것 연구에 투자하다가, 나중에는 심지어 주식회사 염라대왕에도 투자했다고 한다.

그러다가 은둔 갑부는 결국 모든 것을 포기한 것처럼, 어느 날 갑자기 외딴 은하계 하나를 사서는 그 은하계로 들어가서 숨어버렸다. 그리고 외부와 연락을 끊고 여생을 살다가 그곳에서 혼자 세상을 뜬 것이었다. 도대체 무슨 생각을 하면서, 뭘 하면서 아무도 없는 은하계 한가운데에서 혼자 긴 시간을 지냈는지. 그걸 상상할 수 있는 사람은 아무도 없을 것 같았다.

법이 바뀌면서 은둔 갑부의 소유권이 없어지기 전까지, 이곳 은하계에는 누구도 이곳에 찾아온 적이 없었고, 이곳에서 떠난 사람도 없었다고 한다.

"찾아온 적이 없는 건 맞는데, 떠난 사람이 없는 건 아닌 거 같은데요."

"누가 있어?"

양식은 이착륙 관제용 컴퓨터에서 오래전 누군가 이곳을 떠난 적이 있다는 기록 하나를 찾아냈다.

"그렇게 돈이 많은 사람이 꾸민 시스템인데, 컴퓨터는 성능이 좀 떨어지는 걸 썼더라고요. 그래서 보안도 허술하고. 덕분에 여기서 나간 게 누구인지 기록을 우리 우주선 컴퓨터로 쉽게 찾을 수가 있었습니다."

"그러면 여기서 있다가 떠났다는 그 사람을 찾아가보자고. 그래서 그 수백 대나 되는 강아지 로봇들이 다 뭔지. 어떻게 한 대만 좀 붙잡을 수 없는지, 물어보자고."

4

미영과 비서가 간 곳은 인간의 고향 은하계, 은하수에 있는 '잠자는 숲속의 미녀미남들의 행성'이라는 별명이 붙어 있는 곳이었다. 외딴 행성으로 개발 지역에서는 한참 떨어진 곳이었지만, 최근에 몇 번 재밌거리로 언급되고 있는 '들러볼 만한 곳'이었다.

"정말 여기로 그 진흥 은하계에서 떠났다는 사람이 올까요?"

"오겠지. 기록이 그렇게 남아 있었으니까."

비서가 묻자 미영이 대답했다. 두 사람은 다시 행성의 풍경으로 고개를 돌렸다.

이 행성에는 한쪽에 커다란 호수가 있고, 그 호수에 물 위를 떠다니는 지구 식물이 잘 자라나고 있었다. 그리고 식물들 사이로 사람들이 물 위에 둥둥 떠 있었다. 물에는 그런 사람들이 가득 떠 있어서, 위에서 내려다보면 물 위를 온통 덮은, 떨어진 꽃잎처럼 보였다. 사람들의 숫자는 끝없이 많았다. 사람들은 모두 눈을 가만히 감고 있었다. 자고 있는 것처럼 보였다.

호수 위의 식물들은 에너지 선으로 연결되어 있었다. 그물처럼 호수를 뒤덮은 에너지 선들이 이어진 몇몇 중요한 마디마다 하얗게 솟아오른 탑같이 생긴 물질대사 장치가 보였다. 물질대사 장치에서는 또 다른 가느다란 관과 전선들이 뻗어나가서 그 많은 사람 사이에 이리저리 연결되었다. 그리고 그 많은 관과 전선 위에는 기어 다니는 벌레처럼 생긴 작은 로봇들이 움직였다. 로봇들은 쉬지 않고 식물과 전선, 관과 물질대사 장치 사이를 오가며 일하고 있었다.

"잠자는 숲속의 미녀미남들의 행성이라더니, 정말 미남이 많네."

미영이 행성의 풍경을 보고 이야기했다. 비서는 행성을 소개하는 영상을 다시 한 번 켜보았다.

이 행성은 옛날 사람이 직접 우주 이곳저곳 다니는 데 돈이 많이 들던 시절에 개척된 행성이었다. 그 무렵에는 사람을 직접 먼 행성에 보내는 대신에, 주먹만 한 저장 캡슐 안에 사람의 세포, 수정란을 저장 보존 처리해서 보내는 방법을 사용했다. 괜찮은 행성에 수정란을 담은 캡슐이 도착했을 때, 행성을 분석해본 결과 사람이 살 수 있는 곳이면 수정란을 태아로 키우고 아기로 자라나게 해서 태어나게 하는 것이다. 그렇게 해서, 우주 곳곳에 사람의 후손을 퍼뜨린다는 방법이 꽤 유행한 시대가 있었다.

그중에서도 말기쯤 되었을 때, 우주 미인 대회에서 자꾸만 패배하는 것이 주민들 사이의 큰 문제로 제기되었던 자치구역이 있었다. 그 자치구역의 자치정부는 "우리 후손들이 반드시 온 우주의 미인 대회를 제패하게 하겠다"며 그곳 미인의 유전자만을 넣어서 조작한 수정란을 대량으로 만들어 사람이 살 수 있는 곳곳의 행성들로 보냈다. 마침 쇄골이 선명하게 드러나는 게 유행이라고 유난히 떠들던 때였는데, 이 지역 미인들은 쇄골이 잘 안 드러나는 체형이 많았기 때문에, 인위적으로 쇄골이 튀어나와 보이도록 인공 유전자를 따로 집어넣기도 했다.

당시에도 부질없는 짓이라고 욕하는 사람들이 꽤 있었지만, 마침 머나먼 행성에 수정란을 퍼뜨리는 유행에 참여하고 싶어서 안달 났던 마음도 있었던지라, 여섯 군데인가로 미인의 수정란을 담은 우주선들이 날아갔다. 그중에 두 대는 날아가다가 고장이 나서 파괴되었고, 두 대는 도착해보니까 너무 추운 행성이라 작동되지 않았다.

캡슐 한 대는 사람이 살 만한 행성에 도착했는데, 캡슐에서 사람 스무 명쯤이 깨어났을 때, 에우로파에서 보낸 사람들이 많이 타고 있는 대규모 개척단도 그곳에 도착했다. 그래서 캡슐에서 깨어난 사람들은 그냥 에우로파 사람들이랑 섞여 살게 되었다고 한다. 그 사람들과 그 후손들은 지금도 그 지역 미인 대회에서 가끔 우승한다고 하는데, 원래 캡슐을 퍼뜨렸던 자치정부 쪽에서 사람을 보내어, 미인 대회에서 우승한 사람을 방송으로 소개하면서 "자랑스러운 우리의 후손이 이먼 곳에서 인정받고 있습니다!"라고 막 자기들끼리 감동하고 그러는 일도 가끔 있다고 한다.

캡슐 중에는 이곳 잠자는 숲속의 미녀미남들의 행성에 도착한 것도 있었다. 그 캡슐은 도착 직후 행성이 너무 척박해서 수정란을 사람으로 태어나게 하는 것을 포기하기로 판단했다고 한다. 그렇지만 의외로 행성 온난화가 빨리 이루어져서 2, 3년 사이에 행성이 좀 따뜻해졌고, 공기 중의 산소도 꽤 늘어났다. 캡슐 컴퓨터는 이제 천천히 조심스럽게 작업한다면 수정란을 사람으로 태어나게 할 수도 있다는 결론을 내렸다.

그런데 아쉽게도 자치 구역 사람들은 이제 다들 우주선 경주에서 다른 행성 사람들을 이기는 데 신경 쓰고 있었고 미인대회니 세포 캡슐이니 하는 것들은 유행이 지나 잊고 있었다. 그래서 캡슐과 캡슐에서 나온 로봇들만의 판단으로 수정란들을 사람으로 태어나게 했다.

그런데 캡슐의 프로그램에 무슨 오류가 있었던 것인지, 아니면 이곳 환경이 아직 사람이 살기에는 완전하지 않았기 때문에 일부러 그렇게 한 것인지, 아니면 원래부터 그렇게 하기로 했던 것인지는 모르겠지만, 캡슐의 프로그램은 울고 보채며 뒹구는 아기들을 바로 태어나게 하지 않았다.

프로그램은 우선 최소한의 아주 작은 뇌를 가진 빈 몸만이 자라나게 했다. 그리고 그대로 몸을 성숙시켜나갔다. 몸의 아름다움이 충분히 발현될 때까지, 그 상태에서 그대로 태아처럼 계속 자라나게 만들었다. 그렇게 해서, 이곳은 뇌가 거의 없는 빈 몸들이 물을 온통 채우고 가득가득 떠다니는 곳이 되었다. 프로그램은 몸이 가장 아름답게 자라나고, 또 이 행성의 환경이 사람이 즐겁게 지내기에 가장 적합한 때가 되었을 때, 그때 뇌를 자라나게 해서 사람들을 깨울 예정이었다.

그렇게 조용하게 아무것도 방해하는 것 없이, 잔잔한 물 위에 수많은 미남 미녀들이 둥둥 떠 있고, 그 사이를 사박사박거리며 조그만 유지 보수 로봇만 움직이고 있는 것이, 이 행성의 풍경이었다. 밤이 되어 이 행성의 조그마한 달 세 개가 차례로 물 위를 지나가면, 물빛, 달빛, 별빛에 비치는 그 많은 아름다운 사람들의 모습에는 장엄한 면이 있었다. 어떤 사람들은 그렇게 물 위에 떠 있는 사람들이 1만 명 정도라고 했고, 과장하기 좋아하는 사람들은 5천만 명, 5억 명이 된다고도 했다.

우주에서 잊혀 있던 이 행성이 다시 드러난 것은 그 자치구역의 후손 하나가 은하계 간 미인 대회에서 우승한 후의 일이었다. 다소간 설명하기 민망한 스캔들이 유명해지는 바람에, 다시 자치구역 사람들은 미인 대회에 또 갑자기 후끈후끈 관심을 갖게 되었다. 그 덕에 예전에 온 우주에 미남미녀 후손들을 퍼뜨리겠다며 쏘아 보냈던 캡슐들의 행방에 대해서도 자세히 알아보고 싶어졌다.

그렇게 해서 이 행성의 실상이 알려졌다.

자치구역 사람들은 무척 기뻐했다고 한다. 다들 서로 다르게 생긴 저마다의 개성으로 아름다움을 뽐내고 있는 미남미녀가 적어도 1만 명은 준비되어 있었다. 자치구역에서는 곧 많은 기술진을 보내서, 프로그램을 고치고 다른 지원 장치도 잔뜩 집어넣어서 그 많은 사람들의 뇌를 곧장 성장하게 하고 다들 깨우려고 준비하는 것이 요즘 상황이었다.

여권을 검사하는 컴퓨터가 착륙장을 벗어나려는 미영과 비서에게 물었다.

"어떻게 오셨지요?"

"관광이요. 관광."

두 사람이 나와서 보니, 둘러볼수록 아름다운 곳이었다. 자치구역 정부는 이 많은 사람들이 다 깨어날 때까지, 이 행성을 잘 보호하고 있었다. 한편으로는 그 자랑스러운 미남미녀들을 구경하려고 오는 자치구역의 관광객들을 위해서 관광 상품이 마련되어 있기도 했다. 저소음 비행 장치로 낮게 물 위를 날아다니면서 물 위에 떠 있는 그 많은 사람을 위에서 구경하는 상품도 있었고, 다리 위를 걸어 다니면서 잠든 듯이 눈을 감고 있는, 그리고 아기 같은 표정을 짓고 있는 그 많은 아름다운 사람들을 몇 시간이고 쳐다볼 수 있는 상품도 있었다.

"진홍 은하계에서 나갔다는 개는 언제 오는 거야."

미영은 관광객들이 많이 찾는 다리 위를 걸어 다니며 찾는 사람이 나타나기를 기다렸다.

5

한편, 양식은 진홍 은하계에서 떠났다는 그 사람이 중간에 들렀다는 기록을 따라 화성으로 갔다.

양식은 화성에서 그 사람이 살던, 웬만큼 덩치 큰 사람의 욕조만 한 크기밖에 안 되는 좁디좁은 집을 찾아냈고, 그곳에서 그 사람이 지금 화성을 출발해 잠자는 숲속의 미녀미남들의 행성으로 방금 떠났다는 것을 알아냈다. 양식은 비서에게 그 사실을 알렸다.

비서는 양식에게 들은 소식을 미영에게 전했다.

"오늘 아니면 내일 도착할 거라던데요."

"그럼 어떻게 해. 그냥 죽치고 기다려야 되나?"

"사장님이랑 저랑 교대로 기다려볼까요?"

미영은 물 위에 떠 있는 여러 미녀, 미남들을 쳐다보았다. 다들 어떤 고민도 없이 잠든 아기처럼 눈을 감고 있었다.

"아니에요. 나도 여기 계속 있을래. 뭐, 여기서 죽치고 있는 것도 할 만하네."

미영은 미소를 띠고 그 자리에 퍼질러 앉았다. 비서도 그 옆에 앉았다. 두 사람의 표정은 점점 더 비슷하게 닮아갔다.

그런데 그때 두 사람의 머릿속에 이상한 소리가 들렸다.

「여기를 떠나라. 평화로운 상태를 방해하지 말고, 당장 떠나라.」

머리 안을 신비롭게 울리는 목소리였다. 떠나라'에서 '라—'를 길게 발음하는 것이 일부러 신비하게 말하려고 애쓰는 것 같았다.

「이 아이들에게 고통의 기회를 만들지 마라. 떠나라. 한번 삶을 알게 되면 그때부터는 모든 게 고민거리이고 모든 것이 고통이다. 그렇게 만들지 마라. 떠나라. 당장 떠나라.」

그 이상하지만 위엄 있는 목소리는 계속 마음속에서 피어올랐다. 꼭 마음속에 또 다른 정신이 들어와서 머릿속에서 다른 목소리로 말하는 것 같은 느낌이었다.

"이거 뭐지."

"사장님도 그 소리 들으셨어요?"

"이거, 정신 기생충이야. 어떤 놈이 이런 짓을 하는 거야?"

미영의 말을 듣고, 비서는 주변을 돌아보았다. 다들 비슷한 소리가 머릿속에서 들리는지 당황해서 떠드는 관광객들 사이에, 걱정스러운 표정의 한 사람이 보였다.

"사장님, 저기요."

비서가 가리키는 곳을 미영은 보았다. 양식이 알려준, 바로 그 진홍 은하계를 예전에 떠났다던 그 사람이었다.

6

미영은 우주선에 연락해서 바로 기생충약을 작동시켰다.

관광 당국에서 응급약과 장치들을 부실하게 갖고 있어서 좀 헤매기는 했지만, 그래도 정신 기생충의 활동을 막는 데 오래 걸리지는 않았다. 기생충약은 전자기 교란 장치를 켜서 정신 기생충의 활동을 막는 장비였는데, 켜자마자 마음속의 괴상한 목소리는 바로 없어졌다.

"찾았네. 진흥 은하계에서 오신 분 맞죠?"

미영은 비서가 가리켰던 사람을 붙잡았다. 그 사람은 순식간에 상황이 진정되자 슬금슬금 도망치려고 하고 있었다. 미영은 놓치지 않았다.

"죄송합니다. 죄송합니다."

미영이 적당히 험상궂은 표정을 짓자, 그 사람은 바로 빌면서 굽실거리기 시작했다. 자세히 보니, 이 사람은 진짜 사람은 아니었다. 대량 생산 제품으로 나온 듯한 인간 모양의 로봇이었다.

그것도 가장 어마어마한 양으로 찍혀 나왔던 AGJ-5형의 모습이었다. 이 모델은 워낙에 똑같은 것이 대량 생산으로 찍혀 나온 흔하디흔한 로봇이라서, 요즘에는 중고 시세가 싸디싸기로 유명했다.

미영에게 붙들린 이 로봇은 어디에서나 구할 수 있는 흰 셔츠와 짙은 청바지를 입고 있었다. 역시 가장 값이 싼 화성 제품이었다. 다만 꽤 특이해 보이는 커다란 가방을 하나 가지고 있었다. 우주선을 타고 멀리 여행 갈 때 종종 쓰는 끌고 다니는, 손잡이가 달린 네모 가방이었다.

"정신 기생충 풀어놓으신 분이죠? 왜 이런 짓을 하신 거예요?"

"죄송합니다. 죄송합니다."

"저한테 죄송하신 게 문제가 아니고, 함부로 이러시면 불법인 거 아시죠."

미영은 그리고 로봇을 적당히 구슬리고 적당히 협박했다. 로봇이 극히 겁먹은 것으로 보이니, 비서는 측은해 보였는지 로봇에게 말했다.

"그러지 마시고, 사장님께 한번 다 털어놓고 말씀드려보세요. 저도 예전에 엄청나게 난처한 적 있었는데 사장님이 도와주셨거든요."

상황을 통신기 중계로 듣고 있던, 경리부장이 우주선에서 혼자 중얼거렸다.

"굿 캅, 배드 캅."

결국, 로봇은 자기는 잘 설명할 자신이 없다면서 직접 알아보라고 말했다. 로봇은 가방을 열어 보여주었다. 가방에 들어있는 것은 컴퓨터였다.

"조종용 컴퓨터가 머릿속에 들어 있는 게 아니라, 가방 속에 들어 있어요? 그러니까 본체가 머리가 아니라, 손에 들고 다니는 가방이란 말이에요?"

비서는 컴퓨터를 보고 놀랐다. 유심히 살펴본 미영도 곧 놀랐다.

"이거, 진홍 은하계에서 본 강아지 로봇에 달려 있던 컴퓨터랑 같은 거네."

"그러면 이게 그 강아지 로봇 머리통이라고요?"

화성에서 통신기로 말을 듣고 있던 양식이 말했다.

"그러면 여기 있는 장치랑, 저 로봇 행적이랑 다 말이 되네. 저 로봇은 원래 강아지 로봇이었는데, 무슨 일이 생겨서 진흥 은하계에서 추방당했던 것 같네요. 추방당한 뒤에는 생계를 이어 나갈 방법이 막막하니까 어떻게 제일 흔하고 값싼 로봇을 하나 훔쳐서 거기에다 자기 머리통을 연결해서 사람 모습을 한 로봇이 된 다음에 화성에서 일용직으로 지금껏 먹고산 것 같고."

로봇이 그 말을 듣고 말했다. 감정 프로그램이 작동하는지, 울먹이고 있었다.

"훔친 거 아니고요. 쓰레기장에서 주운 거예요."

7

가방 안에는, 그러니까 로봇의 컴퓨터 안에는, 그 로봇이 진흥 은하계의 강아지 로봇이었던 시절의 기록도 상세히 보관되어 있었다.

그리고 거기에는 진흥 은하계를 통째로 사들여서, 그 은하계에 자리를 잡았던 은둔 갑부에 대한 기억도 저장되어 있었다.

은둔 갑부는 결국 여러 가지 방법으로 영원히 죽지 않고 사는 방법에 거의 가까이 다가갔던 것 같았다. 그래서 그곳에서 혼자서 기뻐했던 적도 있었다. 그렇지만 결국 마지막 바람이었던, 죽지 않고 영영 사는 기술까지 얻은 후에 은둔 갑부는 다시 결국 또 다른 생각에 빠져버렸다.

그 생각은 아무리 즐겁게 살고, 아무리 건강하고, 아무리 오래 살고, 죽지 않는다고 해도, 그래도 사는 것은 괴로운 일일 수밖에 없다는 것이었다. 인생을 사는 이상 자꾸만 걱정해야 할 일이 생기고, 몸이 아프고, 슬퍼할 일이 생길 수밖에 없다는 것이었다. 설령 그런 것들을 어떻게든 은둔 갑부 자신처럼 최대한 피한다고 해도, 결국 마지막으로 도대체 내가 왜 태어나서 뭐하려고 살고 있는지, 이게 다 무슨 짓인지에 대한 고민만은 피할 수가 없다고 생각했다.

그리하여 은둔 갑부는 가장 바람직한 것은 애초에 태어나지 않고 아무것도 없는 것이라고 생각했다. 그러면 고민도 없고 고통도 없을 것이라고 생각한 것이다.

거기까지 살펴보고 미영이 말했다.

"맞아. 나 학교 다닐 때도, 우리 반에 '차라리 태어나지 않았으면, 완전히 무니까, 아무 고통도 없고 걱정도 없고, 더 좋지 않았을까' 이런 이야기 하는 애 있었어."

그런데 은둔 갑부는 스스로 태어나지 않았으면 좋겠다고 한마디 하고 근사하게 쓸쓸한 표정을 흉내 내어 보는 데 그치지 않았다. 은둔 갑부에게는 생각을 행동으로 옮길 장비와 에너지와 돈이 있었다.

은둔 갑부는 자기 평생 가장 중요하다고 생각하게 된 일을 시작했다. 은둔 갑부는 적어도 자기 것이 된 은하계 안에서는 결코 고민을 하고 고통을 느낄 의식을 가진 생명이 생겨나게 하지 않겠다고 결심했고 그것을 실현시키려고 한 것이다. 생명체야말로 우주의 엔트로피를 더 빠른 속도로 높이는 것이라고도 은둔 갑부는 생각했다. 그렇다면 생명체가 전혀 없는 게 나쁠 것도 없다는 막연한 느낌도 들었다. 그렇게 해서 은둔 갑부가 만들어낸 것이 바로 강아지 로봇들이었다.

강아지 로봇들은 은하계 안에 온통 퍼져 행성들을 탐사하고 다녔다. 강아지 로봇은 행성에서 생겨난 물질들을 살펴서 나중에 생물이 될 가능성이 있는 복잡한 유기 분자가 생겨날 조짐이 보이면, 족족 파괴해버렸다. 생명이 탄생하고 그 후 진화하며 수십억 년이 지나서, 그 생명체가 의식을 갖게 되고, 다시 또 도대체 이게 다 뭐하는 짓인지 밤하늘 별들을 보고 고민하기 전에, 그보다 까마득히 앞서서 애초에 그 원인을 제거해버린다는 생각이었다.

그렇게 해서, 아무도 없는 텅 빈 은하계에 수없이 많은 행성을 돌며, 생명이 발생하지 않도록 DNA나 단백질 비슷한 복잡한 생명 물질이 조금이라도 생기려고 하면 파괴하고 다니느라 분주히 뛰어다니는 강아지 로봇들만 있는 세상이 되었던 것이다.

"그렇지만 세상에 생명체가 탄소로 된 것만 있을 수 있는 건 아니잖아요. 규소로 되어 있는 생명체나 황으로 되어 있는 생명체도 있잖아요?"

"그래서 자동으로 개량되는 기능이 있나봐. 강아지 로봇이 점점 활동하면서 자체적으로 약간씩 개량되고 발전하게 되어 있는데, 그래서 규소로 된 생명체가 생길 것 같으면 그걸 파괴하는 기능도 스스로 추가하고 뭐 그런 식으로 설계되어 있는 거 같아."

양식의 물음에 미영이 대답했다.

그런데 그렇게 자동으로 개량되는 기능 때문에 문제가 생겼다.

유난히 폭풍이 심하고 위험한 행성들을 헤매던 강아지 로봇 한 대가 그런 것들을 헤쳐나가느라 그 인공지능이 점점 더 개량되어버렸다. 은둔 갑부는 자연적으로 발생하는 생명체뿐만 아니라, 인공지능이 사람과 같아져서 여러 가지 고민을 하는 것도 큰 고통이라고 생각했다. 그렇기 때문에, 은둔 갑부는 진홍 은하계의 모든 컴퓨터는 사람 같은 의식에 접근하지 못하도록 성능을 제한하고 있었다.

그런데 인공지능이 개량된 강아지 로봇 중 한 대는 결국 사람과 비슷한 지능에 도달하게 되었다. 아주 뛰어난 성능은 아니었다. 아홉 살, 열 살 정도 어린아이 정도의 지능이었다. 그렇지만 그 정도면 삶에 대해 고민할 만한 지능이었고, 진홍 은하계에서는 허용되지 않는 의식이었다. 그 때문에 그 강아지 로봇은 결국 진홍 은하계를 떠나라는 명령을 받았다. 가장 어려운 지역을 가장 열심히 탐색했던 탓에, 그래서 가장 성능이 나아진 덕분에, 이 강아지 로봇은 진홍 은하계에서 추방되었다.

로봇은 추방된 이후에 살아남기 위해 곳곳을 전전했다.

온갖 잡다한 것들이 엉켜 사는 가장 혼란스러운 곳인 화성으로 흘러들어 간 후에는, 지금껏 어떻게든 살아남으려고 애써왔다. 멀리서 보면 그냥 폐품 덩어리의 산처럼 보일 뿐인 고철 도시의 한구석에서 사는 동안, 낡은 가방을 들고 다니는 이 로봇이 그 먼 은하계에서 온, 그 은하계에서는 가장 뛰어난 지성이었음을 아는 사람은 아무도 없었을 것이다.

아마 따로 유지 보수해주는 장치가 없었으니, 로봇으로서 수명이 다하면 그곳에서 그렇게 별로 아는 사람들 없는 사이에서 이 로봇은 낡아 망가졌을 것이다. 그런데 이 로봇은 어느 날 우연히 사람들의 농담거리와 조롱거리로 언급되었던 잠자는 숲속의 미녀미남들의 행성에 대한 이야기를 들었다.

"저도 왜 제가 그랬는지, 잘 설명은 못 하겠어요."

로봇의 대답은 사실이었다. 로봇은 정확히 설명은 할 수 없었지만, 막연히 겁을 먹었다고 했다. 의식이 없어서 태어나기 전이나 다름없는 상태에 있던 수십억 명의 사람들이 이제 갑자기 깨어날 것이라는 말을 듣자, 로봇은 문득 그것이 대단히 나쁜 일이라고 여기게 되었다고 했다.

미영이 말했다.

"아마 진흥 은하계에서 강아지 로봇으로 가장 유능했던 시절의 기억이 아직 한쪽에 남아 있던 영향이겠지."

로봇은 농담꾼들이 과장해서 말하던 수십억이라는 수치를

그대로 믿었다. 로봇은 어떻게든 고민하고 고통받을 수 있는 새로운 인간의 의식이 한꺼번에 수십억이 생겨나는 일은 막겠다고, 이 행성으로 왔다. 그리고 사람들을 막기 위해서 정신 기생충을 풀어놓았다고 했다.

"정신 기생충이란 것은 물질로 되어 있는 게 아니라, 전기 에너지 형태로 되어 있는 생명체잖아. 원자나 분자가 있는 생명체가 아니라 복잡한 전기 신호의 덩어리로 되어 있는 생명체고. 그래서 사람 뇌 속을 돌아다니면서 그 안에서 뇌 안의 생각 덩어리 형태로 살아가는 생명체니까. 그러니까, 생명체를 없애기 위해서 탄소 분자들을 파괴하던 진홍 은하계 강아지 로봇들 입장에서는 이런 정신 기생충이 가장 형태가 이상하고 도저히 없앨 수 없는 두려운 것이라는 느낌이 들었을 거야. 그래서 저 로봇은 정신 기생충이면 다들 질겁을 하고 무서워할 줄 알고, 그걸 어디 화성 뒷골목에서 구해서 풀어놓았나 보지."

"너무 순진하네요. 요즘 정신 기생충 무서워하는 사람이 어딨어요. 이상한 애들이 장난하려고 할 때나 사다가 쓰는 건데…."

양식이 말했다. 정신 기생충을 함부로 쓰는 것은 많은 행성에서 금지되어 있었다. 하지만 가끔 정신 기생충을 사서 자기 머릿속에 넣고 이리저리 퍼져나가게 해서, 정신 기생충이 남의 머릿속에 왔다 갔다 하는 것을 이용해서 텔레파시 흉내를 내거나, 남의 정신을 조작하는 장난을 치거나 하는 사람들은 어디에나 꼭 한두 명씩 있었다.

"이 로봇에서 복사한 자료를 들고, 다시 진홍 은하계로 가면 강아지 로봇 한 대 정도는 이제 쉽게 붙잡을 수 있을 겁니다."

양식이 자신감 있게 말했다.

미영은 그런 양식의 모습과, 울고 있는 로봇을 달래는 비서의 모습을 같이 쳐다보았다. 비서는 로봇에게 신고는 하지 않을 것이고, 인공지능 권리법이 발달해 있어서 로봇들에게도 최소한의 복지가 주어지는 행성으로 데려다주겠다고 위로하고 있었다.

"컴퓨터를 조금 부수어서 성능을 떨어뜨리면, 다시 제 고향으로 갈 수 있지 않을까요?"

울음을 멈춘 로봇이 다시 말했다. 로봇은 다시 의식이 없고 인생에 대한 걱정을 할 수 없을 정도로 성능이 떨어진 컴퓨터가 될 만큼 프로그램을 적절히 망가뜨려달라고 부탁했다. 그러면 의식을 가지고 있고 고민하고 고통받는 것들이 허용되지 않는 진홍 은하계에서 다시 다른 강아지 로봇이 되어 같이 살 수 있다고 여겼다.

그리고 로봇은 그리워하던 은둔 갑부에 대해서 더 이야기했다.

은둔 갑부의 먼 미래에 대한 꿈은, 모든 생명이 다 죽음을 맞이하여 생을 마치고 난 후에 있다고 했다.

로봇이 말했다.

"세상에 자기가 왜 태어나서 사는지 고민하고, 또 언제인가 죽을 것을 두려워하는 생명만큼 고통스러운 것이 또 없을 거라고 그분은 생각하셨어요. 그래서 그런 생명이 다시는 생겨나지 않는 것이, 고통을 시작부터 없애고 우주를 가장 좋은 곳으로 만드는 길이라고 하셨어요. 그분은 다시는 우주의 어느 곳에도 세상에 대해 고민을 하며 괴로워할 그 무엇도 생겨나지 않게 되기를 간곡히 기원했는데. 그래서 결코 마음을 가질 수 없도록 제약되어 있는 로봇들이 온 우주를 돌아다니며 생명이 생기는 것을 막아내는 세상을 생각했대요."

로봇의 말을 들어보니, 은둔 갑부는 어쩌면 그것이 결국 그렇게 될 수밖에 없는 우주 발전의 당연한 결말일 수밖에 없다고도 생각한 듯싶었다.

로봇은 아직도 아주 가까운 곳에 은둔 갑부가 있는 것처럼 말했다.

"계속 문명이 발전하고, 어느 외계인의 문화라도 계속 발전하다 보면 결국에는 그렇게 생각하고 주변 행성에서 생명체들이 더 이상 탄생하지 않도록 막게 될지도 몰라요. 그래서 이 넓은 우주에 행성들이 많고도 많지만, 발전한 외계인들일수록 주변의 생명과 지성이 오히려 생겨나지 않도록 막게 되기 때문에, 우리와 만나게 되는 지성이 있는 외계인들은 그렇게 드문 것이래요. 그때 정말 그럴 수도 있다고 생각했어요."

온갖 생명체들이 온통 고민하면서 우주 이곳저곳에서 생겨났다 사라지기를 반복한 끝에, 결국 마지막으로 생길 수밖에 없는 그다음 단계의 결말이 아무 생명체도 없는 우주에 멍청한 로봇들만 남아서 영원히 아무 생명체가 생겨날 수 없게 막아내는 모습이라고 은둔 갑부는 생각했다.

그렇지만 사람의 약속은 농담처럼 쉽게 바뀌기 마련이라, 이제 은둔 갑부가 남긴 것들은 한번 웃고 넘기는 수집품이 되어 고물상과 사냥꾼들의 손에 수거되고 팔리는 세상이 되었다.

행성의 세 개의 달이 차례로 떠오르고 있었다. 물 위에 달빛이 비치자, 떠다니는 그 많은 사람들이 금방이라도 기지개를 켜고 일어날 것처럼 생명력이 가득해 보였다. 달빛이 미치지 못하는 곳에, 우주 먼 곳에서부터 쏟아지는 별빛이 그 많은 잠든 사람들 위에 비쳤다.

미영은 그 모습을 보았다. 그리고 로봇에게 고개를 돌려, 고향으로 돌아갈 수는 없겠다고 대답했다.

— 2015년, 인천에서

칼리스토 법정의 역전극

1

미영과 양식의 우주선은 아주 빠른 속도로 제887 골프장 건설 지역으로 접근했다.

"사장님, 너무 빠른 거 아니에요?"

"여기가 솜브레로 은하계인데, 지금 은하수의 목성까지 가려면 거리가 얼마예요. 서둘러야지."

미영은 컴퓨터의 자동 조종 기능을 켜놓은 상태로 화면에 나오는 수치를 보다가, 재빨리 키보드에 뭐라고 입력했다. 그런 행동을 몇 번 하다가 문득 무슨 춤을 추는 것처럼 갑자기 길게 발을 뻗어 발가락으로 조종간을 당기기도 했다. 그러면 컴퓨터가 조종하던 우주선은 갑자기 들어온 입력에 놀란 것처럼 움찔거렸다. 그런데 그 모든 것이 오묘한 조화를 이루어, 우주선은 강속구처럼 행성 표면으로 떨어지면서도 불타거나 박살나지 않고 제 꼴을 유지하고 있었다.

양식은 우주선의 안전벨트를 꼭 붙잡았다.

"어, 이건 너무 심하네요. 심하네, 심하네!"

양식은 우주선의 급한 움직임 때문에 겁먹고 소리를 질렀다. 그러나 미영은 온몸을 움직여 우주선 내몰기를 계속했다.

"그 말 들으니까 일본 시마네 현에 가서 우동 먹고 싶네."

미영의 말을 듣고, 양식은 왜 전 우주의 사장들은 직원에게 저런 식의 농담을 하고 살고 있는 것인지 그 원인을 고민하게 되었다. 잠시 후, 그 고민에 대한 대략적인 답조차 얻기 전에 우주선은 행성 바닥에 착륙했다.

"얼른 하나 데려가자고."

"뭘 데려가는데요?"

양식이 묻자, 미영은 손가락으로 우주선 화면에 보이는 바깥 풍경 중에 한 지점을 가리켰다.

"저거."

그곳에는 연두색 빛깔의 털로 덮인 오뚝이 같은 것이 있었다. 그것은 복슬복슬하고 동글동글했는데, 우주선이 도착한 것을 보자 신기한 것에 호기심을 느낀다는 듯 이곳으로 통통거리며 뛰어왔다.

"저거 그때 마금희랑 싸울 때 봤던 그 외계인 아니에요?"

"외계인은 아니고 그냥 외계 동물이죠. 마금희가 그때 심사위원회에 넘겨서 지능 평가 받았는데 저 동물은 지능 동물, 그러니까 지적 생명체로 아직 인정을 못 받았잖아. 기억나죠? 그러니까 외계인이라고 하면 안 되지. 그냥 외계 동물."

미영은 우주선 문을 열었다. 그리고 그 외계 동물을 향해 말을 했다.

"애야, 이리와. 이 우주선 신기하지? 언니가 우주선 태워주고 멀리멀리 구경시켜줄게."

호기심 많은 그 외계 동물은 정말로 우주선 쪽으로 통통 뛰어왔다.

"말씀하시는 게 어릴 때 어머니 아버지께서 나쁜 사람들이 하는 대사라고 한 것과 비슷하게 들리는데요."

"이상한 농담 따먹기 하지 말고, 엔진이나 한번 봐봐요. 다시 돌릴 수 있어요?"

"아니요. 사장님. 아까 착륙할 때 우주선을 아주 내던지듯이 날려서 엔진이 녹기 직전인데요. 엔진이 녹아 내려서 아주 쇳물이 뚝뚝 떨어질 것 같습니다."

"김 이사. 김 이사는 다 좋은데 왜 이렇게 징징거리면서 우는 소리를 잘해?"

"'엔진이 녹을 것 같습니다.' 이런 식으로 소리 내면서 우는 동물도 있나요?"

"뭐 그런 거 아니야? 개는 멍멍, 참새는 짹짹, 고양이는 야옹, 김양식은 엔진 녹아, 엔진 녹아."

미영은 우주선 옆으로 가더니 초공간 도약 엔진의 노출 부위에 다가갔다. 그러더니 엔진에 자기 얼굴을 가까이 갖다 대었다. 곧이어 입으로 엔진 쪽을 후후 불더니 말했다.

"컴퓨터, 엔진 재가동."

"엔진을 재가동합니다."

미영이 명령하자 컴퓨터가 복창했다.

"어, 사장님, 지금 진짜 엔진 다시 켜면 안 돼요."

"괜찮아요. 내가 지금 불어서 식히고 있잖아."

양식은 당황하고 있는데, 그러는 사이에 외계 동물은 정말로 우주선 안으로 뛰어들어 왔다.

"이거 정말 우주선에 태우는 거예요? 이거 사람 옆에 있어도 괜찮아요?"

"물지는 않는 것 같잖아."

"이상한 우주 바이러스에 감염될 수도 있잖아요."

"김 이사, 자꾸 말 시키지 마. 나 지금 엔진 입으로 불어서 식히고 있잖아요."

그러는 사이에 우주선은 다시 행성 표면에서 날아오르기 시작했다.

"잠깐만요, 사장님. 정말로 지금 다시 태양계로 돌아가는 겁니까?"

"그럼 어디를 가요? 그게 이번에 우리 일인데. 아, 자꾸 말 시키지 말라니까."

그때 컴퓨터에서 소리가 들렸다.

"자동으로 귀환지 목표를 설정합니다. 목적지는 은하수, 태양계, 목성 구역, 칼리스토 위성의 칼리스토 법정입니다."

양식이 말했다.

"법정이요? 또 누가 소송 거는 일에 끼는 거예요? 설마 또 마금희 변호사랑 붙어요? 마금희는 안 된다니까요. 우주 최강의 변호사한테 엮여서 남아 나는 사람이 누가 있어요? 왜 이런 일을 하는데요? 이거는 우리가 처음 사업을 시작한 목적이랑도 아무 상관 없잖아요."

그러나 미영은 엔진을 불어서 식히느라 바쁜지, 바쁜 척을 하는 것인지 아무런 대답을 하지 않았다. 우주선이 초공간 도약에 들어가기 직전까지 미영은 엔진을 입바람으로 식히고 있다가, 몸이 소립자 단위로 산산이 분해되기 직전에 다시 우주선 안쪽으로 몸을 굴려 들어 왔다.

"야, 아슬아슬했어. 하이파이브!"

"아니요. 사장님, 우리 진짜 진지하게 이번 일 해야 되는지 어떤지, 우리 회사가 앞으로 나갈 길은 어떤지 이야기 좀 해 봅시다."

우주선에 탄 연두색 외계 동물은 이 모든 것이 신기하고 즐거운 놀이처럼 보이는지, 제자리에서 신나게 콩콩거리며 뛰었다.

2

미영과 양식의 우주선이 목성의 위성 칼리스토에 도착하자, 보호 협회 회장이 반갑게 두 사람과 한 외계 동물을 맞이

했다.

"제시간보다 1시간이나 일찍 오셨네요. 워낙에 빠른 분들이라는 소문은 제가 들었는데, 그래도 솜브레로 은하계에서 여기까지 오시는 데 이것밖에 안 걸릴 줄은 몰랐습니다."

"감사합니다. 그런데 혹시 얼음 같은 거 없나요. 제가 입술에 얼음을 좀 대고 있어야 할 것 같아서요. 입술이 좀 익은 것 같습니다."

"숯불구이 같은 거 급하게 드신 겁니까?"

보호 협회 회장은 그렇게 물었지만, 미영도 양식도 대답은 하지 않았다. 그러나 숯불구이라는 말의 어감이 좋은지, 연두색 외계 동물은 다시 한 번 통통 뛰었다. 보호 협회 회장은 일행을 이동 차량으로 안내했다. 외계 동물을 태우고 갈 수 있는 차량이었다.

보호 협회 회장이 다시 말했다.

"덕분에 재판에서 선보일 동물과 외계인들은 다 준비가 되었습니다. 그런데 죄송합니다만, 또 무슨 급한 일이 생길지 몰라서요. 이번 재판에 변론 교환 기간이 끝날 때까지는 목성 구역 안에 계시면 안 될까요? 아니면 최소한 태양계 안이라도요. 갑자기 급히 뭔가를 가져와야 하면 저희가 부탁 드릴 곳이 사장님이랑 이사님밖에 없습니다."

"예…."

미영은 그렇게 대답을 하려고 했는데, 양식이 어느 협회 회원이 갖다준 얼음을 미영의 입 앞에 갑자기 들이밀었다. 그것을 보고 미영은 입술에 얼음을 갖다 대려고 말을 잠시 멈추었다. 그 틈을 타서 양식이 대신 이야기했다.

"저희도 계속 일이 있으니까요. 일단 사장님하고 한번 계획 좀 살펴보겠습니다."

"예, 알겠습니다. 그러면 같이 온 외계인을 법정까지 좀 잘 데려와주시고요. 저는 잠깐 변호사님들 좀 다시 뵙고 오겠습니다."

보호 협회 회장은 떠나갔다. 회장이 떠나가자마자 양식이 미영에게 말했다.

"저 사람들 우리더러 목성 근처에 머물러 달라고 하는 게 이상하지 않습니까?"

"뭐가 이상한데?"

"아니, 뭐 급한 필요한 일 있으면 아무나 우주선 가진 업자한테 부르면 되지. 하필 우리밖에 안 된다는 건 이상하지 않습니까?"

"우리처럼 좋은 우주선으로 엄청나게 빨리 날아다니는 사람들이 흔하지는 않잖아."

"흔하지는 않은지는 잘 모르겠지만, 전혀 없지는 않겠죠. 우리가 무슨 동물 데려오는 전문업자도 아닌데. 왜 우리한테 부탁하는 걸까요?"

양식은 법정으로 가는 동안 그것을 고민했다. 그러나 잠시 후 창 바깥으로 우아한 은색 우주선이 하늘에서 내려오는 장면을 보고 그 답을 깨달았다.

"마금희 때문이구나…."

혼잣말하는 양식을 미영이 돌아보았다. 미영의 눈에도 막 착륙하려는 은색 우주선이 보였다. 마금희의 우주선이었다.

양식은 미영의 얼굴을 보고 말했다.

"아무도 마금희 반대편에 안 엮이려고 하고 다들 도망가서, 우리밖에 안 남아서 그러는 거죠? 그렇죠?"

"설마 그렇겠어? 이 우주에 우주선 하나 밑천 삼아서 별의 별 일을 다 하는 날건달 같은 사람들이 얼마나 많은데, 그런 사람들이 마금희라고 뭐 그렇게 무서워하겠어?"

미영은 양식의 눈을 피해 고개를 돌렸다. 양식이 말했다.

"우리도 따지고 보면 우주선 하나 밑천 삼아서 별의별 일 다 하면서 살잖아요."

"그렇긴 하지."

"날건달처럼요."

"그런가?"

"그런데 저는 마금희가 무서운데요."

미영은 양식의 표정이 어두워진 것을 보았다. 미영이 말했다.

"알았어. 알았어. 알았어요. 그러면 이렇게 하죠. 일단 변론 교환 기간이 끝날 때까지 목성에 있기는 있자고요."

"아니, 그러면 안 되죠. 그러다가 진짜 마금희한테 밉보인 다니까요. 마금희가 우리 망하게 하기로 결심하면 무슨 짓을 할지 어떻게 압니까? 지금 마금희가 우리 얼굴 보기 전에 얼른 안드로메다 은하계 같은 데로 멀리멀리 가자고요."

"들어봐. 들어봐. 좀 끝까지 들어봐. 우리가 목성에서 머물기는 머무는데, 만약에 저 보호 협회 사람들이 우리한테 이상한 새로운 일을 맡기면, 그건 내가 수락하기 전에 꼭 김 이사하고 상의해서 할게요. 그러면 어때요? 괜찮잖아?"

그러나 양식은 바로 동의하지 않았다. 대신 양식은 마금희의 적으로 지목당한 후 패가망신한 사람이 은하수에 얼마나 많은지 예시를 들어 설명했다. 미영은 고개를 끄덕이며 긍정하는 듯한 동작을 했으나, 그 내용을 전혀 듣지 않는 표정이었다.

양식은 결국 다시 처음으로 돌아가서 물었다.

"도대체 어쩌다가 우리가 마금희가 도사리고 있는 법정까지 온 겁니까?"

"지난번에 저 외계 동물이 지적 생명체로 판정을 못 받고 소송이 계속 이어지고 있잖아요. 그래서 건설이나 개발 때문에 저 동물이 해가 되면 내쫓거나 사냥할 수 있게 됐거든."

"그냥 짐승이니까 사냥해도 된다는 건가요? 그러니까 골프장이랑 리조트 건설 사업 때문에 저 동물이 방해되면 사냥해서 없애도 된다는 말이에요?"

"그렇지. 그래서 그 행성 개발한다고 저 동물을 한 4천 마리 정도 사냥해서 없앨 예정이래요. 저 동물이 원래 20만 마리 이상 살고 있어서, 특별히 생태계에는 문제가 안 된다고 하니까."

"저걸 4천 마리를 죽인다고요?"

양식은 금속과 세라믹으로 뒤덮인 칼리스토 도시 풍경을

신기해하며 둘러보고 있는 털 복슬복슬한 외계 동물을 쳐다보았다.

"그래서 보호 협회 사람들이 다시 소송을 건 거죠. 그런데 어디서 소송을 붙는 것이 그나마 마금희에게 이길 가망이 있는지 여기저기 따져봤다고 하는데. 너무 늦게 판결받으면 어차피 저 동물들은 그사이에 다 사냥당할 테니까, 시간도 살펴봤고. 그래서 은하수 안에 있는 온갖 항성계에 있는 법정이란 법정은 다 따져봤더니, 소송 거는 게 법적으로 가능한 곳 중에, 지금 여기 칼리스토 법정에서 소송을 걸어야만 그나마 승산이 있다는 거예요. 시간은 당장 지금 오늘 급하게 해야 하고."

"왜 칼리스토 법정에서는 승산이 있다는 거죠? 어차피 마금희를 당해내기가 거의 불가능할 텐데."

"나도 자세한 것은 잘 모르는데…."

미영과 양식의 대화는 길어졌다. 그러는 사이에 두 사람은 칼리스토 법정에 도착했다.

법정에 도착하니, 보호 협회 사람들이 미리 와 있었다. 미영과 양식은 마금희의 눈을 피해 고개를 숙이고 사람들 사이에 파고들었다.

그리고 대기실에 외계 동물을 데려다놓고 나서는데, 사람들 사이에 익숙한 얼굴이 보였다.

"사장님, 이사님!"

둘을 부른 사람은 비서였다. 미영은 비서를 보고 놀랐다.

"공항에서 만날 줄 알았는데 왜 여기에 와 있어요?"

"예? 아까 제가 마금희라는 분 비서님께 연락을 받았는데, 그분이 사장님이랑 이사님이랑 이쪽으로 오실 거라고 하시더라고요. 그리고 이왕 여기까지 오신 거 재판도 구경하라고 하시면서, 방청석도 제일 보기 좋은 자리로 미리 잡아놓았다고 하시더라고요."

"마금희한테서 그런 연락이 왔다는 이야기입니까?"

양식은 얼굴을 일그러뜨렸다.

"도대체 마금희는 우리가 여기 온 걸 어떻게 안 거야? 벌써 우리한테도 복수하기로 결심하고 항상 우리를 추적하고 있는 건가?"

"김 이사, 그럴 리가 있나. 마금희같이 바쁜 사람이 뭐하러 할 일 없이 우리 같은 조그마한 회사를 쫓아다니겠어?"

"그러면 도대체 우리한테 관심을 두는 건데요?"

"뭔가 눈에 뜨였겠지. 그 우주 동물한테 권리를 주는 재판을 하는데 우주 동물을 데려오는 게 중요한 일이니까, 누가 우주 동물 데려오는지 지켜보고 있었을 수도 있고. 아니면…."

"아니면, 우리한테 복수하려고요?"

비서가 대화 중에 끼어들었다.

"그쪽 비서님 목소리는 무슨 복수를 한다거나 그런 무서운 분위기는 아니던데요. 엄청나게 친절하고요. 또 목소리도 되게 멋있으시고요."

양식은 그 이야기를 듣고 말없이 또 고민하기 시작했다. 미영은 양식의 얼굴을 좀 살폈다. 비서는 데려온 외계 동물을 지켜보며, 그 멋진 모습을 보고 미소 지었다. 그러는 동안 잠시 세 사람은 아무 말이 없이 있었다.

그러다 미영이 말했다.

"그러면 할 일도 없는데 재판 구경이나 할까?"

"재판이 무슨 재미가 있겠습니까. 차라리 저는 시내에 나가서 오래간만에 무중력 볼링이나 한 게임 치겠습니다."

양식이 돌아서려는데 비서가 양식에게 다시 말했다.

"마금희 변호사님 쪽에서 잡아준 방청석이 4dEX석인데요?"

그 말을 듣자 양식 대신에 미영이 대답했다.

"4dEX석이라고? 그러면 꼭 재판 구경해야겠네."

"4dEX석이 뭔데요? 무슨 21세기 극장에서 관객들 돈 후려먹을 때 쓰는 핑계처럼 들리는데요."

"4dEX석이 뭐냐면, 진짜 우주에서 제일 편안한 의자예요. 거기 앉으면 진짜 자고 싶다는 생각만 해도 잠이 솔솔 바로 와요. 그리고 어깨 쪽이랑 허리 쪽에는 인공지능 마사지 기능도 있고. 간식으로 한우 안심 스테이크 같은 것도 나오고."

"재판 구경하는데 중간에 한우 안심 스테이크가 왜 나오는데요?"

"그러니까 4dEX석이지. 냄새 흡착 나노 트랩이 있어서 그거 먹어도 옆자리에서는 냄새도 안 난대요. 진짜 신기할 것 같지 않아?"

결국, 세 사람은 법정 안으로 들어가서 4dEX석에 앉게 되었다. 가보니, 그곳에는 이미 경리부장이 와서 삭힌 홍어회를 삼겹살과 함께 먹고 있었다.

"사장님, 이사님, 오셨어요? 무료로 나오는 음식 중에 홍어회도 있더라고요."

양식은 경리부장에게 인사하고 자신의 자리에 앉았다. 양식은 자리에 장치된 컴퓨터를 켜서 메뉴를 살펴보았다. 양식은 이 법정이나 재판에 대한 배경 설명을 찾고 싶었다. 하지만 그런 내용보다는 다양한 마사지 장치 사용법이나 간식에 대한 설명이 훨씬 찾기 쉬운 곳에 이곳저곳에 쓰여 있었다.

"도대체 이상하단 말이지. 왜 이런 딱 봐도 이상한 데까지 굳이굳이 와서 재판을 하는 건지. 어차피 솜브레로 은하계에서 벌어지는 일인데, 그쪽 은하계에 있는 법정에서 재판을 하면 가깝고, 쉽고, 훨씬 좋을텐데요."

양식이 메뉴를 보고 중얼거렸다. 그런데 미영이 말했다.

"어, 이제 나는 이유 알 것 같아요."

양식이 물었다.

"뭔데요?"

미영은 바로 대답이 없었다. 양식은 그래서 미영을 쳐다보았는데, 미영은 앞쪽을 보고 있었다. 미영이 앞쪽을 보니 판사가 자리로 걸어 나오는 것이 보였다.

양식이 소리쳤다.

"판사가 로봇이에요?"

미영이 양식에게 작은 목소리로 말했다.

"너무 큰 소리로 말했잖아요."

아닌 게 아니라 로봇 판사가 잠시 미영과 양식 방향을 쳐다보았다. 로봇 판사는 저녁 9시경의 카니발 댄서처럼 활기찬 몸짓으로 입장했지만, 그 활기찬 태도와 모습은 너무나 로봇다워 보였다.

미영의 목소리를 듣고, 보호 협회 회장도 미영과 양식이 있는 쪽을 쳐다보았다. 보호 협회 회장은 자신의 변호사 두 사람과 함께 두 사람이 있는 곳으로 찾아 왔다.

"안녕하세요. 이쪽이 저희 변호사이신 이규도 변호사이십니다."

"안녕하세요. 이규도입니다."

이규도는 재빠른 동작으로 명함을 꺼내서 건네는 시늉을 했다. 그러자 이규도에 대한 정보가 미영과 양식의 전화기와 컴퓨터에도 전송되었다. 이규도는 미영과 양식이 묻지 않았는데도 길게 이야기하기 시작했다.

"마금희는 아무도 이길 수 없다고 하는데, 저희가 지금 이렇게 도전하고 있지 않습니까? 이게 바로 계란으로 바위를 쳐서 깨뜨린다는 거죠. 사실 법정의 판사들도 다들 마금희는 알고 있어서, 요즘에는 마금희가 나오기만 하면 무심코 판사들도 마금희 쪽으로 왜인지 심리적으로 기울어진다고 하거든요. 소문이기는 합니다만, 만에 하나 재판에 패배하면 마금희가 온갖 소송이란 소송은 다 걸어서 판사도 망해버리게 만들 거라는 이야기도 돌고요. 그러니까, 마금희랑 공정하게 싸울 수 있는 법정 자체가 없었습니다. 그래서 우리 회장님께서도 정말 절망적이셨고요."

"그때 제가 이규도 변호사님을 만났죠. 이규도 변호사님이 그러시더라고요. 사람 판사는 편견에 기울어지고, 마금희가 나타나는 것을 보면 판사도 왜인지 그쪽으로 쏠리고, 마금희라면 겁내고 그래서 공정한 판단을 못 내리겠지만, 로봇 판사는 공정하게 할 거라는 거죠. 그래서 저희가 로봇 판사가 판결을 내리는 법정이 우주에 몇 군데나 있는지, 거기에 우리가 소송을 걸 수 있는 데가 있는지 정말 열심히 뒤지고 다녔습니다. 저 외계인이 그냥 사냥당하도록 둘 수는 없잖습니까?"

이규도 옆에 서 있던 로봇이 한 걸음 앞으로 나타났다.

"안녕하세요! 저는 로봇 변호사 KW820입니다. 잘 부탁드립니다."

로봇 변호사의 목소리가 맛집 소개 텔레비전 프로그램에서 "아니, 이게 정말 전부 1만9천 원?" 같은 내레이션을 하는 성우 목소리였다. 양식이 약간 당황하는데, 미영은 먼저 손을 내밀어 악수를 청했다.

KW820이 설명했다.

"제가 열심히 우주 각지의 재판 예약 정보망을 검색해보니까, 저희가 오늘 날짜에 재판이 열리는 칼리스토 법정에서 소송을 걸면 로봇 판사에게 재판을 받을 수 있다는 결과를 겨우겨우 찾아냈습니다. 시간이 급박해서 저도 지금 방금 여기 도착했고요. 시간이 없다 보니까 외계인 한 분을 증인으로 모셔 오는 것은 사장님께 부탁드릴 수밖에 없었습니다."

대화를 나누고 있는데, 문득 어디선가 음악이 나왔다. 그리고 음악에 맞춰 브레이크 댄스를 추는 댄서 두 사람이 판사들 앞에 나타났다. 춤을 추며 댄서들이 노래했다.

"이제 재판이 시작되네! 모두 앉아줄래! 우리 법정 판사 소개! 로봇 판사 DRD426이래!"

그것을 보자 다들 자리로 돌아가 앉기 시작했다. 보호 협회 회장이 말했다.

"이제 재판이 시작되나 보네요. 행운 좀 빌어주세요."

일행은 자리에 앉았다. 비서는 벌써 거대한 붉은색 용 모양으로 만들어진 딸기 아이스크림을 먹기 시작한 상태였다. 여의주 부분은 체리였다.

"원고와 피고는 확인 사항을 먼저 확인해주시기 바랍니다."

로봇 판사 DRD426은 재판에 필요한 형식적인 내용을 확인하기 시작했다. 이 대목은 좀 길어졌는데, 양식이 보기에 그 긴 시간 동안 로봇 판사의 재판 진행은 제법 그럴듯해 보였다.

"사장님, 이게 제대로 될까요?"

"김 이사, 4dEX 자리에는 음파간섭 기능이 있단 말이지. 그거 켜놓고 이야기하면 나한테 이야기해도 다른 사람들한테 안 들리고 안 시끄러워요."

양식은 그 말을 듣고 한참 컴퓨터를 뒤져서 소리가 주변으로 안 들리게 하는 기능을 실행시켰다. 중간중간에 자꾸 "화성식 탕수육 출시!" "수성 화로구이를 지금 맛보세요!" 같은 팝업 창이 계속 나와서 좀 오래 걸리긴 했다.

"사장님, 정말로 저 사람들이 마금희를 이길 수 있을까요?"

"가능성이 없는 느낌은 아니지 않아?"

"어떤 점에서요?"

"로봇 판사가 왜 인기가 있었느냐면, 돈 없는 사람한테는 판사들이 무겁게 벌을 주는데, 비슷한 죄를 지은 돈 있는 사람한테는 이상하게 판사들이 갑자기 가볍게 벌을 주는 게 너무 나쁘다고 사람들이 욕을 많이 했거든. 이랬다 저랬다 공정하지가 않다는 거죠."

"그런데 로봇 판사는 정말 공정하다는 거예요?"

"로봇 판사 2.0 프로그램이 나왔을 때, 역대 재판에서 제출된 자료랑 변론한 내용이랑 재판 결과가 어떻게 나왔는지, 그런 자료를 어마어마하게 분석해서 거기에서 그걸 컴퓨터에게 인식시켰거든. 그래서 그걸로 모델을 만들어서, 그 모델에 따라서 로봇 판사는 판결을 내려요. 그러니까 과거에는 분명히 비슷한 죄에 대해서 무겁게 벌을 내렸다면, 아무리 돈 있는 사람이 재판을 받는다고 해도 갑자기 가벼운 벌을 내리지 않는다는 거예요. 갑자기 일관성 없는 이상한 판결이 안 나오고. 항상 일관성이 있게 판결이 나올 수 있다는 거지."

얼마 후, 보호 협회에서는 증인으로 외계 동물을 증인석에 나오게 했다. 외계 동물은 복슬복슬한 털을 하늘거리면서 뒤뚱거리고 있었다. 외계 동물이 어디로 가야 할지 몰라서 헤매고 있는 것을 보고, 미영은 결국 나서서 외계 동물이 증인석에 가도록 도와주었다.

"언니가 이거 씌워줄게."

미영은 회장에게 건네받은 조선시대풍의 갓을 외계 동물 앞에 보여주었다. 사람들과 접촉한 후, 외계 동물은 갓처럼 생긴 모자 쓰는 것을 대단히 좋아하는 습성을 보여주고 있었다. 예상한 대로, 외계 동물은 미영에게 다가갔고, 갓을 썼다. 그러는 동안 증인석에 제대로 자리를 잡을 수 있었다.

양식은 왜 또 미영이 마금희 보는데 저렇게 나서나 싶어 겁을 먹었는데, 그래도 분위기를 보아 하니, 적어도 방청객들은 대체로 외계 동물을 본 첫인상에서 호감을 느끼는 듯 보였다.

그런데 그때 마금희가 나서서 말했다.

"재판장님, 저 외계 동물은 현재 시점에서 분명히 지적 생명체인 것으로 심사 결과를 받지 못했습니다. 그러므로 아직은 저 외계 동물은 외계인이라고 볼 수가 없습니다. 그러므로 증인이 될 수도 없습니다. 재판에서 저 외계 동물을 다루려면 증인이 아닌 증거물로서 처리하는 것이 옳습니다."

마금희는 외계 동물을 증인석에서 내려오게 만들려고 하고 있었다. 이규도가 말했다.

"재판 분위기를 우리 쪽으로 움직이려면, 증인석에 저 외계인이 계속 있는 게 좋은데, 마금희도 그걸 아나 봐요. 일단 끌어내리려고 하네요."

"그럼 어쩌죠?"

회장이 묻자, KW820이 대신 대답했다.

"이런 방법은 어떻겠습니까? 증인이 증거물을 들고 보여주는 형식으로 증인석에 앉아 있을 수는 있으니까, 일단 회장님께서 증인으로 증인석에 나가시는 거죠. 그리고 저 외계인은 회장님이 들고 있는 증거물이 되었든 아니면 정말로 같이 배석한 증인이 되었든, 둘 중에 뭐로 처리되든 간에 같이 나가시는 방식으로 하시면 어떨까요?"

"예. 알겠습니다."

그렇게 해서, 회장은 앞으로 나아가 외계 동물의 옆자리에 앉게 되었다.

곧이어 본격적으로 증인에 대한 질문이 시작되었다. 외계 동물은 사람의 말을 거의 알아듣지는 못하는 것으로 보였다. 하지만 회장은 외계 동물이 내는 소리와 몸짓에 대한 자료를 갖고 있었고, KW820의 번역기는 사람의 말을 그것으로 어느 정도 바꿔서 보여줄 수 있었다.

"저거, 좀 귀엽네요."

구경하던 비서는 점잖게 변호사다운 정장을 입고 있던 KW820 로봇이 털뭉치 같은 외계 동물의 뒤뚱거리는 몸짓을 온몸으로 따라 하는 것을 보고 말했다. 귀엽다고 느끼는 것은 사람마다 감상이 다를 수 있겠으나, 미영, 양식, 경리부장 모두 어느 정도 의사소통이 이루어지고 있다는 느낌은 받을 수 있었다. 의사소통이 이루어지는 대상이라면 상대가 일정한 의식과 인격과 비슷한 것을 가졌을 거라는 느낌도 줄 수 있을 만했다.

"현재 저희의 예상 승리 확률은 58퍼센트입니다."

KW820이 이규도와 회장에게 말했다. 회장은 그 내용을 미영과 양식 일행에게 공유해주었다. 양식이 물었다.

"그 확률이 믿을 만한 거예요?"

"제 컴퓨터 속에도 지금 저 DRD426 판사 로봇에 들어 있는 것하고 똑같은 자료가 입력되어 있거든요. 그리고 저 판사 로봇이 재판에 사용하는 프로그램하고 최대한 비슷한 것으로 추측해서 만들어놓은 프로그램도 설치되어 있고요. 그래서 제가 로봇 판사 입장에서 지금까지 자료만으로 재판 결과를 계산해보면, 58퍼센트 확률로 저희가 소송에서 이긴다는 결과가 나옵니다."

KW820이 대답했다. 회장이 물었다.

"그러면 정말로 우리가 이길까요?"

이규도가 대답했다.

"DRD426이 사용하는 프로그램은 좀 다르긴 다르니까 확실하다고 장담할 수는 없습니다. 그리고 앞으로 다른 일이 벌어져서 확률이 뒤집힐 수도 있습니다."

마침내 마금희가 뭔가 결심을 한 듯이 직접 자리에서 일어나서 길게 말을 하겠다고 했다.

양식이 주위를 둘러보니 다들 뭔가 조마조마해하는 듯한 기색이었다. 심지어 약간 기대하는 느낌 같은 것도 사람들 사이에 감도는 것 같았다. "이제부터 그 전설적인 마금희의 솜씨를 구경하게 되겠구나." 하는 느낌이지 싶었다. 실제로 방청석 뒤편에는 카론의 로스쿨에서 온 학생들이 수단 방법을 가리지 않고 재판 이기기의 거성이 보여주는 솜씨를 보고 배우겠다고 와 있었다. 그들의 눈에는 동경과 공포가 함께 빛났다.

마금희가 말하기 시작했다.

"사람이 탄 우주선이 외계 행성에 착륙하면, 착륙하는 과정에서 거기에 깔리고 밟혀서 외계 행성의 세균이나 미생물들이 수백 만 마리가 그대로 죽습니다. 보통 평균 몇 마리나 죽는지 기억이 나지 않습니다만. 그리고 사람이 걸어 다닐 때마다 또 막대한 양이 죽지요. 그런데 그것을 우리가 모두 죄고 위험한 일이라고 해서, 날아다니지도 않고 걸어 다니지도 않을 수는 없지 않겠습니까? 제가 온갖 범죄라는 범죄에 대해서는 다 연구해보았지만 그런 것을 죄라고 하는 것은 들었던 기억이 나지 않습니다.

그러므로 일정한 기준을 정해서 보호해야 할 생물, 권리를 보장해줘야 할 생물과 그렇지 않은 생물의 경계를 만들어두어야 합니다. 물론 함부로 생명을 파괴해서는 안 되니까 그 경계는 어느 정도 넉넉하고 혹시 우리가 실수로 잘못 판단할 여지까지 고려해서, 어지간하면 생명을 보호해야 한다는 쪽으로 설정되어야 할 것입니다. 이런 식으로 넉넉하게 고려하는 원칙을 제창한 사람 이름은 제가 지금 기억이 나지 않습니다만…."

다들 아무 소리도 안 내고 있었다. KW820이 보내는 문자 메시지만 미영과 양식의 화면에 보였다. '우리가 승리할 확률이 감소했습니다.'

마금희가 이어서 말했다.

"그 기준은 객관적이고 과학적이어야 할 것입니다. 제가 오늘 갑자기 충치균을 너무 좋아하게 되어서 충치균에게 애정을 느끼고 보호해주고 싶은 마음이 생겼다고 해도, 제 마음대로 충치균은 좋은 생물이니까 보호하고 함부로 없애지 말자고 주장해서는 안 될 일이지 않습니까? 더 좋은 예시가 지금 기억이 나지 않습니다. 그래서 충치균을 예시로 들었는데 다른 생물도 마찬가지입니다.

그러므로 보호해야 하는 동물과 그렇지 않은 동물 사이의 경계는 합의에 따라 체계화된 기준에 의해 정해져야 합니다. 그리고 우리가 지금 저 동물에 대해서 바로 그런 모든 고려 사항을 최대한 만족시키기 위해 노력해서 만든 기준으로 심사했습니다. 정확한 심사 날짜는 기억이 나지 않습니다만…."

KW820은 다시 문자 메시지를 보냈다. '우리가 승리할 확률이 또 감소했습니다.' 마금희는 계속해서 말했다.

"그 심사 결과, 저 동물은 문제 해결 지능, 자의식, 감정 교류, 다른 지적 생명체와의 공감에서 모두 기준에 미달했습니다. 다른 분야에서도 미달했는지는 기억이 나지 않습니다. 그렇지만 문제 해결 지능은 지적 생명체로 인정받기 위한 기준인 65점에서 2점 미달했고, 자의식은 기준인 50점에서 1점 미달했고, 감정 교류는 기준인 70점에서 2점 미달했습니다. 다른 지적 생명체와의 공감에서는 얼마나 미달했는지는 기억이 나지 않습니다.

네 가지 분야에서 기준 미달이라는 것은 지구의 동물과 비교하자면 들쥐 정도에 가까운 것입니다. 그러니 불가피한 개발을 위해서 저 동물의 일부를 사냥하는 것이 갑자기 방해받아서는 안 됩니다. 그런 식의 마구잡이 방해가 정의로웠다는 사례는 기억이 나지 않습니다. 어차피 완전히 다 멸종시키자는 것도 아니지 않습니까?"

마금희가 말을 마치자, KW820은 다시 계산한 확률을 알려주었다.

"우리가 승리할 확률은 27퍼센트입니다."

"뭐라고요? 다시 한 번 말해보세요. 뭐요? 72퍼센트요?"

이규도가 다급하게 되물었다.

"우리가 승리할 확률은 27퍼센트입니다. 우리는 패배할 것입니다."

"도대체 왜요? 마금희가 저 정도 이야기를 한다고 우리가 예상 못 한 것도 아니잖아요."

양식은 왜 갑자기 회장 쪽이 갑자기 불리해졌는지 이상하게 여겼다. 그런데 미영이 그 대답을 깨달았다.

"마금희, 이 양반이 어뷰징을 걸었네."

그 말을 KW820이 전해주자, 이규도의 탄식이 이어졌다.

"어뷰징이라고요."

그 말을 듣고 양식과 회장은 같은 질문을 각각 미영과 이규도에게 했다.

"어뷰징이 뭔데요?"

미영이 양식에게 설명했다.

"아까 로봇 판사는 일관성 있는 판결을 내리기 위해서 예전에 나온 다른 많은 판결에 대한 자료를 갖고 있다가 거기서 규칙성과 원칙을 찾아내서 거기에 맞춰서 자기가 내려야 할 판결을 계산한다고 했잖아요? 그래야 엉뚱하게 너무 어긋나는 판결이 안 나올 테니까요."

"예. 그랬죠."

"그런데 생각해보면, 지금까지 높은 자리에 있고 거물이라고 해서 자기가 받아야 할 처벌을 다 안 받고 재판에서 빠져나온 사람들이 사실 과거에 많이 있었단 말이에요. 그런데 보통 그런 사람들이 재판 중에 무슨 말을 많이 쓰는 경향이 있었느냐면…."

"기억이 나지 않습니다."

양식이 설명 중간에 대답했다. 미영이 고개를 끄덕였다.

"그렇죠. 그런 사람들이 자기가 잘못한 일 잡아뗄 때 흔히 쓰는 말이 '기억이 나지 않습니다'거든요. '안 했다'고 해버리면 나중에 정말 잘못한 일을 저질렀다는 확실한 증거까지 나오고 나면 거짓말한 게 돼버리니까, 나중에 증거가 나와서 부인할 수 없을 때 거짓말한 것은 아니라고 둘러대기 위해서 '기억이 나지 않습니다'고 말하는 거죠. 했다고 말은 하기 싫지만 안 했다고 말하면 거짓말일 수도 있으니까, 했는지 안 했는지 '기억이 나지 않습니다'고 대답한단 말이죠. 이런 식으로 대답하는 사람들이 높은 자리에 있던 사람 중에 정말 많았다고요. 그리고 그런 사람들이 대체로 굉장히 유리한 판결을 받았죠."

"로봇 판사가 그런 규칙성을 인식해버렸다는 건가요?"

"그런 것 같아요. 로봇 판사의 프로그램이 예전 재판과 판결과의 일관성 있는 관계를 따져봤을 때, '기억이 나지 않습니다'라는 대답을 많이 한 사람들은 유독 유리한 판결을 받았다는 규칙성을 찾아낸 거겠죠. 그래서 그게 지금 프로그램의 학습된 내용으로 아예 들어가 있는 거예요. 그러다 보니까, 무슨 이야기를 하든지 하여간 말하는 도중에 '기억이 나지 않습니다'라는 말만 많이 쓰면 그 사람 쪽에 유리한 판결을 내려버리는 경향이 생긴 거죠. 프로그램 입장에서 단순하게 보면 그것만큼 예로부터 내려온 다른 판결에 일관성 있는 것도 없으니까."

"그래서 마금희가 말끝마다 '기억이 나지 않습니다'라는 말을 덧붙이고 있는 거고."

"그러다 보면, 다른 자료는 대충 제출하고 다른 말은 대충 해도, 그 말을 많이 하는 것만으로도 '재판에서 이기는 경향이 있는 말을 한 사람'으로 로봇 판사가 계산해서 재판에서 이길 거라고요."

양식은 미영에게 어뷰징 수법을 한번 듣고 났더니, 이제는 마금희가 하는 말 한 마디 한 마디가 예사롭게 들리지 않았다. 마금희는 계속해서 말하고 있었다.

"이미 길고 복잡한 심사를 거쳐서 답이 나온 문제를 가지고 다시 이렇게 소송을 걸어서 방해하는 것은 정말 정당하지 않은 것입니다. 오죽했으면 저희는 자기 전에 이런 악몽 같은 일을 잊고 싶어서 이런 노래를 부를 때도 있습니다. '기억이 나지 않아. 기억이 나지 않습니다. 그렇게 나 자신에게 되뇌이네. 기억이 나지 않아. 잊고 싶어. 기억이 나지 않습니다. 기억이, 기억이, 기억이 나지 않습니다. 기억이 나지 않…습니다.'"

KW820이 이의를 제기해서 마금희의 노래를 중단시킬 때까지 마금희는 노래를 불렀다. 노래의 멜로디가 제법 괜찮고 마금희의 노래 솜씨도 썩 좋아서, 방청객 중에는 엉덩이를 들썩거리는 사람도 있었다.

마금희는 자리로 돌아가서 자신과 함께 온 자기의 로봇 변호사에게 뭐라고 물었다. 마금희 쪽도 로봇 판사와 비슷한 프로그램을 설치한 로봇을 데려온 것 같았다. 마금희의 로봇 변호사는 로봇 판사 입장에서 지금 재판에서 승리할 확률을 계산했고, 마금희에게 들려주었을 것이다. 마금희는 그 숫자가 기분을 좋게 만들 정도였는지, 밝은 웃음을 띠었다.

"우리 어떡하죠? 이거 큰일 났네요."

이규도가 말했다. 회장은 '내가 해야 할 말을 나의 변호사인 당신이 하면 어쩌느냐'는 표정을 짓고 말은 아무것도 하지 않는 것으로 응답했다. 이규도는 속절없이 계속 떨어지는 승리 확률 숫자를 읊으며, "뭐 25퍼센트? 이제는 22퍼센트야? 왜 이렇게 빨리 떨어지죠. 너무 낮은데요."라면서 당황하고 있었다.

회장은 힘이 빠져서 점차 생각조차 할 기력도, 의욕도 잃은 모습으로 변해갔다. 그러는 중에 KW820이 말했다.

"현재 가능한 대응 방안은 우리도 어뷰징을 거는 것입니다."

"어뷰징이요? 변호사님도 어뷰징 걸 줄 아세요?"

"저에게 어뷰징 소프트웨어는 설치되어 있지 않습니다."

회장은 잠깐 기대했다가 더 실망했다. 이규도가 물었다.

"그냥 우리도 아무렇게나 무조건 '기억이 나지 않습니다'란 말만 많이 해볼까요?"

"이미 상대 쪽에서 같은 전술을 써서 우선 발화 표현자 값 1을 취하고 있기 때문에 우리가 따라 하면 역효과가 날 것으로 예상됩니다."

"그게 무슨 말이에요?"

회장이 묻자, 이규도가 대답했다.

"지금부터 따라 하기만 해서는 어쨌거나 마금희를 꺾을 수는 없다는 거죠."

회장이 다시 물었다.

"그러면 어뷰징 소프트웨어를 지금 빨리 어디 다운로드 받아서 설치해보면 어때요?"

"DRD426 로봇 판사에게 적용 가능한 수준의 어뷰징 프로그램은 단순 검색으로 발견하여 다운로드하기는 어렵습니다."

"큰일 났네."

"그런데….'"

KW820의 말이 잠시 멈추었다. 회장과 이규도는 말을 멈춘 채 KW820의 답이 이어지기를 기다렸다.

"여기서 36광년 떨어진 물고기자리 54번 별 항성계에 '쇼크 로봇'이라는 어뷰징 전문 변호사 로봇이 있는 것으로 파악되었습니다. 항성간 통신으로 통화하면 송신과 수신에 걸리는 시간이 너무 길기 때문에, 대화하려면 차라리 쇼크 로봇을 직접 여기에 데려오는 것이 낫습니다. 그런데 재판이 끝나기 전에 물고기자리 54번 별에서 쇼크 로봇을 여기 태양계까지 데려오려면 대단히 빠른 우주선으로 움직여도 아슬아슬합니다."

그 설명을 듣자, 회장과 이규도는 동시에 미영과 양식을 바라보았다.

그렇게 해서 미영과 양식은 쇼크 로봇을 데리러 가기 위해 급히 법정을 빠져나와 우주선을 타게 되었다.

약속대로 미영은 양식을 설득해야 했고, 양식은 마금희와 싸우는 일을 마금희 눈앞에서 대놓고 돕는 것은 정말 하지 말아야 한다며 반대했다. 하지만 양식을 설득하는 미영의 솜씨는 정교했다. 미영은 양식의 마음속 굽이굽이 직장 생활 동안 맺히고 꼬인 것을 장단 맞춰 어루만지듯이 말하며 양식을 설득했고, 적당한 시점마다 이렇게 긴급한 일을 맡기며 협회 회장이 얼마나 많은 보수를 제안했는지도 이야기했다.

미영과 양식은 결국 물고기자리 54번 항성계의 유람 우주선을 타고 있던 쇼크 로봇을 찾아내서, 태양계 목성의 칼리스토 법정까지 데려오는 데 성공했다. 조용하면서도 차분한 가운데에 재판이 진행되던 법정과, 그동안 최대 출력으로 초공간도약을 한계까지 거듭하며 요란하게 은하계를 헤집고 다닌 미영의 우주선이 같은 시간, 같은 사건에 얽혀 있는 일이라고는 생각하기 어려울 정도로 미영과 양식은 급히 움직여야 했지만.

재판은 말미로 접어들고 있었다. KW820과 이규도는 도착한 쇼크 로봇에게 재판에 관한 상황을 설명하고 필요한 자료를 모두 전송해주었다. 둘은 쇼크 로봇에게 매달렸다.

"어쩌면 좋습니까? 이 상황에서 우리도 왜곡으로 반격할 방법이 있을까요?"

미영과 양식이 쇼크 로봇을 처음 물고기자리 54번 항성계에서 발견했을 때만 해도, 이 로봇의 모습은 해적선장의 애완 원숭이를 떠올리게 하는 해괴한 것이었다. 그렇지만 정작 단장을 하고 단정한 모습으로 법정에 들어서니, 쇼크 로봇의 모습은 경지가 높은 학자를 연상케 하는 고아함이 있어 보였다.

쇼크 로봇은 4분 정도 고용량 분석을 하는 것처럼 말없이 계산만 했다. 그러더니 이윽고 변호사들에게 말했다.

"연가."

그 말을 듣고 이규도가 물었다.

"그게 무슨 말이에요?"

"'연가'라는 말을 많이 쓰게. 그러면 반격할 수 있을 걸세."

양식이 미영에게 물었다.

"연가가 뭔데요?"

"나도 몰라요. 사랑을 이야기하는 노래를 연가라고 하지 않나? 그 왜, 옛날 뉴질랜드 노래도 연가라고 있잖아요. 비바람이 치는 바다, 잔잔해져오면….."

미영은 노래를 흥얼거렸지만, 그 노래 가사를 끝까지 따라가봐도 쇼크 로봇이 해준 충고의 의미를 알아차릴 수는 없었다.

마침, 보호 협회 회장 쪽에서 변론 자료를 송출할 차례가 되었다. KW820이 앞으로 나아 갔다.

"현재 우리가 사용하고 있는 지적 생명체 심사 시험이라는 것은 따지고 보면 아주 불완전한 방법입니다. 제가 연가를 내고 도서관에 가서 검색을 해봤습니다.

물론 초창기의 단순히 전통적인 지능지수만 평가하던 방식에서 발전해서, 자의식이나 감정 교류 등등의 다각적인 분야를 검사하는 형태로 어느 정도 발전된 것은 사실입니다. 그렇습니다만…, 이런 심사가 비록 다각적이기는 하지만, 사실 어쨌든 그 모든 기준이 태양계의 지구에서 탄생한 사람의 습성에 맞춰져 있다는 한계가 있다는 것입니다. 거기에 맞춰서 외계 동물의 감정 교류나 자의식을 심사해본다고 한들, 결국 사람과 비슷한 기준의 감정이나 자의식인 것만 표현된다는 것입니다. 이것이 제가 연가 동안 내린 결론이고, 많은 전문가들도 이런 의견을 표출한 적이 있습니다."

KW820은 말을 하면서 도중에 계속 그때그때 승리 확률을 계산하고 있었다. 아직은 큰 변동은 없었지만 그래도 좀 확률이 올라가는 것 같았다.

"예를 들어, 얼마 전 발견된 행성인 하백민주왕국의 강물 속에는 하백인이라는 외계인이 살고 있습니다. 저도 연가를 낼 수 있다면 하백민주왕국에 가서 하백인을 직접 보고 싶습니다.

이 외계인은 지금 우리에게도 문제 해결 지능 점수를 아주 높게 얻어서 널리 수준 높은 외계인으로 평가받고 있는 종족입니다. 그런데 하백인들은 지구의 자라 등껍질을 보면, 그 모습이 너무나 아름답다고 생각하여 감동해서 눈물을 흘립니다. 심지어 그 모양에 대한 성스러운 감정에 가까운 것을 느끼는 듯합니다. 연가를 내고 지구에 찾아와서 자라를 보며 하염없이 시간을 보내는 하백인들도 있다고 합니다.

그러니까 하백인들이 아름다움이나 감동에 대해 가진 생각은 사람과 아주 다른 것입니다. 즉 하백인들의 감정 체계는 사람과 전혀 다릅니다. 하백인이 부르는 연가와 사람이 노래하는 연가는 그 정서가 전혀 다릅니다."

KW820은 증인석 쪽에 있는 외계 동물을 향해 걸어갔다. 외계 동물은 KW820을 반가워하는 듯이 그쪽으로 조금 다가섰다.

"그렇다면, 만약 오늘 증인으로 나온 외계인이 인간 기준으로는 감정 교류가 떨어지는 수준이지만, 하백인들의 기준으로는 감정 교류가 아주아주 뛰어난 종족일 수도 있지 않겠습니까? 우리 사람들이 이해하지 못하는 형태일 뿐이지, 증인이 사실은 누구보다도 깊은 지적, 정서적 교류를 할 수 있을지도 모르는 일 아니겠습니까? 그것을 누가 알겠습니까? 이런 사실은 누구라도 연가를 내고 쉬면서 조용히 생각해보면 자연스럽게 품을 수 있는 생각입니다."

KW820이 보낸 계산 결과가 미영의 자리에 달린 화면에 표시되었다. '재판 승리 확률 50퍼센트', 어느새 제법 확률이 높아진 상태였다.

"우리의 지적 생명체 심사라는 것은, 사실 지적 생명체 심사가 아니라 그냥 인간과 닮은 정도 심사일 뿐이라는 한계가 있다는 것입니다.

지금 증인석에 있는 외계인을 개와 고양이와 교류하게 했을 경우, 사람이 개와 고양이와 교류하는 것보다 훨씬 더 강한 강도의 복합 정서 교류가 관찰됩니다. 예를 들어, 개가 사람을 만나면 맛있는 간식을 먹고 싶어 하고, 얼른 바깥에 나가서 산책하고 싶어 하는 성향을 보여주는 것이 우선입니다. 하지만 이 외계인이 개와 만나게 되면 개는 주인과 자신의 관계를 민주 사회의 윤리로 어떻게 설명할 수 있는지 고민하기 시작합니다.

즉 개나 고양이의 입장에서 이 외계인은 사람보다도 오히려 더 지적인 생명체 역할을 합니다. 저희 실험으로는 돌고래 역시 사람보다도 이 외계인과 더 깊게 감정을 교류하는 것으로 나타났습니다. 저에게 연가를 일주일만 내게 해주시면 이런 사례를 몇십 가지는 더 찾아드릴 수 있습니다."

KW820은 말하는 중에 재판 승리 확률이 52퍼센트까지 높아진 것을 계산할 수 있었다. 지켜보던 협회 회장과 이규도는 숫자가 높아지는 것을 보며 다시 흥분하기 시작했다. KW820은 다음과 같이 말을 맺었다.

"그런데 이런 생명체를 우리가 사람 기준으로 최근에 급히 만든 심사 방식으로 겨우 과목마다, 1점이나 2점 점수가 모자란다고 해서, 들쥐 같은 동물로 평가하고 마구 사냥한다는 것은 너무나 불합리합니다. 법적으로 그 일을 못 막는다면 연가를 내고 그곳에 가서 다른 방법으로라도 막아보고 싶은 마음입니다."

KW820은 그렇게 말하고 자리로 돌아오려다 말고, 갑자기 멈춰 서더니 뒤이어서 이렇게 말했다.

"이런 절박한 상황에서, 비록 뜻은 없을지 모르겠습니다만, 저는 이렇게 한번 말하고 싶습니다. 연가, 연가, 연가, 연가, 연가, 연가."

말을 마치고 계산하니 재판 승리 확률은 54퍼센트가 되어 있었다.

회장과 이규도는 감격하며 쇼크 로봇에게 물었다.

"어떻게 '연가'라는 말을 계속하는 것만으로 이렇게 재판 승리 확률을 높일 수가 있는 겁니까? 정말 신기하네요."

"그렇지만 여기까지라네. 이 말로 확률을 올리는 데는 한계가 있고, 거기에 도달한 것 같네."

이규도는 쇼크 로봇에게 고개를 숙여 경의를 표하면서 정중하게 물었다.

"저에게 가르침을 주십시오. 도대체 이게 무슨 원리입니까?"

"보통 사람들은 휴가라든가 연차라는 말을 쓰지 연가라는 말을 잘 쓰지 않지. 연가라는 말은 보통 공무원들이나 공무원들의 영향을 많이 받는 공기업에서 쓰는 말이라네."

"그것이 재판과 무슨 관계란 말입니까?"

"지금까지 재판 기록을 보면, 개인이 국가 기관이나 공공기관과 소송을 하게 되면 개인은 대부분 공공 기관에 패하는 경우가 많았다네. 법령이나 규정에 대한 해석 능력 자체를 가진 거대한 조직인 공공기관과 다투면서 개인이 자기가 법적으로 더 정당하다고 밝히는 것은 너무도 힘들다네. 그러므로 정부 공공기관의 적이 되면 그냥 가망이 없다고 생각하고 '죄송합니다, 다시는 안 그러겠습니다', 하는 것이 차라리 낫다는 말도 있었네.

물론 모든 경우가 그런 것은 아니지만, 나는 그런 식으로 진행되는 재판이 많이 있다는 것을 알게 되었고, 그것을 한 가지 유형으로 분류했네."

이규도는 그제야 알겠는지, "아." 하는 소리를 냈다. 쇼크 로봇은 설명을 마쳤다.

"즉, 연가라는 말을 쓰는 건 관공서나 공공기관 쪽 사람인 경우가 많다네. 그리고 그런 유형에서는 관공서나 공공기관 쪽이 어찌 되었건 재판에서 이기는 경우가 많지. 이런 경우가 많기 때문에 분명히 로봇 판사는 거기에서 규칙성을 발견했을 것이라네. 즉 연가라는 말을 쓰기만 하면 일단 그 사람이 이기는 편이라는 식으로 판단하도록 학습했을 걸세.

이 방법이 통할 만한 형식으로 진행되는 재판을 나는 '어뷰징 분류 갑-1'로 분류하고 있는데, 지금 이 재판도 거기에 가깝다고 판단한 것이지."

설명을 듣고 더 흥분한 협회 회장이 쇼크 로봇과 변호사들에게 물었다.

"그러면 우리가 이길 수 있나요?"

쇼크 로봇이 대답했다.

"이 수법으로 올릴 수 있는 승리 확률은 지금까지가 최선이네. 공무원이 항상 공공기관 자체와 동일한 것도 아니고, 또 경우에 따라서는 공공기관이 재판에서 강하다는 경향이 무너질 때도 있기 때문이네. 그래서 승리 확률을 이 방법으로 더 높일 수는 없네."

이규도가 말했다.

"그렇지만 지금 재판이 거의 다 끝나가고 있습니다. 마금희가 새로운 사람을 갑자기 어디 멀리서 데려올 만한 시간도 없기 때문에, 이대로라면 작은 차이라고 할지라도 우리가 마금희를 이길 겁니다."

쇼크 로봇의 이야기를 구경하던 미영과 양식은 마금희 쪽을 쳐다보았다. 마금희는 자기편 변호사 로봇이 계산한 승리 확률을 듣더니 얼굴이 바뀌었다. 상쾌하던 웃음은 사라지고 대신에 아무것도 없는 표정이 자리 잡았다.

아닌 게 아니라 마금희가 쓸 방법이 없어 보였다. 남은 시간은 없었고, 몇 가지 단어를 계속해서 말해서 다른 어뷰징을 거는 것도 이제는 그 효과의 한계에 도달한 듯 보였다.

그렇게 되니, 지고 있는 마금희 쪽보다는 오히려 이기고 있는 이규도가 안절부절못하는 듯싶었다. 이규도는 자신이 우주에서 가장 강한 변호사이며 아무도 이길 수 없다는 전설을 갖고 있는 마금희를 지금 오늘 자신이 이길 거라는 꿈에 빠지고 있었다. '마금희를 무찌른 변호사'라는 명성을 갖게 되면, 우주에서 가장 중요한 사건을 맡을 수 있을지 모르며, 그렇게 해서 막대한 돈을 벌어들이면 이규도는 자신이 꼭 갖고 싶은 행성에서 아늑한 대륙 하나를 정원으로 가꾸겠다는 미래까지 잠깐 사이에 상상하고 있었다.

그러나 마금희는 그대로 가만히 있지 않았다. 마금희는 잠시 자리에서 일어나더니 참관객들이 앉아 있는 쪽을 둘러 보았다. 마금희의 눈에 로스쿨 학생들 몇몇이 보였다. 마금희는 그 학생들의 얼굴을 잘 훑어보고 그중에 두 사람을 골랐다. 그리고 마금희는 자리에 앉았다.

'가까이에서 제가 말하는 것을 좀 봐주실래요?'

마금희는 두 로스쿨 학생들에게 그렇게 메시지를 보냈다. 자신도 마금희처럼 되고 싶다고 생각하던 두 학생은 마금희를 선배로 여기고 있었다. 아닌 게 아니라 마금희는 몇 가지 인연으로 자신과 두 학생이 선후배 관계가 된다는 메시지도 같이 보냈다. 두 학생은 마금희의 전설이 오늘 끝나는 것인가 싶어 떨면서도, 한편으로는 아무리 어려운 상황에서라도 재판은 반드시 이긴다는 마금희의 기적 같은 솜씨가 마지막에 또 펼쳐지기를 마음속으로 빌고 있기도 했다.

마금희는 다시 일어섰다. 그런데 이번에는 판사나 증인석 쪽을 보고 말을 하지 않았다. 대신 마금희는 방청석을 향해, 자신이 가까이 오라고 지목한 두 학생을 보면서 말을 했다.

뭔가 싶었지만, 그것을 보고 이미 쇼크 로봇은 경고 신호를 보냈다. 미영은 "이거 분위기 심상찮은데…."라고 중얼거렸다.

마금희의 이야기는 다음과 같았다.

"우주는 넓고 지적 생명체는 많습니다. 어디에 있을지도 모르는 그 많은 지적 생명체의 모든 기준을 다 정해서 그 모든 도덕 기준을 따져서 우리의 기준과 규정을 만들 수는 없습니다. 어디에 있는지 알지도 못하는 외계인 기준을 고려해서 어떻게 전혀 새로운 감정 교류나, 우리가 상상하는 것과는 완전히 다른 방식의 자의식에 대해서 평가할 수 있겠습니까?

이야기가 나온 하백인들은 자라 등껍질을 보고 감동했다고 했는데, 설령 그런 사실을 알고 있다고 해서 우리가 지구의 자라들을 갑자기 존경하거나 자라를 사원 같은 데 모셔놓고 떠받들지는 않습니다. 우리는 어쩔 수 없이 우리가 아는 한계 내에서 기준을 정할 수밖에 없는 것입니다."

그 말을 듣다가 양식이 미영에게 "이번에는 이상한 말 반복하는 건 없는데요?"라고 물었다. 미영은 "그렇네."라고 짧게 대답할 뿐이었다. 마금희의 말은 이어졌다.

"그렇다고 보면, 알 수도 없고 무엇이 될지도 모르는 막연한 이유로 수많은 사람과 로봇들이 땀을 흘린 커다란 개발 사업을 중지해서 많은 사람과 로봇들이 일자리를 잃는 것보다는, 차라리 우리가 최대한 잘 만든 심사 기준에 의해서 나온 그 결과를 따라서, 저 동물을 지적 생명체가 아닌 것으로 보는 것이 옳지 않겠습니까? 비록 안타깝게 1, 2점 차이로 지적 생명체로 인정을 못 받게 되었다고 하지만, 기준 점수 자체가 불확실한 상황을 고려해서 이미 상당히 낮춰져 있는 점수였는데, 그 점수조차 넘기지 못한 것입니다."

여전히 특별히 이상한 점은 느껴지지 않았다. 이규도는 그때까지도 상기되어 있었다. 우주 제일의 마금희라고 하지만, 특이한 말로 새롭게 놀라운 어뷰징을 걸지는 못했다. 그렇다면 이대로 자신의 승리가 굳어지는 것이다. 이규도의 머릿속에 '이제 드디어 내가 마금희를 이기는 건가!' 하는 생각이 폭우처럼 쏟아졌다.

다만 쇼크 로봇의 모습만이 어쩐지 지나치게 잠잠해 보였다. KW820이 계산 결과를 이야기했다.

"우리가 승리할 확률은 31퍼센트입니다. 우리는 패배할 것입니다."

그 말을 듣고 이규도는 앉아 있던 자리에서 중심을 잃을 정도였다.

"아니, 왜요? 왜? 아무 어뷰징도 안 걸린 것 같은데. 왜요?"

쇼크 로봇은 자리에서 일어나서 나가려고 했다. 그러면서 이규도에게 설명했다.

"전관예우 어뷰징에 걸렸다네. 과거 재판 중에는 검사나 판사 출신인 선배가 변호사로 재판에 참여하면 후배인 상대방 검사나 판사가 어느 정도 그편을 들어주는 성향이 있었다고 하네. 공식적으로는 결코 없던 일이라고들 하지만, 많은 재판 결과를 살펴보다 보면 가끔 특이한 사례로는 나타난다네. 마금희는 바로 그렇게 선후배 관계를 이용해서 재판에 이기는 것과 비슷한 태도를 연출해 보인 것이네."

쇼크 로봇은 조용히 법정 바깥으로 나갔다. 이규도는 여전히 납득하지 못하고 있었다.

"그게 무슨 말이에요? 마금희가 누구를 새로 데려온다거나 이상한 특이한 말투를 쓴다거나 한 게 없잖아요."

KW820이 대답했다.

"누구를 새로 데려오지는 않았지만, 마금희를 선배 법조인으로 우러러보고 있는 후배 두 사람을 참관객들 중에서 찾아냈지요. 그리고 그 후배 두 사람에게 이야기하는 선배의 말투, 표정, 태도, 호흡을 판사 로봇에게 보여준 겁니다. 그게 바로 선배 판사 출신 변호사가 후배 판사 앞에서 말하는 태도와 똑같이 보였을 거라고요. 바로 그런 태도를 판사 로봇이 보면, 판사 로봇은 그 태도를 보여준 변호사를 이기는 변호사로 인식하기 시작할 겁니다. 그게 판사 로봇이 예전 판결을 분석해서 찾아낸 일관성 있는 규칙성이니까요."

재판의 결과는 다른 날짜에 발표될 것이었지만, 다들 그것

으로 재판은 이미 끝이 났다고 생각했다. 보호 협회 회장은
또 다른 방법을 써서라도 반드시 저 외계 동물을 보호하겠다
고 외쳤다.

"나 여기서 안 무너져요! 다시 돌아올 거야, 다시!"

그런 말을 부르짖으며 소리를 지르고 날뛰다가 끌려가기
도 했다. 그 소동이 재미난지 외계 동물은 자기 신세는 알지
도 못하면서 책상과 의자 사이를 대단히 높은 점프로 통통 뛰
어다녔다.

마금희가 있는 곳에서 1초라도 빨리 벗어나고 싶어서 양
식은 얼른 떠나자고 졸랐지만, 미영은 4dEX 의자의 사용시
간이 아직 남아 있다면서 좀 기다려달라고 했다.

그러다가 양식은 옆을 지나가는 마금희와 눈길이 정확히
일치하게 마주쳤다.

양식은 마금희의 눈동자를 보자마자 온몸에서 힘이 빠져
나가는 것 같은 느낌이 되었다. 처음에는 인사를 하는가 싶더
니, 양식은 자기도 모르게 이런저런 말을 주절거리기 시작했다.

"마 변호사님, 또 여기서 이렇게 뵙네요. 이렇게 말씀까지
길게 드리는 건 처음인 것 같기는 합니다만. 왜 자꾸 이렇게
뵙게 되는지 모르겠어요. 잘 아시겠습니다만, 저희가 마 변호
사님 하시는 일에는 정말 조금도, 전혀, 아무런 반감도 없고,
사실 마 변호사님 좀 대단하시다고 생각도 하고 있거든요. 그
냥 저희가 사업을 하다 보니까, 이상하게 반대쪽 편에서 주문
을 자꾸 받게 되어서 이렇게 되는 것뿐이네요. 정말, 저희가

마금희 변호사님께 뭐 어떻게 생각을 갖고 있고 이런 것은 아무것도 없습니다. 진짜 전혀 없어요. 그러니까, 그러니까…."

양식은 잠깐 고개를 돌리고 두려움을 표출하다가 다시 마금희를 쳐다보았다.

"저희 좀 용서해주시면 안 되나요? 사업하다 보니까 이렇게 어긋나게 된 것은 제가 개인적으로는 정말 깊이 사죄드리겠습니다. 제가 어떻게 사죄를 하면 좋을까요."

양식은 마금희가 무릎 꿇고 두 손으로 빌라고 한다거나, 죄송하다고 쓴 푯말을 들고 자기 뒤에서 삼보일배하면서 따라오라거나 할 것 같다고 상상했다. 혹은 마금희가 자신에게 더 심한 일을 시킬지도 모른다고, 그래도 어지간하면 시키는 대로 할까 하는 생각도 했다.

그런데 마금희는 양식의 입술 앞으로 자신의 손등을 내밀었다.

양식은 엉겁결에 마금희의 손등에 가장 공손하고도 정성스럽게 입을 맞추었다. 그 모습을 보고 마금희는 웃어 보였는데, 그 웃음은 시리우스 별의 한가운데에서도 녹지 않을 만큼 차가워 보였다.

음식을 넉넉히 먹은 미영이 돌아올 때까지도 양식은 멍하니 있었다. 외계 동물이 뛰어들어 온몸의 털에 몸을 비비며 친근감을 표시하자 그제야 양식은 다시 정신을 차렸다.

— 2018년, 남대문에서

비
행
접
시
의　지
니

미영은 양식을 향해 투덜거렸다.

"김양식 이사는 허구한 날 우리가 처음 이 사업을 시작한 목적 따지잖아? 그런데 이게 뭐야, 정말 목적이랑 하나도 상관없잖아."

"야, 사장님 진짜 너무하시네요. 어떻게 또 그렇다고 하나도 상관이 없습니까? 아무리 사장님께서 사장님이시라지만 이건 너무하지 않아요?"

"너무하기는 김양식 이사가 너무하지. 사장이 하는 역할이 있고 일이 있는데, 우리 대화가 이렇게 돌아가는 건 김양식 이사가 정말 너무한 거지."

결국, 미영은 "하여튼 그건 그거니까, 알아서 하세요."라고 말하고 우주선 안의 수면실로 확 들어가버렸다.

양식은 너무나 흥분한 마음을 다스릴 수 없어서 미영에게
더 따지고 싶을 정도였다. 정말 수면실 문을 두드릴까 생각도
했다. 마지막 순간 잠깐 참고 보니 그건 아닌 것 같았다. 그렇
게 잠깐 멈췄더니 힘이 쭉 빠졌다. 양식은 자리에 주저앉았
다. 우주선 안의 모습이 유난히 조용하게 보였다. 별별 멀리
떨어진 은하계를 같이 돌아다니며 온갖 일을 겪었던 우주선
인데 유난히 차갑게 보였다.

양식은 우주선에서 밖으로 걸어 나왔다.

우주선은 타이탄의 우주 기지에 착륙해 있었으므로, 양식
은 그대로 타이탄 시내로 갔다. 북적거리는 타이탄 시가지에
는 여러 행성에서 온 갖가지 사람들이 많았고, 이상한 흥정을
하거나 이해할 수 없는 제안을 꺼내는 길가의 잡상인들도 많
았다. 절대적으로 합법적이고 신체에는 아무 해도 없지만 한
잔 마시면 우주를 통째로 해장국에 말아서 마시는 느낌이 난
다는 솜브레로 은하계의 외계 염소 젖을 마셔보라는 이야기
나, 감마선 가속 마사지 기능이 손끝에 달린 고무장갑이 있는
데 이걸 끼고 설거지를 하면 접시에 묻은 음식물 찌꺼기를 그
때그때 우주공간으로 순간이동을 시켜주므로 아주 잘 씻긴다
는 이야기 등등을 인사치레처럼 들을 수 있었다.

그 모두를 헤치고 지나서 양식은 '맛집 행성'이라는 간판이
곳곳에 붙어 있는 거리로 향했다. 12년 전부터 타이탄에서는
이 천체 전체를 거대한 먹자골목으로 바꾸어 뒤덮자는 계획
이 진행되고 있었다. 원래 이 계획에 따르면 타이탄의 북반구

는 치즈 등갈비 가게들로 모조리 채우게 되어 있었고, 남반구는 대만식 디저트 가게들로 모조리 채우게 되어 있었다. 그렇게 만들어놓고 그 많은 식당을 대상으로 TV 버라이어티쇼도 진행할 계획이었다.

그러나 이 가게들은 생각보다 너무 빨리 망해버렸다. 그러는 사이에 안드로메다 은하계의 어느 행성에서 대륙을 모두 치킨 가게로 채우고 바다를 통째로 맥주로 채운다는 계획을 먼저 현실로 이루는 바람에 버라이어티쇼 출연자들도 그 행성과 먼저 계약을 했다. 그 덕분에 타이탄의 맛집 계획은 실패로 돌아갔다.

그렇지만 세월이 흐르는 사이에 망한 가게들 사이에 다양하고 이상한 음식점들이 어떻게든 살아남아 자리를 잡았다. 살아남은 음식점들이 있는 거대한 지역을 당국에서는 '맛집 행성'이라고 불렀다. 그래서 찾아오는 사람마다, 이곳은 토성이라는 행성에 딸린 위성인데 왜 맛집 행성이라고 부르느냐, 맛집 위성이면 몰라도 맛집 행성은 아니지 않느냐고 말했다.

어쨌거나 공식 호칭이 '맛집 행성'이었다. 장점 아닌 장점도 있었다. 맛집 행성에 처음 와서 식사하는 직장인들은 뭔가 어색한 분위기에 말이라도 해보려고 하는 편이었는데, "요즘 날씨가….."라는 말로 시작하는 대화 대신에 "여기가 '맛집 행성'이라는데 사실 '행성'이 아니라 '위성' 아닌가?" "허허허, 정말 그러고 보니 그렇네요. 야, 부장님, 진짜 예리하십니다." "예리하기는 내가 무슨 한예리도 아니고." "으하하, 한예리…

으하하하하하하하하하!" 이런 웃음꽃이 이곳저곳에서 폭발
하고 있었다.

　양식은 토성 지역에서 가장 거대한 맛집 구역이라고 하는
그 맛집 행성을 한참 헤매고 다녔다. 공룡 고기와 똑같은 맛
을 내는 고기를 구워서 판다는 불고깃집이나 목성에서 키운
물고기를 우주선으로 배달해 와서 바로 잡아서 파는 활어회
집을 전전해보았지만, 어디건 오늘 딱 먹고 싶다 할 만한 음
식을 파는 곳은 없었다.

　결국, 양식은 효모 대신 토성의 고리에서 자라는 미생물을
이용해서 맥주를 발효시켰다는 곳에 갔다. 꽤 북적거리는 맥
줏집이었는데, 가게 이름은 '새턴링 비어링'이었다. 맥줏집은
건물 1층에 있었고, 장사도 잘되는 듯 보였다.

　그런데 양식이 가게 문을 열었을 때 마침 갑자기 안에서
한 무더기의 직장인들이 우르르 몰려나왔다. 양식은 그들과
몸이 부닥쳤는데, 그중 한 명이 술이 단단히 취했는지 비틀거
리며 넘어지려고 했다. 가게 입구 옆으로는 지하 하수도, 상
수도, 그리고 공기를 공급하고 빼주는 하기도, 상기도 지역으
로 빠지는 구멍이 있었다. 양식은 넘어지려는 그 취한 사람을
구해주려고 팔을 뻗었다가 양식의 발에 걸린 다른 사람 때문
에 같이 자빠졌다. 그래서 결국 양식만 아래로 혼자 떨어졌다.

　타이탄 맛집 행성의 모든 공기 공급과 대기 순환을 담당하
는 지하시설은 제법 깊었다. 떨어지는 높이가 상당해서 양식
은 순간 "인생이 이렇게 끝난단 말인가?" 아주 잠깐 걱정할

정도였다. 그런데 그 비슷한 방식으로 바닥에 떨어진 온갖 쓰레기가 바닥에 어수선하게 쌓여 있었다. 덕분에 양식은 생각보다 폭신한 곳에 떨어질 수 있었다. 그래도 팔과 다리가 결코 접혀서는 안 될 각도로 접히도록 힘을 받아서 아프기는 아팠다.

정신을 차리고 일어나 보니, 주위에 온갖 썩은 것들이 가득했다. 맛집 행성의 가게들이 망할 때 갖다 버린 치즈 등갈비에 양념 바르는 붓부터 시작해서 재고로 버려진 대만식 디저트들이 오래전에 썩어버린 자국도 있었다. 도무지 무엇인지, 심지어 지구 동물인지 외계 동물인지도 알기 어려운 작은 동물의 말라붙은 뼈도 보였다.

양식은 잠깐 서글픔을 한탄하는 소리를 질렀다. 위의 맥줏집 앞에서는 몰려나온 직장인들이 자기들끼리 "야, 괜찮아? 부장님, 괜찮으십니까? 조 대리, 괜찮아? 어휴, 괜찮으세요? 괜찮아요? 안 괜찮아. 안 괜찮다고요? 안이 괜찮으면 밖이 문제인가? 으하하!" 이러는 소리가 들리더니 그대로 떠나가는 것 같았다. 양식은 누군가에게 꺼내달라고 말하려고 전화를 꺼냈다. 그런데 떨어질 때 전화가 부서져서 작동되지 않았다. 양식은 다시 한탄하는 소리를 냈다.

무슨 수가 없을까 싶어 양식은 주위를 둘러 보았다. 영화 같은 데서 보면 이럴 때 쓰레기 중에 요긴한 물건을 발견해서 밧줄처럼 위로 던져서 탈출하는 장면이 있었던 것 같았다. 그러나 마땅히 위로 올라가는 데 도움이 될 만한 것은 없어 보였다. 양식은 이리저리 쓰레기를 헤집기 시작했다. 그러다가 봐서는 안 될 것을 보고 흠칫 놀라며 고개를 돌리거나, 소리를 지르거나 했다.

그런데 그중에 쇠로 만들어진 그릇 비슷한 것이 보였다. 냄비 비슷하기도 했는데 납작하고 평평해 보이기도 하면서 좀 길쭉해 보이기도 했다. 공들여 만든 기계나 장비 같은 느낌도 났다. 당장 도움은 안 될 것 같지만 뭔가 보기 힘든 물건 같아 호기심도 생겼다. 양식은 그것을 집어 들었다.

그런데 그것을 가만히 살펴보니, 글자를 표시할 수 있는 화면이 있었다.

'밀어서 잠금 해제.'

화면에는 그렇게 적혀 있었다. 양식은 그 부분을 손가락 끝으로 밀어보았다. 그런데 인식이 잘 안 되는지 '밀어서 잠금해제' 아이콘이 약간 밀리는 듯하다가 안 밀렸다. 양식은 몇 번 그렇게 해보다가 잘 안 되어서, 손가락의 땀을 닦고 해보기도 했고, 다른 손 손가락으로 해보기도 했다. 그래도 약간 잘될 듯하다가 하다가 안 되었다. 양식은 마침내 손바닥 전체를 대고 아무렇게나 막 문질러보았다. 몇 번 그렇게 노력한 끝에 잠금이 해제되었다.

문득 이상한 노래가 매우 흥겨운 곡조로 흘러나왔다.

"저 푸른 초원 위에! 그림 같은 집을 짓고!"

그리고 그 냄비 같은 것 한쪽 끝에서 구멍이 생기듯이 뭔가가 열리면서 작은 출입구 모양이 생겼다. 그래서 전체적으로 냄비는 약간 주전자 비슷한 느낌이 되었다. 그리고 그 출입구 모양에서 이상한 빛과 물체가 새어 나오는 것 같았다. 그러더니 그 물체가 알아보기 쉬운 모양으로 바뀌는 듯했다. 양식은 이 모든 갑작스러운 일이 벌어지는 동안 매우 당황했지만, 한편으로는 그 모든 것을 초월해, 흘러나오는 노래가 너무 흥겨워서 반사적으로 노래 가사 사이에 "빠빠라빠라빠라!" 하고 장단 맞추는 소리를 마음속으로 흥얼거리기도 했다.

"안녕하세요. 저는 진이라고 합니다!"

그 형체는 쾌활한 목소리로 인사했다. 형체는 흡사 흘러간 시절의 가수 비슷한 모습으로 변했다. 놀란 양식은 얼굴을 찡그리고 눈을 꿈쩍거렸다. 양식이 겨우 정신을 차리고 말했다.

"지니요? 램프의 지니, 소원을 들어주는 지니, 그런 건가요?"

"아니요. 저는 지니가 아니라, '진'이라고 합니다. '진'이요. 진."

"지니가 아니고 진이라고요?"

"최대한 친근한 모습으로 최초의 접촉을 하려고 했는데 괜찮으셨어요? 저를 구해주신 선생님의 문화적 배경을 고려하여 진 중에서도 친숙한 남진 느낌으로 모습을 갖추었죠."

진이 말했다. 배경 음악으로 나오고 있던 노래는 "멋쟁이 높은 빌딩 으시대지만!" 가사로 넘어가고 있었다. 양식은 너무나 당혹스러워서 뭘 해야 할지 몰라 멍하니 그 광경을 보면서 쓰레기 더미 위에 퍼질러져 앉아 있었다.

진은 양식이 정신을 차릴 때까지 기다리다가 인터넷 화면 같은 것을 켜고 인터넷에 올라온 소설 같은 것을 보면서 시간을 때우는 것 같았다. 진은 소설의 앞부분을 읽다가, "웃기려는 소설도 좋지만 이런 말장난 농담만 계속 나오면 좀 너무 지긋지긋하지."라면서 투덜거렸는데, 그 말투는 어찌 보면 스스로 반성하는 듯하기도 했고, 보고 있는 소설을 쓴 작가에게 비판의 한마디를 하는 것 같기도 했다.

진은 양식을 달래주기 위해 몇 가지 이야기를 더 했다. 그러면서 자신의 사연도 소개했다.

"방금 문질러주신 것은 저희 종족이 타고 다니는 우주선인데요. 우주선에 시공 초월 엔진이 있는데 그거 OS 업데이트가 있다고 해서 업데이트를 했더니, 우주선 안쪽에서 바깥쪽으로 나올 수가 없게 되더라고요. 가끔 이럴 때가 있어요. 한참 갇혀 지냈네요. 그래서 바깥에서 밀어서 잠금해제를 해주셔야 저희가 나올 수가 있습니다. 이게 요즘엔 업데이트할 때마다 이래요. 예전에 9세기쯤에 지구에 있는 바그다드라는 데 갔을 때도 한 번 이랬던 것 같고."

그 말을 듣고 있는 동안, 양식은 우주 쓰레기가 썩으면서 발생하는 유독한 기체 때문에 자신의 뇌가 다치고 있고 그것 때문에 환각을 보는 것은 아닌가 의심도 몇 번 했다. 그런데 아닌 것 같았다.

"저희 종족 풍습이 도움을 받았으면 다시 갚아주는 거거든요. 보통 선생님 같은 종족을 만났을 때는 세 가지 소원을 들어드리는 방식으로 합니다. 소원은 뭘 들어드리면 좋을까요?"

진이 다시 말했다. 양식은 놀라움이 가라앉는 동안 묵묵히 노래가 끝나는 것을 듣고 있었다.

"한 백년 살고 싶어! 한 백년 살고 싶어!"

얼마 후, 양식은 진에게 소원을 말했다.

"저랑 저희 사장님이랑 바꿔주세요. 몸을 바꿔주세요. 제가 사장님 처지가 되어서 제 처지가 되면 얼마나 맺히는 게 많은지 보여주고 싶어요. 그리고 정말 저희가 처음 사업을 시작한 목적대로…."

"어렵지 않지요."

진은 뒤의 말을 끝까지 듣지 않고, 끊고 대답했다.

잠시 후, 양식은 자신이 우주선 수면실의 미영이 누워 자는 푹신한 침대에서 일어났다는 것을 알게 되었다.

무중력 상태에서 몸이 떠다니는 것을 막기 위해 안전벨트를 단단히 매고 있기는 했지만, 쓰레기 더미 위에서 외계인같이 생긴 것이 틀어주는 '임과 함께'를 들으며 자신의 정신 상태를 의심하고 있는 것보다는 훨씬 안락한 느낌이었다. 모습을 보니, 자신은 미영의 몸을 갖고 있었다.

그런데 얼마 후 갑자기 머리가 엄청나게 아프다는 사실을 알게 되었다. 머릿속이 아프다기보다는 두개골이 아주 강하게 압박되는 느낌이었다. 그것도 해괴하게도 안쪽에서 바깥쪽으로 누르는 것처럼 아팠다.

"아, 진 선생님, 이거 왜 이래요? 머리가 엄청나게 아파요. 아팔율. 널물널물 알팔율…."

진이 대답했다.

"선생님 뇌와 선생님의 사장님 뇌를 교체했거든요. 그런데 선생님 머리가 조금 더 크지 않습니까. 그래서 억지로 욱여넣은 형태다 보니, 머리가 많이 아픈 겁니다."

"알, 글랜돌 널물 알플댈욜. 글릴골 말일 웰일럴켈 일살할 겔 날왈욜?"

그러고 보니, 미영의 머리통에 억지로 들어간 양식의 뇌 때문에 머리에 울룩불룩 원래와 다르게 튀어나온 부분이 있다는 것도 알 수 있었다. 아파서 몸을 움직였는데, 그렇게 몸을 뒤척여 보니 몸이 잘 움직여지지 않는다는 것도 발견했다.

"아무래도 선생님 뇌와 선생님의 사장님 뇌가 생긴 모양이 다르다 보니까 뇌에서 몸 곳곳으로 연결되는 신경의 굵기나 형태도 좀 차이가 있거든요. 억지로 연결된 형태다 보니 약간 뇌와 몸 사이에 연결이 잘 안 되는 그런 거죠. 이게 가능한 한 최대로 자연스럽게 연결한 겁니다. 뇌는 바꿔서 넣었지만 그러면서도 저희가 면역 반응이 최대한 안 일어나면서도 다른 감염은 안 일어나게 조절해놨고, 김양식 선생님이랑 이미영 선생님이랑 혈액형도 다른데 그것도 문제가 안 일어나게 항원 항체 반응 조절 나노 로봇을 심어서 해결했죠. 이 정도면 거의 완벽하지 않습니까? 규격이 다른 선생님 뇌를 선생님 사장님 뇌에 연결해놓으면 이 정도가 생각할 수 있는 최선이죠."

"얼떨켈 일겔 칠설일엘욜?"

"소형차 앞부분이랑 대형차 뒷부분이랑 잘라서 붙여놓으면 뭔가 이상할 수밖에 없을 거잖아요. 그래도 저희는 이론상 연결할 수 있는 건 다 연결해서 그렇게 연결한 차가 굴러가게는 해드린 거죠. 그런데 아무리 그래도 운전석 부분이 대형차처럼 넓어지고 그런 건 아니잖아요? 그건 최선을 넘어서는 한계죠. 그러면 그건 소형차 앞부분이 아닌 게 되니까."

양식은 너무 아파서 이후로는 대화를 잘하지 못했다. 대단히 실망스러웠다. 다른 사람의 육신에 내 혼백이 들어가서 다른 사람의 삶을 체험한다든가 하는, 뭐 그런 영화 비슷한 것을 양식은 상상하고 있었는데 몸이 다른 사람으로 바뀌긴 바뀌지만 부작용이 없으려면 항상 머리 크기가 같은 사람으로만 바뀔 수 있다니.

양식의 말하는 방법이 계속 그대로라서, 이어지는 이야기를 이해하기 위해서 진은 양식이 말한 대로 그대로 한 번씩 반복해 말하면서 확인해야 했다.

진이 말했다.

"뇌를 서로 바꾸는 것은 진정으로 몸이 바뀌는 것이 아니다. 왜, 영화 같은 데 보면 어머니 몸과 딸 몸이 바뀌어서 어머니가 자기 경륜을 이용해서 딸 대신 학교생활을 잘하고, 남학생 몸과 여학생 몸이 바뀌어서 어쩌고저쩌고 뭐 이런 거 있지 않으냐. 그런 식으로 뇌의 크기가 다른 사람끼리도 정신이 바뀔 수 있도록 뇌는 그대로 있고 그 뇌에 저장된 내용만 바뀌는 방식은 없나? 몸이 하드웨어라면 정신이라는 소프트웨어만 서로 바꾸는 그런 방식으로 바꿔줄 수는 없느냐? 그런 말씀이십니까?"

양식이 고개를 끄덕이자, 진은 한 번 더 되물었다.

"그게 두 번째 소원이십니까?"

"옐! 옐! 빨릴욜."

곧 진은 양식의 두 번째 소원을 들어주었다.

잠시 후 수면실의 미영 침대 위에 누워 있던 그는 자기 앞에 있다고 생각했던 진이 없어진 것을 깨달았다.

"이 사람은 또 어디로 간 거야?"

그는 서둘러 우주선에서 나왔다. 우주선 앞 거리에는 로봇들이 사람을 수레에 태우고 가고자 하는 곳까지 수레를 끌어서 데려다주는 영업을 하느라 오가고 있었다. 그는 그 로봇력거꾼 중에 가장 가까이에 있는 로봇을 찾아 새턴링 비어링 맥줏집 앞으로 데려가달라고 했다.

하늘을 올려다보니 타이탄의 기상 조절 시스템이 오류를 일으켰는지 새침하게 흐린 게 눈이 올 듯하더니 눈은 안 오고 얼다가 만 비가 추적추적 내렸다. 로봇이 말했다.

"사장님, 그런데 거기는 맛집 행성 한가운데인뎁쇼. 지금 시간에는 너무 교통이 혼잡하고 술 취한 사람이 많아서 너무 가기 힘이 듭니다요."

"어쩔 수 없어요. 빨리 가주세요."

로봇은 괴로워하더니 수레를 끌며 투덜거렸다.

"괴상하게 오늘은! 운수가 좋더니만…."

3시간 만에 로봇력거는 새턴링 비어링 맥줏집 앞에 도착했다. 로봇에게 좀 붙잡아달라고 한 후, 로봇의 늘어나는 팔을 붙잡고 그는 비어링 맥줏집 옆 구덩이에 이어져 있는 지하 상기관, 하기관이 있는 곳으로 내려갔다.

쓰레기 더미가 있는 곳에 가보니, 자신이라고 느껴지는 육체를 가진 사람이 쓰레기 더미 위에서 곤히 잠을 자고 있었다. 그리고 그 앞에 진이 서 있는 것이 보였다. 그가 따졌다.

"어딜 갑자기 가버리신 거예요?"

"여기까지 오셨네요."

진이 대답했다.

쓰레기 더미 위의 양식 몸을 보며, 미영 몸에 든 양식이라고 여기고 있는 의식이 생각했다. 이제, 두고 봐라. 내가 드디어 우리가 처음 사업을 시작할 때 꿈꾸었던 그 목적, 그것을 위한 진정한 사업을 펼치리라. 그리고 사장님, 당신은….

그런 생각을 하는데, 사장에 대한 격렬한 반감이나 작은 회사의 직원으로 겪는 애환 등등이 이상하게도 거의 느껴지지 않았다. 게다가 회사의 방향을 크게 바꾼다거나 전혀 다른 방식으로 멋진 경영을 해보이겠다는 등을 하고 싶은 마음이 들지도 않았다. 그것이 이상해서 진에게 따졌다.

진이 대답했다.

"말씀하신 대로 뇌에 저장된 정보만 옮기다 보니까 이게 최선이었어요. 이미영 선생님께서는 좌뇌 상부가 발달해 있고, 전두엽이 발달해 있거든요. 그에 비해 김양식 선생님께서는 우뇌 하부가 발달해 있고, 측두엽이 발달해 있어요. 그런 차이 때문에 김양식 선생님 뇌에 들어 있던 정보를 이미영 선생님께 그대로 집어넣다 보면 용량이 모자라서 제대로 안 들어가고 빠지는 부분이 있고요. 반대로 좀 남아돌아서 빈 공간이 이상해지는 부분도 있어요. 그렇다 보니까, 원래 생각이 그대로 똑같이 입력되지는 않는 거죠."

"이건 너무 이상한데요. 제가 김양식이라는 느낌이 좀 희미해진 것 같은데."

"스마트폰 기종 바꿀 때도 원래 있던 자료를 그대로 똑같이 옮기는 게 힘들어서 전화번호나 연락처를 잘 못 찾을 때도 있는데, 사람 뇌가 똑같이 만들어진 기성품도 아니고 각자 서로 다르게 수십 년씩 발달해서 자라난 건데 어떻게 그렇게 똑 떨어지게 정보를 옮길 수 있겠습니까. 한 사람 뇌에 있던 내용을 다른 사람 뇌에 쑤셔 넣으려면 뇌의 차이로 잘 안 들어갈 수밖에 없어요. 어쩔 수 없죠."

"그래도 좀 이건 심한데요. '내가 김양식이다!' '내가 김양식이다!' 좀 어색한데…."

"그게 당연하죠. 선생님은 김양식이 아니고, 여기 누워서 주무시는 분이 김양식이잖습니까. 그래서 제가 이쪽으로 와 있었던 거고요."

"예? 그게 무슨 소립니까? 그래도 제가 김양식 같기는 한데요."

"아니죠. 선생님은 원래 이미영 선생님 뇌에서 안에 들어 있던 정보만 김양식처럼 좀 바뀐 거예요. 그러니까 선생님은 지문을 보건, 유전자 검사를 하건, 다 김양식이 아니라 이미영으로 나옵니다. 하다못해 선생님께서 자식을 낳아도 이미영 선생님을 닮겠죠. 김양식 선생님을 닮지는 않겠죠. 그에 비해서 여기 쓰레기 위에 누워서 자고 계신 분은 지문으로 보건, 유전자 검사로 보건 김양식이 맞지요."

"그건 아닌 거 같은데요. 뇌 속에 들어 있는 내용상으로 제가 김양식 내용 아닌가요? 애초에 그게 제 목적이었잖아요."

"선생님 목적이 아니라, 여기 누워 계신 분 목적이었죠. 몸전체가 예전하고 그대로 똑같잖아요. 안에 든 정보만 바꿔달라고 해서, 그냥 뇌세포가 이쪽으로 서로 연결되어 있다가 지금 슬쩍 돌아서서 저쪽으로 연결되어 있는 거로 연결 상태만 좀 바꾼 거예요. 그렇다고 해서 아예 그게 다른 사람으로 바뀐 거라고 할 수 있을까요? 더군다나 뇌 구조의 차이 때문에 애초에 그나마 완벽하게 다 연결 상태가 바뀔 수 있는 것도 아니고요."

"아니, 그래도 제가 기억이 있잖아요. 저는 김양식이라는 사람으로서의 기억과 추억과 성격과 뭐 그런 게 있는 것 같은데요."

진이는 생긋 웃음을 지었다.

"그것도 백 퍼센트 그렇지는 않아요. 이미영 사장님은 항상 회사에 돈 떨어지는 거 걱정, 회사 망할 걱정을 하시고 살아오셨기 때문에 돈 계산하는 부분의 뇌가 좀 부어 있어요. 그게 이미영 사장님 뇌에 남긴 아주 강한 기억의 영향이지요. 그게 이미영 사장님의 기억이고 성격이지요. 김양식 이사님은 그런 게 없어요. 지금 선생님은 회사 망할 걱정하고, 우주선 관리국에서 감사 나오면 어떡하나, 그런 거 걱정되고 그런 느낌이 들지 않아요?"

"그러고 보니까 그 비슷한 느낌이 들긴 드네요."

"그렇다니까요. 이미영 사장님 뇌의 특징이에요. 뇌의 모양과 구조 자체가 그런 느낌이 드는 방향으로 변화됐어요. 그리고 머릿속에 호르몬이 계속 이미영 사장님의 체질대로 나오고 있어서, 감정이나 성격도 거기에 맞춰질 거고요. 그리고 사람 배 속에 유산균이나 대장균 같은 세균이 많이 사는데 그것도 성격에 영향을 미친다잖아요. 지금 몸이 이미영 사장님인 이상 그런 것 때문에 성격이 받는 영향도 다 이미영 사장님 성격대로 나올 거고. 옛날에 추억으로 남아 있는 무슨 일 때문에 생긴 물질이 뇌 속에 남아서 돌아다니는 것도 다 이미영 사장님 추억 때문에 생긴 물질이 돌아다니는 거죠. 선생님은 이미영 사장님이시고, 여기 쓰레기 위에 누워 계신 분이 김양식이라고 보는 게 저는 맞는 것 같아요."

"그럼 지금 이 상태는 도대체 뭔데요?"

"모르죠. 하여튼 이렇게 해달라고 하셨잖아요. 그냥 소원을 빈 것 때문에, 이미영 선생님이 뇌 속에 들어 있는 신경 상태가 좀 변해서 자신이 김양식 선생님인 것 같은 느낌도 자꾸 갖게 되는 정신 질환 같은 데 걸린 것, 비슷한 모양이라고 보셔도 되고."

그때 쓰레기 위에 누워서 자던 그가 잠을 깼다.

그는 거기가 어딘지 궁금하다며 설명해달라고 했다. 그리고 이 모든 일이 왜 일어났는지 알게 되었다. 그리고 스스로 희미하게 이미영이라는 느낌을 갖고 있는 그 몸이 말을 했다. 상대방으로서는 어찌 됐건 그 말을 할 때의 말투와 눈빛은 분명히 사장 같은 분위기가 위엄처럼 쏟아지는 것 같았다.

"그러니까 세 번째 소원은 제가 빌 수 있는 것 맞죠? 원래대로 되돌려주세요."

마지막 소원을 들어준 진은 다시 그 넓적한 등잔 모양 망한 우주선으로 들어가버렸고, 그 우주선은 언제 어디서 누구와 또 마주칠지 모르는 먼 우주를 향해 밤하늘 속으로 날아가 사라졌다.

— 2018년, 우면산에서

미
노
타
우
로
스
의

비
전

1

미영은 한숨을 쉬었다. 하지만 이어 말하는 목소리에는 한숨을 쉬고 난 다음에 생기기 마련인 굳은 결심이 묻어 나왔다.

"이거 우리 하자. 보수도 나쁘지는 않네. 두 달 된 강아지 다섯 마리를 51페그B 행성으로 옮겨주고 이 정도면 할 만하지, 뭐."

"예? 강아지를 우주선으로 왜 옮겨요?"

양식이 미영에게 물었다. 미영은 이미 마음으로는 착수했는지, 옮길 개들의 사진을 화면으로 보고 있었다.

"51페그B 행성은 이제 막 개척되고 있는 곳이라서 아직 유전자 조합기가 없대. 그래서 동물 기르고 싶어하는 사람들에게 직접 살아 있는 상태로 실어다주기라도 해야 되는 거지."

"아니, 그럴 바에는 유전자 조합기랑 아미노산 프린터를 갖다주죠. 거기에 유전 정보만 골라잡아서 다운로드하면 아무 동물이나 태어나게 할 수 있는데, 뭐하러 직접 동물을 갖다 줘요?"

"유전자 조합기나 아미노산 프린터는 우리가 설치할 줄을 모르잖아."

"거기에 설치할 줄 아는 사람이 있겠죠. 행성 개척대가 있는데 그 정도 기술자 한 사람 없겠어요? 나도 한 두어 달만 파고들면 유전자 조합기 설치는 할 수 있겠다."

"거기에는 그런 기술자가 없대."

"아무리 그래도 그건 너무하다. 하다 하다 이제는 무슨 개 파는 일까지 합니까. 우리가 우주의 개장수입니까?"

미영은 더 이상 의논하지 않으려 했다. 강아지 사진들을 훑어보기만 했다. 미영이 중얼거렸다.

"옛날에 20세기 중반 1960, 70년대쯤에 나온 만주를 배경으로 하는 한국산 서부 영화들 중에, 그런 비슷한 역할 있잖아. 만주의 개장수. 김 이사 처음 봤을 때부터, 나는 딱 그 배역이 떠올랐다고. 만주의 개장수."

"그런 영화 중에 막상 진짜로 만주의 개장수가 나오는 영화는 없거든요."

미영은 양식을 계속 쳐다보지 않고 사진에 집중했다. 양식은 미영이 자신을 바라보게 하기 위해서 손짓을 하고 "사장님." 하고 부르기도 하고, 박수를 치기도 하고 발을 구르기도 했다. 그 발 구르는 것이 일종의 춤처럼 변해갈 즈음이 되어서야 미영이 흘깃 양식을 보았다. 양식이 미영에게 말했다.

"사장님. 진짜 개장수는 정말 아니잖아요. 우리가 가진 전문적인 특성에 맞고, 우리 사업이 처음에 목적으로 했던 거에 맞는 일을 해야지…."

"자꾸, 김 이사는 전문성이니 목적이니 하는데, 김 이사가 한번 일거리 찾아 나서봐. 그렇게 딱 맞게 찾아지는 게 있나. 우리가 딱히 가진 게 뭐 있어요? 그나마 이 우주선 하나 잘 움직이는데, 누가 개가 아니라 개밥을 팔아달래도 지금은 돈 되면 가야지. 개장수 계약은 뭐 따내기 쉬운 줄 알아요?"

그래서 양식은 직접 일감을 찾아 이곳저곳에 연락을 돌렸다. 아닌 게 아니라 양식이 직접 나서도 개 배달 일보다 더 좋은 일을 찾기는 어려웠다. 그렇지만 양식이 이것저것 들쑤시고 다니는 것을 옆에서 지켜보던 미영은 몇 가지 새로운 정보를 얻을 수 있었고, 그 정보로 몇 군데 연락해본 결과 마침내 51페그B 행성 쪽에서 보수가 꽤 괜찮은 새 일거리를 얻을 수 있었다.

새로 얻은 일거리는 개 운반은 아니었다.

양식은 그 개 운반이 아닌 새 일거리를 하기로 타협했다. 그리고 말했다.

"이번 건은 사장님이 따낸 게 아니라, 제가 거의 다 찾아낸 거나 다름없는 일 아니에요?"

"거의 다 찾아냈는지는 모르겠지만, '다름'이 없는 건 아니지. 왜냐면 김 이사는 일을 못 따냈고, 나는 따냈으니까. 그게 다름이잖아."

미영은 웃음을 지었고, 양식은 51페그B 행성으로 가는 내내 별 구체적인 이유도 정해놓지 않은 채 답답해하고 있었다.

2

어차피 갈 거, 빈 우주선으로 갈 바에야 한 푼이라도 버는 게 낫다는 미영의 강변으로 미영과 양식은 결국 다섯 마리의 강아지를 싣고 개척 중인 51페그B 행성에 도착했다. 미영은 감상에 빠져 있는 양식을 보고 지금 새로 개척된 행성에서 새롭게 시작되는 세상의 역사를 보라고 했다. 양식이 대답했다.

"우리가 이 행성 역사에 첫 번째 개장수로 기록되겠죠."

양식이 맡은 일은 한 백만장자가 행성을 개발하는 데 쓰고 있는 로봇들에 새로운 보안 프로그램을 설치하는 일이었다. 양식은 최근에 유전자 열쇠에 관한 것들을 익힐 기회가 자주 있었고, 마침 보안 프로그램에 대해서 아는 것들도 많았기에 플레이아데스성단 쪽에서 새로 유행하고 있는 보안 프로그램을 들여와서 설치하는 일을 할 수 있다고 나선 것이다.

양식과 미영은 이 행성의 모든 개발 산업을 소유한 백만장자를 기다리면서 고루하고 답답한 늙은이일 거라고 생각했다. 하지만 의외로 두 사람을 고용한 백만장자는 유쾌한 젊은이였다. 양식은 백만장자가 사용하는 컴퓨터들에 유전자 열쇠 보안 프로그램을 별로 어렵지 않게 설치했다.

그런데 미영과 양식은 이 행성에 머물며 일하면서 이상하게도 이 행성 사람들이 지나치게 무모하고 겁 없이 일한다는 것을 알게 되었다.

그 이유를 묻자, 백만장자는 웃으며 대답했다.

"위험을 감수하지 않고 어떻게 행운을 얻겠습니까?"

일이 끝나자 양식은 미영에게 '사업은 저렇게 하는 것'이라며 자랑했다. 미영이 별로 동의하는 기색을 보이지 않자, 양식은 이렇게 말했다.

"하나의 사업이 또 다른 사업을 낳아 스스로 불어나는 멋진 모습을 제가 보여드리지요."

그러더니 양식은 백만장자를 다시 찾아가 설득했다. 양식은 이 행성뿐만 아니라, 백만장자의 고향 집이나 별장에도 유전자 열쇠 보안 프로그램을 설치하라고 권했다. 백만장자는 그 말이 어느 정도 그럴듯하다고 생각했는지, 자신의 믿음직한 부하 직원이자 친구인 로봇 조종사를 불러서 고향 집과 별장에도 유전자 열쇠 보안 프로그램을 설치하는 일을 진행해 보라고 했다.

미영과 양식은 조종사와 함께 가는 길에, 백만장자 주변의 사람들이 목숨도 아까워하지 않고 위험한 도전을 하는 것들을 알게 되었다. 무모한 사업을 벌였다가 파산한 사람도 많았고, 위험한 탐험에 나섰다가 죽은 사람도 무척 많았다. 하지만 그중에 아주 적은 수가 그에 걸맞은 벼락부자로 성공하기도 했다. 백만장자 본인도 그런 사람이었다.

미영은 어떻게 사람들이 이렇게 겁 없이 인생을 입맛 당기는 대로 사는지 놀라워했다. 양식은 이 사람들이 멋있게 사는 것 같다고 사뭇 부러워하기도 했다.

이런 이야기를 전해 들은 백만장자는 그러면, 그 비법을 알려주겠다면서 다 같이 저녁을 먹으면서 이야기해보자고 했다.

이렇게 해서, 백만장자와 조종사와 미영과 양식은 우선 백만장자의 별장으로 향했다. 그곳은 지구의 강원도 철원에 있는 어느 산속 비밀 별장이었다.

3

지구의 철원에 있는 백만장자의 비밀 별장에 도착해 보니, 별장을 관리하는 관리인과 별장에 오늘 새로 배달된 미술품을 위해 미술품을 감정하는 미술학자가 먼저 와 있었다.

관리인이라는 사람은 40대 후반이었지만 꼭 20대처럼 생긴 남자로, 스스로도 부유한 취향과 그에 맞는 격식, 학식에 아주 익숙한 사람이었다. 백만장자가 워낙 부자이다 보니 관리인은 백만장자에게 거액을 받고 고용되어 백만장자의 비밀 별장을 관리하는 역할을 하고 있었다. 한편 미술학자는 30대 후반 정도로 보이는 여자로 언제나 조금 취해 있는 것처럼 보이지만, 막상 밤새도록 포도주를 마시는 날 보면 결코 혼자서

만 취하지는 않을 사람이었다.

지구의 대기권으로 돌입할 때 백만장자를 돕던 젊은 비서가 별장에 도착한 후에도 계속 미영과 양식을 안내해주었다. 미영과 양식은 이 젊은 비서가 무척 잘 웃고, 또 굉장히 잘 놀라고, 그런 만큼 웃음소리와 비명 소리가 기억에 인상적으로 남는다는 것도 알게 되었다.

지구에 도착한 후 백만장자는 조종사, 비서, 관리인, 미술학자, 그리고 양식과 미영과 함께 비밀 별장에서 저녁을 먹기 시작했다. 관리인이 음식을 내어 오고, 모두 술을 한 잔씩 마시게 되자, 백만장자는 오늘 별장에 들여온 미술품을 보여주겠다고 했다.

"이 물건의 특징은 이게 진품 중에서도 진품이라는 겁니다."

백만장자가 보여준 미술품이란, 금동미륵보살반가사유상이었다. 한국의 국가 지정 문화재인 유물이었다. 모양이 똑같았지만, 신라 말의 유물이라고 하기에는 새것처럼 깨끗해 보였다.

"신라 시대 때의 유물이 이렇게 깨끗할 리는 없잖아요."

양식은 이상하게 생각했다. 하지만 미술학자만큼은 아니었다. 미술학자는 더욱더 놀라고 수수께끼에 당황하는 표정이 되었다. 미술학자의 당황하는 얼굴에 즐거워하면서 백만장자가 말했다.

"여기 역사는 모르시는 분들도 많을 테니까, 제가 아는 대로 설명해드리면 이렇습니다. 이 미술품은 불교에서 말하는 미륵 부처라는 것을 빚어놓은 것입니다. 미륵 부처는 말하자면 일종의 구원자 같은 것인데, 불교 전설에는 56억 7천만 년 후에 세상에 나타나 세상의 모든 사람이 깨달음을 얻게 해서 모든 고민과 걱정, 삶의 고통에서 다 벗어나게 해준다는 겁니다."

조종사는 백만장자가 다음에 할 이야기를 아는 것 같아 보였다. 아무에게나 이런 비밀을 말하면 되겠냐고 걱정스러운 표정을 지었다. 하지만 백만장자는 그저 즐겁게 웃으면서 말했다.

"20세기 사극 영화 중에 보면, 원래는 고귀한 신분이었는데 갑자기 노예의 신분으로 떨어졌다가 꾸역꾸역 복수심을 안고 성장해서 세상을 뒤흔드는 영웅이 되었다는 이야기가 셀 수 없이 많지 않았습니까? 그게 너무 유행하다 보니까 나중에는 제작자들이, 멀쩡하게 귀족으로 호화롭게 자라났다는 기록이 있는 사람이라도 노예가 되었다가 돌아온 것으로 굳이 바꿔서 꾸민 영화나 TV 연속극이 엄청나게 많았습니다.

그런데 정말로 딱 그렇게 인생을 산 사람이 있는데, 그게 바로 지구의 이 지역에서 살았던 궁예라는 사람입니다. 궁예는 지금 이 미술품이 있던 시기에서 별로 멀지 않은 시기에 살았던 사람이었습니다. 전설에 따르면 원래 신라의 왕족이었는데 음모 때문에 도망쳐 숨어 살면서 노비가 되어 살았다가 점차 힘을 키워서 결국 나라를 세우고 임금이 되었다고 합니다.

그런데 궁예에게는 혁명에 걸맞은 사상이 있었습니다. 그래서 더 영웅이라고 할 만한 사람이라고 생각합니다.

그때 신라 사람들은 불교를 많이 믿고 있었기에, 나라가 혼란스럽고 부패와 범죄 때문에 살기 힘들면 간절하게 기도하곤 했습니다. 그러면서 지금은 이렇게 괴롭지만 언젠가는 미륵 부처가 나타나서 모두를 다 구해줘서 행복하게 해줄 거라고 믿곤 했습니다.

그런데 궁예는 이걸 뒤엎었습니다. 궁예는 막연히 가만히 있으면서 열심히 빌기만 하면 언젠가 미륵 부처가 나타나서 우리를 구해주는 것이 아니라, 바로 직접 사람들이 죄를 없애려고 노력하고 악인을 징벌하고 제도를 고치고 좋은 나라를 만들어내고, 그렇게 해서 현실적으로 좋은 나라의 제도를 만들어야 한다고 했습니다. 그리고 그런 일을 하는 사람들이야말로 바로 미륵 부처라고 주장했습니다. 좋은 나라를 만드는 사람이야말로 미륵 부처라는 겁니다."

백만장자의 이야기가 그쯤 되자 미영이 끼어들었다.

"그렇지만 궁예는 결국 자기가 미륵 부처라고 생각해서 자기에게 반항하는 사람들 막 죽이다가 자기도 비참하게 죽었잖아요."

미영이 백만장자를 비판하는 것을 보고, 양식은 자기가 중심이 되어 해낸 사업이 아니꼬워서 미영이 초를 치려고 한다고 생각했다. 양식은 미영을 말리고 백만장자에게 사과하려고 했다. 하지만 백만장자는 그냥 웃어넘겼다.

"뭐, 저도 궁예의 생각이 틀리다는 것은 알고 있습니다."

그러자 비서가 백만장자에게 물었다.

"그런데 하여간 그래서 이게 어떻게 해서 진품이라는 걸까요? 이 새것 같은 불상이 어떻게 신라 시대에 만든 거라는 건지는 아직 전혀 모르겠습니다."

백만장자는 다시 말했다.

"시간 여행 기술을 이용해서 가져온 거라서 그렇습니다."

그러자, 이 모든 것이 점점 못마땅하다는 미영을 필두로 하여, 모든 사람은 다 믿을 수 없는 소리라는 듯 피식거리는 웃음으로 야유의 뜻을 비쳤다.

하지만 백만장자는 더 믿을 수 없는 것을 보여주겠다면서, 몇 마디 주문을 외웠다.

그러자 갑자기 사방의 풍경이 신라 말의 어느 성으로 변하더니, 궁예가 이끄는 군사들이 몰려들어 전쟁을 벌였다. 거기에 있던 사람들은 모두 놀랐다. 비서는 다시 비명을 질렀고, 이번에는 미영과 양식도 그 비명을 따라 했다.

겁을 먹은 양식은 시간 여행으로 우리를 신라 때로 끌고 온 것이냐고 물었다. 그러자 관리인은 그게 아니라 우리 모두의 정신을 조작해서 이런 환상을 보여주고 있는 것이라고 대신 설명해주었다.

곧 그 환상은 걷히고, 사람들은 다시 철원에 있는 비밀 별장에 와 있었다. 신라 시대의 군사들이 몰려든 소란 때문에 모두가 정신이 없었지만, 차차 정신을 차려갔다. 그사이에 저녁은 깊어져 있었고, 소나기가 내리는지 쏟아지는 빗소리가 났다.

그때 보니, 백만장자가 칼에 찔려 죽어 쓰러져 있었다.

4

비 내리는 밤, 비밀 별장에는 조종사, 비서, 관리인, 미술학자, 미영, 양식이 있는 가운데, 집주인인 백만장자가 죽어 쓰러져 있었다. 양식이 설치한 보안 프로그램 때문에 비밀 별장은 경찰이 올 때까지 봉쇄되어버렸다. 3시간 30분 정도, 모든 사람은 같이 이 집 안에 있어야만 했다. 서로가 이 중에 백만장자를 죽인 살인범이 있다고 의심하며 두려워했다.

미영은 살인범을 밝혀내는 일을 자신이 해내서 양식을 눌러주고 싶었다. 미영은 백만장자의 행적을 조사했고, 백만장자가 조금 전에 보여준 불상 이외에도 시간 여행으로 가져온 것과 같은 신기한 물건들을 많이 가진 것을 알게 되었다.

미영은 이렇게 조사를 해나가다가 범인을 짐작해서 극적인 동작으로 범인을 지목했다. 미영이 지목한 범인은 바로 미술학자였다.

미영이 밝혀낸 바에 따르면, 미술학자는 미술학자가 아니라 미술학자로 가장한 미술품 도둑이나 그 비슷한 것일 가능성이 컸다. 미술학자는 아주 보존 상태가 좋고 희귀한 미술품이 있는 것을 보고, 그것을 훔치기 위해 미술학자인 척하고 온 것이었다. 거기까지는 미영의 짐작이 맞았다.

하지만 미술학자는 그 미술품들이 시간 여행 기술을 이용해서 가져온 물건이라는 것을 알게 되자, 골동품 거래에는 별

쓸모가 없을 거라고 생각하고 후회하고 있었다.

"질이 너무 좋고 깨끗해도 문제예요. 이렇게 새것 같은 유물을 어떤 장물아비가 사려고 하겠어요."

그러니 미술학자는 아무 물건도 훔치지 않을 생각이었고 당연히 백만장자를 죽일 이유가 없었다. 실제로도 죽이지 않은 것으로 보였다.

미영은 실망했다. 하지만 미술학자는 적어도 시간 여행 기술은 확실히 진짜인 것 같고, 죽은 백만장자는 과거에서 가져온 물건뿐만 아니라, 미래에서 가져온 물건도 갖고 있는 것 같다고 말했다.

미영은 범인을 잘못 지목한 부끄러움을 애써 감추고 다시 조사를 계속했다. 그리고 관리인은 최근 부인이 세상을 떠난 것에 괴로워하고 있으며, 백만장자를 몰래 몇 번 만났다는 것을 알아내었다.

미영은 다시 한 번 범인을 밝혀냈다고 극적으로 외치면서, 범인은 바로 관리인이라고 지목했다. 관리인은 백만장자가 아내를 죽게 한 원수라고 생각하고 복수를 위해 살인을 했다는 것이다.

하지만 관리인은 그 말이 틀렸다고 했다. 아내가 죽은 것도 맞고, 백만장자를 따로 만난 일이 있는 것까지는 맞다고 했다. 둘이 관련이 있다는 것도 맞았다. 하지만 백만장자를 만난 것은 백만장자가 사람의 정신을 조작하고 새로운 가르침을 뇌에 집어넣는 뇌 조작 광선 기술을 갖고 있기 때문에 그 기술을 이용해서 아내를 잃은 자신의 슬픔을 뇌에서 제거하기 위해서였다고 밝혔다. 백만장자의 기술은 정말로 성공했기 때문에 덕택에 관리인은 아내에 대한 슬픔을 바람직하게 극복했고, 오히려 백만장자에게 깊이 감사하고 있을 뿐, 살인할 이유는 전혀 없다고 했다.

미영은 또다시 실패하자 더욱 부끄러워했지만, 이제는 부끄러움을 극복하기 위해서라도 범인 찾기에 매달렸다. 조사 끝에 비서에게 백만장자가 맡겨둔 중요한 문서가 있다는 사실을 알게 되었다. 미영은 그 문서가 바로 백만장자가 갖고 있는 시간 여행과 뇌 조작 기술을 기록한 것이리라고 추측했다. 미영은 비서가 그 기술을 혼자 차지하기 위해 백만장자를 살해한 것이라고 말하며, 다시 한 번 절정 장면이라도 되는 것 같은 동작으로 비서를 범인이라고 지목했다.

그렇지만 비서는 자신이 보관하고 있는 문서에 대해서 자기는 아무것도 모른다고 주장했다. 그 문서를 보면 인생이 완전히 바뀔 것이라고 들었는데, 자기는 자기 인생이 바뀌는 것을 전혀 바라지 않았기 때문에 결코 그 문서를 본 적이 없다고 말했다.

미영은 그 말이 사실인지 정확히 확인하기 위해 그 문서를 다 같이 살펴보기로 했다.

그 문서는 시간 여행 기술과 뇌 조작 기술에 관한 것은 맞았다. 일단 미영은 기뻐했다. 하지만 역시 비서가 범인인 것은 아니었다.

5

　백만장자가 숨겨둔 문서에서 전하려던 이야기는 이런 것이었다.

　인간의 기술은 앞으로 점점 더 발전하게 될 것이다. 지금도 이미 안드로메다 은하계의 뛰어난 과학자들이 기초적인 시간 여행 기술을 연구하고 있는 마당이니, 100년 안에 시간 여행 기술은 어느 정도 쓸모 있는 경지에 도달할 것이다. 백만장자의 문서에는 앞으로 4만 년 후에는 시간 여행 기술이 완성되고, 150만 년 후 정도가 되면 누구든 자유롭게 시간 여행 기술을 활용할 수 있게 된다고 적혀 있었다.

　한편, 인간의 정신과 마음을 바람직한 방법으로 개선하는 기술도 앞으로 점점 더 발전할 것이라고 했다. 이것은 뇌를 조작하는 기술 자체보다도 어떤 것이 과연 정말로 도덕적인 조작인가 하는 점에 대해서 의논하고 결론을 내리는 데 오래 걸려서 실제로 쓰는 데는 좀 더 오랜 세월이 걸릴 것이라고도 했다. 백만장자의 문서에는 5만 년 이내에 일반적인 기술은 모조리 완성되고, 앞으로 2억 년이 더 지나기 전에 역시 누구든 자유롭게 그 기술을 활용할 수 있는 시대가 된다고 적혀 있었다. 그렇게 해서 2억 8천만 년 후쯤이 되면, 사람이라면 누구나 그 어떤 고민도 고통도 없이, 그저 행복하고 즐겁게 지내면서 가장 보람차고 영예로운 삶을 부족함도 끝도 없이 가장 훌륭한 상태로 영원히 누릴 수 있는 기술을 완성하게 된다는 이야기였다.

백만장자의 문서에서 핵심은 그다음 대목이었다. 이렇게 되면서 사람들은 점점 더 선해질 것이기 때문에, 그 사람들은 그런 좋은 시대가 오기 전에 고통스럽고 괴롭게 한세상 살다가 허무하게 죽어 없어진 우리 같은 과거 시대의 사람들을 불쌍하게 여기게 된다는 것이다.

다 같이 여기까지 보았을 때 비서가 물었다.

"그런 게 어딨어요. 사람들이 기술은 발전해도 성격은 더 악해질 수 있는 거 아닌가? 저희 할머니께서는 옛날 사람들은 순진했는데 요즘 사람들은 영악하고 나쁘고 인심 나빠졌다고 맨날 그러셨는데."

관리인이 대답했다.

"그래도 넓은 시간을 놓고 보면 인권, 자유, 평등, 평화에 대한 생각은 점점 더 발전해나간다는 게 사장님 생각이셨던 것 같습니다. 사람들이 점점 더 강한 힘을 갖게 되는데, 그보다 더 빨리 착해지지 않으면 결국 사고를 크게 치게 되어 사람들이 멸망할 것이니까, 그렇게 되지 않으려면 기술이 발전해서 다룰 수 있는 힘이 세지는 속도보다 착해지는 속도가 더 빨라져야 할 거라고 생각하신 겁니다. 이 뒤쪽 자료를 보면 이걸 나름대로 이론으로 증명하고, 이렇게 해서 인간들은 어느 시점을 지나면, 예를 들어서 누가 조금 욱하는 마음만 품어도 세계를 다 날려버릴 수 있을 정도의 에너지를 사람들이 모두 자유롭게 다루는 시대가 오면, 그 시대에서 살아남기 위해서는 다들 극히 빠른 속도로 착해지게 되는 수밖에 없다고 보신 겁니다."

백만장자의 문서에 따르면, 그런 식으로 세상이 흘러가다 보면, 분명히 과거로 시간 여행까지 해서 역사상 모든 사람을 행복하게 해줘야겠다고 생각하는 사람이 생겨날 거라고 했다. 모든 사람이 극히 선하고, 진정으로 삶의 모든 고통을 초월한 마음으로 살고 있는 시대가 되면, 그 시대 사람들은 자기처럼 살지 못하는 과거의 사람들을 불쌍하게 여기게 된다.

적어도 그런 생각을 가진 사람이 단 한 명은 있을 것이다. 그렇다면 그 사람은 자신이 가진 시간 여행 기술을 이용해서 과거에 살았던 사람들에게도 극히 행복하고 고민 없는 삶을 주려고 할 거라는 게 문서의 결론이었다.

미영은 소리 내어 문서를 읽었다.

"언젠가 이 모든 기술을 활용하는 것이 너무나 쉬워지고, 한 사람 한 사람이 사용할 수 있는 기술과 자원이 극히 풍요로워지게 되면, 그 사람은 불쌍한 과거의 사람들에게 베풀기 위해, 과거로 돌아가서 그 과거 사람들의 정신을 자기 시대의 낙원으로 데려가게 될 것이다. 먼 시간이 흐르면 그런 엄청난 일도 간단히 할 수 있는 뛰어난 힘과 기술을 가진 사람들이 나타난다. 16세기의 위대한 학자에게 전기는 하늘의 꾸짖음과 같은 어마어마한 천둥 번개였지만, 20세기에는 어린이도 전화를 걸어 대양을 건너 통화할 줄을 알게 되듯이, 우리는 상상하는 것을 꿈도 못 꿀 대단한 기술이 몇천만 년, 몇억 년 후에는 생길 것이다."

문서의 그다음 대목은 과연 과거로 시간 여행을 와서 사람들을 구해주는 사람이 나타나는 시기가 언제냐 하는 것이었다. 백만장자는 그게 바로 56억 7천만 년 후라고 보았다. 심지어 문서의 내용에 따르면 백만장자는 그 사람을 직접 만나서 상세한 사연을 들었다고 했다. 그 증거로, 시간 여행 기술이 있어야만 얻을 수 있는 물건들과 정신 조작 기술을 배웠다고 기록해두었다. 지금으로부터 56억 7천만 년 후가 되면, 모든 것을 다 해낼 수 있는 능력을 갖는 데 성공한 사람이 나타나서, 그 사람이 과거로 시간 여행을 와서 역사가 지나는 동안 지금껏 태어나서 살고 죽었던 그 모든 사람을 한 명 한 명 다 찾아다니면서 그 모두의 정신을 다 낙원과 같은 미래 세상으로 옮겨 거기서 영원히 지내게 해준다는 것이다.

백만장자의 문서에는 그 미래 사람이 구체적으로 어떤 식으로 미래 세상으로 사람을 옮겨 가는지도 설명되어 있었다. 그 내용은 이러했다.

우리 같은 사람들, 그러니까 과거의 사람들이 저마다 자신의 시대에서 보람차게 살도록 하기 위해, 각자 인생을 사는 동안에는 미래 사람이 끼어들지 않고 그대로 둔다고 했다. 하지만 죽어서 사라질 순간이 되면, 바로 그때 미래의 모든 것을 할 수 있는 그 사람은 그 정신을 미래로 데려간다. 착한 사람, 악한 사람, 위대한 사람, 보잘것없는 사람, 젊은 사람, 늙은 사람을 막론하고, 어떤 사람이건 모든 사람을 다 구해준다는 것이다.

그다음 대목은 양식이 소리를 내어 읽었다.

"그렇게 지구에서 살다 간 모든 사람에게 전부 최대한 행복한 삶을 줄 수 있을 만큼, 그만큼 그 사람은 넉넉한 기술과 선한 마음을 갖고 있다. 57억 년이 뒤처진 우리로서는 감히 어렴풋이 짐작도 하기도 어려울 만큼 그 사람의 기술과 힘은 넉넉할 것이다."

가끔은 인생이 끝나기 전에 시간 여행을 온 미래 사람을 만나는 경우도 있다고 했다. 그렇게 되면, 미래 사람의 발달된 사상, 철학, 정신을 배우고, 드디어 세상의 의미와 인생의 목적에 대한 진정한 깨달음을 얻을 수도 있다. 수십억 년 후의 미래 사람은 그동안 발전된 지식의 결과로 그 모든 삶의 고민에 대한 답을 다 알고 있고, 그것을 아주 쉽게 설명해줄 수 있는 기술까지 갖고 있다. 백만장자는 자신이 그런 미래의 사람을 만났으며 바로 미래 사람의 지식을 전수받은 사람이라고 썼다.

문서의 마지막은, 그렇기 때문에 우리는 세상을 사는 것을 조금도 두려워할 필요가 없다는 것이 요점이었다. 우리의 삶이 끝나는 순간에 이르면, 미래의 그 사람이 우리에게 나타나 우리가 모든 것을 깨닫고 지극히 행복하게 지낼 수 있게 해줄 테니까. 그렇기 때문에 새로운 사업을 벌이다가 망할 것을 걱정할 필요도 없고, 꿈을 좇아 새로운 일을 하다가 지금의 일상생활이 망가질까 봐 무서워할 필요도 없고, 어떤 도전도 어떤 시도도 겁낼 필요가 없다는 말이었다.

미영이 고개를 혼자 끄덕끄덕하더니 말했다.

"그래서 그 사람들이 그렇게 위험하게 일한 거네요."

모여 있던 사람들은 그제야 백만장자와 그 동료들이 성공한 비결을 알 수 있었다. 백만장자가 바로 이런 이야기를 사람들에게 퍼뜨렸기 때문에, 백만장자와 함께 51페그B 행성에서 일하던 사람들은 두려움 없이 목숨을 아끼지 않고 하고 싶은 일에 도전했던 것이다. 물론 그런 도전을 하다가 쫄딱 망해서 알거지가 되거나 일찍 죽는 사람들도 생겨났지만, 그 사람들은 미래의 그 극히 선한 사람이 시간 여행을 와서 구해줄 것을 믿고 조금도 두려워하지 않았다.

"이런 개소리가 어딨나."

백만장자의 문서를 다 보았을 때, 조종사가 말했다.

그러자, 이번에야말로 그 어떤 절정보다 화려한 절정에 걸맞게 미영이 말했다. 조종사가 범인이라고.

6

사실 미영은 구식으로 조사해서 범인을 밝혀낸다는 생각은 중도에 포기했다. 유전자 열쇠 보안 프로그램을 양식이 설치해두었으니까, 그 보안 프로그램 기록을 분석해서 사람들의 행동을 추적하려고 했다. 미영은 그 분석을 실행하는 동안 범인의 눈길을 돌리기 위해 엉뚱한 소리를 하면서 시간을 끈 것이었다. 하지만 정작 분석 결과를 봐도 공격 행동이나 살인을 저지른 사람의 유전자는 기록되어 있지 않았다.

"이럴 리가 없는데. 제가 프로그램 설치는 잘했어요. 진짜로요."

양식은 미영과 몰래 대화하면서 이해가 안 된다면서 혼란스러워했다. 하지만 미영은 조금 더 생각하더니 다른 방법이 있다면서, 조금 더 시간을 끌어야겠다고 생각했다. 그렇게 시간을 끌면서 미영은 증거를 찾아냈고, 이번에는 그 확실한 증거를 갖고 조종사가 범인이라는 것을 밝힌 것이다.

"1985년에 나온 〈페노미나〉라는 영화가 있는데, 그 영화를 보다 보면 연쇄살인마가 살인을 하는데, 그게 사람이 아니라 침팬지일 수도 있다는 생각으로 이야기가 흘러가거든요."

양식이 그렇게 말하는 것을 듣고, 미영은 유전자 열쇠 보안 프로그램에 걸리지 않고 살인을 저지를 수 있는 사람은 인간의 유전자를 갖고 있지 않은 사람밖에 없다고 생각했다. 그래서 미영과 양식은 여기 있는 사람들의 식사하다 묻은 흔적으로 유전자를 분석해보았다.

그랬더니, 그곳에 있는 사람 중에 조종사만이 인간과 같은 유전자를 갖고 있지 않았다. 그랬기 때문에 유전자 열쇠 보안 프로그램에 정상적으로 기록되지 않았던 것이다.

미영이 추궁하고, 경찰이 가까이 오고 있다는 연락이 들어

오자 조종사는 자기가 왜 백만장자를 살해했는지 털어놓았다.

"저놈이 앞도 뒤도 안 보고, 겁내는 것도 모르고 달려드는 미친 무리를 몰고 와서 사업에 뛰어드는 통에 우리 가족이 망했단 말입니다. 51페그B 개발 사업은 우리 가족이 원래 하던 일이었습니다. 그런데 망할 것도, 죽는 것도 무서워하지 않는 그놈들이 와서 우리를 경쟁에서 이겨버렸습니다. 저놈 때문에 우리가 망한 겁니다. 저는 도대체 저놈이 무슨 재주로 그랬는지 궁금해서, 저놈의 조종사로 들어가서 놈을 가까이에서 살폈습니다. 그랬더니, 저놈은 무슨 말도 안 되는 헛소리를 믿고 있더란 말입니다."

조종사는 백만장자가 정신 조작 기술이나 시간 여행 기술을 알아낸 것까지는 사실일 수도 있다고 말했다. 하지만 먼 미래의 누가 우리를 구해줄 것이라느니 어쩌니 하는 이야기는 모조리 헛소리라고 했다. 조종사는 소리 질렀다.

"무슨, 말로는 할 수 없는 심오한 깨달음, 그런 게 어딨습니까? 사람 뇌 안의 전두엽 42번 신경군에 음이온이 많아지면 그 사람은 큰 행복감을 느끼게 됩니다. 측두엽 6번 신경군에 음이온이 많아지면 그 사람은 자기가 뭔가 엄청난 것을 알아냈다는 깨달음의 기쁨을 자극받게 됩니다. 그게 끝입니다. 깊은 수행과 공부를 해서 말로 알 수 없는 엄청난 우주의 의미를 깨달았다는 사람들은 정신을 연마한답시고 미친 짓 하다가 뇌를 다쳐서 전두엽 42번, 측두엽 6번 신경이 망가져서 그렇게 된 겁니다. 그냥 괜히 자기가 뭔가 말로 할 수 없는 깨달음을 얻었다는 느낌만 느끼는 겁니다. 그건 대단한 게 아닙니다. 그냥 미친 겁니다."

그러면서 조종사는 자기가 증명해 보이겠다면서 비서에게 다가가 그 손을 잡고 한참 비서를 쳐다보며 묘한 분위기를 만들더니 갑자기 비서의 입속으로 초소형 로봇을 집어넣었다.

그 로봇은 비서의 몸속으로 들어가서는 비서의 뇌로 들어가, 조종사가 조종하는 대로 뇌의 신경을 자극한다고 했다. 조종사가 낄낄거리며 전두엽 42번과 측두엽 6번을 입력하자, 조종사의 미치광이 같은 소리에 겁을 먹고 떨고 있던 비서는 갑자기 온화한 미소를 얼굴에 띠기 시작하더니 이내 공중에 붕 떠서 날아다니는 것 같은 표정을 지으며 눈을 지그시 감았다.

양식은 도대체 왜 조종사의 유전자가 사람의 유전자가 아닌지 물었다. 그러자 조종사는 즐겁게 웃어대더니 대답했다.

"그게 멋진 겁니다. 나는 그놈이 하는 황당한 소리, 미래의 누군가가 시간 여행을 해서 모든 사람을 구해준다는 소리를 비웃고 싶었습니다. 그래서 나는 물어봤습니다. 사람이라면 다, 어른이건 멍청한 사람이건 다친 사람이건 다 구해주냐고 물어봤습니다. 그랬더니 그렇다고 했습니다. 사람이라면 다 구해준다는 겁니다. 그래서 나는 그 미래에서 오는 모든 것을 다 깨달았다는 사람을 헷갈리게 하려고 한 겁니다.

저는 유전자 조합기로 소와 사람의 유전자를 조합해서 소도 아니고 사람도 아닌 괴물들을 만들어봤습니다. 그래서 그냥 소인데 미세한 세포 몇 가지만 사람과 같은 소도 만들어보고, 소와 똑같지만 눈동자만 사람 눈인 소도 만들어보고, 조금 더 사람과 비슷한 소, 그보다 조금 더 사람과 비슷한 소, 사람과 소의 중간인 동물, 사람에 가깝지만 뇌는 소의 뇌를 가진 동물, 온갖 종류를 다 만들어보고 있습니다. 그리고 바로 저 자신의 몸도 내장과 근육, 뇌의 일부분까지 여러 곳을 소처럼 생기게 해 소와 사람의 중간 상태로 변형시켰습니다. 이 애매한 여러 가지 섞인 동물들 중에 어디까지를 사람으로 보고 그 미래의 대단한 사람이 구해준다는 겁니까? 아마 헷갈려서 고생 좀 할 겁니다."

미술학자가 고개를 흔들며 말했다.

"징그럽네."

"그런데 정말 애매하긴 하네요."

비서가 말했다. 비서는 관리인의 응급처치로 겨우 로봇을 토해내고 깨어났다. 그러자 조종사가 화를 내며 소리쳤다.

"애매하긴요! 애매할 것 없습니다. 애초에 미래에서 와서 사람을 구해주는 그런 일은 없다니까요. 다 그놈의 개소리란 말입니다."

마침내 경찰이 도착해서 조종사가 붙잡혀 갈 때, 미영이 조종사에게 물었다.

"그렇다고 죽일 것까지는 없지 않습니까? 어떻게든 틀렸다는 것을 증명만 해도 되었던 것 아닙니까."

조종사가 마지막으로 대답한 말은 이러했다.

"그놈에게, 그놈한테 직접 그런 게 없다는 걸 알게 해주고 싶었습니다. 그놈이 죽을 때, 죽으면서 그렇게 죽어봤자 아무도 시간을 거슬러서 찾아오는 놈도 없고, 진정으로 자유로워질 수 있는 삶의 이치를 가르쳐주는 미래의 깨달은 사람이 나타나지도 않는다는 것을 그놈이 직접 알고 그놈이 진저리나게 무서워하게 해주고 싶었습니다."

7

스산한 비밀 별장에서 다들 흩어져 헤어져 나올 때, 이미 비는 그쳐 있었다. 무겁게 낀 구름만 급히 바람에 따라 흘러가는 모양이, 하늘에 생긴 커다란 산맥이 막대한 힘으로 움직이는 것처럼 보였다.

우주선에서 미영이 양식에게 말했다.

"옛날이야기나 전설 같은 거 보면 먼 옛날에 처음 세상에 있던 것이 굉장히 대단하고 엄청나고 그래서 그 맨 처음에 있는 자를 숭배하고 기도해야 된다 이런 게 많았잖아. 그런데 지금 보면, 처음 있었던 게 대단한 게 아니고, 먼 미래에 아주 나중에 나타나는 사람을 굉장히 대단하고 엄청난 거로 받들어 모셔야 할 거 같네."

양식이 대답했다.

"그래서 원래 젊은 사람들이 무섭고, 후배들이 더 똑똑하고 많이 배우게 되는 걸 존경할 줄 알아야 한다고 하잖아요."

미영이 양식을 쳐다보자, 양식은 짐짓 고개를 돌려 별이 가득한 하늘을 보면서 덧붙였다.

"뭐, 그래서 상사가 부하 직원을 좀 더 대단하게 여기고 잘 대해줘야 한다는 거죠."

— 2012년, 발산동에서

소원은 세 가지만

빌 수 있다

1

경리부장이 사무실 임대료를 못 낼 형편이라면서 미영에게 괴로운 말을 한 것이 가장 큰 이유였다. 15층이 통째로 물이 가득 차 있는 늪으로 변해버린 건물이 왜 이렇게 임대료는 비싼 것이냐고 미영이 분개한 것도 꽤 중요한 이유였다. 특히 그 15층의 늪에서 튀어나온 비단잉어가 뛰어올랐다가 건물 바깥으로 나오게 되어 아래층, 미영이 있는 사무실로 툭 떨어진 것은 미영의 당황과 분노를 더욱 불러일으켰다.

그리하여, 미영이 일단 임대료부터 막아야겠다고 생각해서 이 일거리를 받아온 것이었다. 양식은 계약서 첫머리를 보자마자 말했다.

"이건 정말 우리가 애초에 사업 시작할 때 생각했던 일이 진짜 아니잖아요."

미영은 이번에는 양식과 승강이를 벌이고 싶지도 않아 잘 대답도 하지 않고 오직 분노의 열기만을 얼굴 표정으로 뿜어 내었다. 양식이 진심을 담아 투덜거리면서 말했다.

"그래도 텔레마케팅은 너무 심하잖아요."

그러자 미영은 소리를 빽 질렀다. 텔레마케팅은 아니라고. 이건 설문조사라고. 미영은 누군가를 저주하듯이 소리 질렀다. 양식은 미영의 굳은 표정과 높은 목소리에 다소 겁을 먹었으나, 그래도 반발심을 완전히 감추지 않고 "그게 그거…."라고 이야기를 했다. 두 사람은 목소리가 커지는 대화를 한동안 했으나, 그 싸움을 프로레슬링 구경하듯 구경하는 비서와 경리부장의 모습을 보고, 두 사람은 결국 합의 국면에 이르렀다.

이렇게 해서, 미영과 양식은 설문조사 일을 맡아서 하기는 하되, 너무 어려워서 조금만 하고 끝내도 돈이 되는 것으로 딱 한 단위만 하기로 타협을 보았다.

2

두 사람은 지도에 표시되어 있고, 탐사선이 이전에 도착했던 기록도 있고, 사는 주민이 있을 것 같기는 하되, 외딴곳에 있고 거의 교류가 없어 잊힌 무인도 같은 행성 한 곳을 맡아 그곳에 가서 설문 조사를 하게 되었다. 미영과 양식은 은하수의 바깥쪽에 있는 한 행성에 도착해서, 그 행성의 커다란 강물 위에 우주선을 착륙시켰다. 혹시 도둑이라도 있을까 싶어서 두 사람은 우주선을 강물 속에 잠수시켜 숨겨놓기로 했다.

우주복을 입고 나가면서 보니, 별다른 해충도 없어 보였고 공기와 온도도 적당한, 살기 좋은 행성이었다. 날씨가 상당히 춥다는 것이 유일한 문제였다. 두 사람이 도착한 곳이 행성의 적도 지역으로 이 행성에서 가장 더운 지역인 것을 생각하면, 조금만 북쪽으로 가도 급속 냉동 장치 내부처럼 굉장히 추운 곳이 있을 듯했다. 하지만 두 사람이 도착한 적도 지역은 그 정도는 아니었다. 그냥 쌀쌀한 날씨로 우주복 없이 평상복을 입고 서 있다면 견디기 어려운 정도이고, 적당한 방한복만 입고 있어도 다닐 수 있는 온도였다. 아닌 게 아니라 지구에서 보던 것과 똑같은 파란 풀들과 침엽수림이 잘 자라나 있었다.

양식은 물 바깥으로 나오면서 말했다.

"이만해도 화성보다는 몇천 배, 몇만 배 살기 좋은 곳인데. 지구에서 몇 광년 떨어져 있다고 이렇게 아무도 안 사는 땅이 되었네요. 아마 별다른 자원도 없고 적도 주변 조금 말고는 너무 추운 곳이 많고, 다른 좋은 행성에 비해서 딱히 좋을 게 없어서 처음에 한 번 탐사선만 왔다 가고 아무도 안 왔나 봐요."

그런데 그 말에 대한 이 행성의 저항과도 같이, 강물 주변에 수십 명의 사람이 나타나더니 미영과 양식 주변으로 화살을 쏘아대었다.

미영은 놀라서 소리를 질렀다. 양식은 화살이 웬만히 강한 것이 아니고서야 입고 있는 우주복이 튼튼해서 튕겨낼 테니

일단 안심하라고 달랬다. 얼마후 그 말대로 미영은 안심하기로 했다. 그러고 나니, 그래도 이 행성에 사는 사람들을 만났으니 다행이라고 하면서, 이제 설문 조사를 해서 돈을 벌 수 있게 되었다고 기뻐하기까지 했다.

하지만 미영과 양식을 공격하고 있는 사람들은 만만치 않았다. 이 사람들은 머리에 새 깃털을 꽂은 모자를 쓰고 모두가 말을 타고 있었다. 다들 말 타는 솜씨와 활 솜씨가 뛰어났다.

"원숭이들은 순순히 멈추어라. 우리가 너희를 맞힐 줄 몰라서 안 맞는 줄 아느냐? 나는 서남군에서 가장 솜씨 좋은 '주몽'이니, 내가 마음만 먹으면 네놈들의 머리통 둘을 화살 하나로 꿰어줄 수 있노라."

놀랍게도 활 쏘는 사람들의 우두머리가 하는 말은 매우 알아듣기 쉬운 표준어였다. 미영과 양식은 다시 놀랐지만, 정말로 화살이 쇳소리를 내며 우주복에 픽픽 부닥치기 시작하자, 두 사람은 다시 첨벙거리며 물속으로 도망쳤다.

그러나 활 쏘는 사람 중에 우두머리는 옆 사람에게, 자기가 투구끈을 맞힐 테니, 투구끈이 풀려서 투구가 벗겨지면 옆 사람에게 얼굴을 쏘라고 말했다. 그러더니 우두머리는 절묘한 솜씨로 미영의 우주복 헬멧 벗는 버튼을 정확히 조준해 활로 쏘아 맞혔다. 그 바람에 미영의 우주복 헬멧은 벗겨졌다. 그러자 우두머리 옆에 있던 활 쏘는 사람이 미영의 얼굴을 겨냥했다. 양식은 미영을 덮쳐서 몸으로 겨우 다음 화살을 막았다. 양식은 활 쏘는 사람들에게 소리쳤다.

"항복한다!"

두 사람은 이리하여, 활 쏘는 병사들에게 붙잡혀 이 사람들의 근거지로 붙들려 가게 되었다. 양식은 낯선 행성에서 제대로 검사도 안 하고 우주복을 벗었고, 거기다가 더러운 강물에 빠지기까지 했으니, 곧 우주 세균에 감염되어 죽을지도 모른다고 우는 소리를 냈다. 미영은 양식을 달래려고 노력했다. 미영은 우주복에 달린 안전 감지기로 유전자 분석을 해서 특이한 세균은 발견되지 않았다고 확인해주면서 양식을 달래보았다. 하지만 자신들을 '원숭이'라고 부르는 병사들을 보자 아무래도 두려운 생각이 들어서 달래기가 쉽지는 않았다.

미영과 양식은 병사들의 집이 있는 도시로 가게 되었다. 약간 높은 언덕으로 둘러싸인 그 도시는 그 언덕들을 둘러친 산성 성벽 안에 있는 곳이었다. 거기에는 지구의 아시아 지역에서 흔히 볼 수 있는 형태의 기와집과 초가집들이 많이 자리잡고 있었다. 그곳에 사는 사람들은 흰옷을 주로 많이 입고 있었는데, 옷들은 제대로 된 옷감으로 만든 것으로 무늬도 다양했다. 남자들은 주로 머리에 천으로 된 복두를 썼고, 여자들은 머리를 여러 가지로 땋은 사람들이 많았다.

곧이어 미영과 양식은 커다란 기둥이 많은 큰 건물과 행랑들이 있는 곳으로 끌려갔다. 아마도 궁궐 같은 곳인 듯 보였는데, 미영과 양식은 거기서 감옥에 갇혔다. 감옥에 갇히면서 보니, 그 감옥의 다른 방들에는 머리를 길게 기른 사람들이 여럿 잡혀 있었다. 그 사람들은 말을 하지 못하는지, 짐승같이 소리를 지르며 날뛰었다. 병사들은 미영과 양식을 가리키며 "다른 원숭이들과는 다른 방에 가두어두라"면서 별도의 감옥에 둘을 가두었다.

두 사람은 잔뜩 겁을 먹었다. 미영은 양식을 안심하기 위해서, "호랑이굴에 끌려가도 정신만 차리면 산다"면서 이 상황에 적응하는 게 중요하다고 말했다. 그러자 양식은 감옥 옆방의 한 사람에게 인사를 건네며 미소 띤 얼굴로 친분을 확보하려고 했다. 그러면서 자세히 살펴보니, 감옥에 갇힌 사람들은 모두가 훤칠하고 아름다운 용모를 지니고 있었다. 양식은 그 점을 확인하고 기뻐했다. 하지만 감옥 옆 방의 사람은 소리를 지르며 무섭게 달려들어 인사하는 양식을 공격해 물어뜯어버렸다. 양식은 물린 손에서 피를 흘리며 감옥 구석으로 피했다.

미영은 양식의 손이 물린 곳을 어떻게든 치료해주려고 살펴보았다. 일단 상처가 감염은 되지 않았나 확인하기 위해 안전 감지기로 검사를 해보았다. 미영은 그렇게 상처를 검사하다가 상처의 피에 묻은, 양식을 물어뜯은 옆 감옥 사람의 입술 세포도 분석해보게 되었다. 그러자 미영은 놀라서 말했다.

"저 사람들은, 사람이 아니야…"

그 말을 마침 들은 병사 한 명이 비웃으며 말했다.

"그러면 원숭이들이 사람인 줄 알았나?"

그리고 그 비웃음에 합세하듯이 양식의 손을 물어뜯은 여자는 늑대와 아주 비슷한 긴 짐승 울음소리를 내었다.

3

미영과 양식은 병사들에게 끌려가면서 감옥에 갇혀 있는 사람들에 관해서 이야기했다. 우주복의 감지기에 딸린 분석기가 성능이 충분하지는 못했지만, 몇 가지는 알 수 있었다. 일단 두 사람과 같이 갇혀 있던, 사람처럼 생긴 것들은 유전자상으로 볼 때 사람과는 꽤 많이 달랐다. 그 무리보다는 차라리 사람과 침팬지가 훨씬 더 닮은 편에 속했다.

그 무리는 그런데 겉보기만은 이상하게도 사람과, 그것도 아름다운 사람들과 매우 닮아 있었다. 그러면서, 이빨과 위, 창자 등 속은 사람과 아주 달랐다. 그 무리는 소처럼 생풀을 뜯어 먹고 살 수 있었고, 동시에 독수리나 올빼미처럼 산짐승을 뜯기에도 좋게 되어 있었다. 그러면서 뇌의 용량은 무척 작은 편이어서, 어지간한 개나 고양이보다도 지능은 떨어져서 정말로 늑대와 비슷할 듯했다. 이곳 사람들은 그 무리를 '원숭이'라고 불렀다. 하지만 선남선녀의 겉모습을 하고 있는 그 무리는 지구에서 볼 수 있는 보통 원숭이들보다도 훨씬 더 야수 같은 동물들이었다.

미영과 양식은 팔과 다리가 쇠사슬로 묶인 채, 어두운 통로를 걸어가게 되었다. 미영은 사형을 당하러 가거나, 이 병사들이 숭배하는 신에게 제물로 바쳐지는 것은 아닌지 걱정했다. 양식은 그런 생각에 대한 반대 의견을 내려고 했지만 미영의 말을 들으니 자꾸 겁이 나는 것은 어쩔 수 없었다.

두 사람이 도착한 곳은 어느 넓고 큰 건물의 중앙이었다. 두 사람 주변에는 호화로운 비단옷 같은 것을 차려입은 남녀들이 있었다. 그 사람들 중에 가장 높고 좋은 자리에 황금으로 된 왕관을 쓴 여자가 앉아 있었다. 두 사람을 끌고 온 병사는 그 금관을 쓴 사람 앞에 정중하게 엎드려 절을 하였다. 갑옷을 입은 장군 하나가 나와서 금관을 쓴 여자를 여왕이라고 부르며 말했다.

"여왕 폐하, 여기에 진기하기 그지없는 말하는 원숭이들을 잡아 왔나이다."

그리고 장군은 두 사람에게 칼을 겨누며 "여왕 폐하 만세!"라고 말하게 시켰다. 두 사람이 그렇게 외치자, 그곳에 있던 사람들은 모두 크게 놀랐다.

사람들은 웅성거렸다. 사람들은 원숭이들이 어떻게 말하는 법을 배웠느냐, 저것들도 원숭이들이냐고 서로 물었다.

"여왕 폐하, 저희는 원숭이가 아닙니다. 저희도 폐하와 같은 사람입니다."

양식이 구구절절한 표정으로 장군과 병사들 사이를 파고들어, 여왕 쪽으로 한 발 나아가며 말했다. 여왕은 조금의 표정 변화도 없이 다만 고개의 방향만을 바꾸어 양식의 불쌍한 얼굴을 관찰했다.

장군이 사람들에게 설명하기를 저 두 원숭이가 사람은 아무도 살지 않고 원숭이들만 사는 강물 쪽에서 나왔으며, 옷차림과 머리 모양이 '하늘의 자손'인 자기들 사람과는 완전히 다르므로 원숭이임이 분명하다고 했다. 원숭이들의 얼굴이 아름답다고 해서, 잠깐 착각해서 성안으로 들어오게 했다가, 원숭이 떼의 공격을 받은 일이 얼마나 잦았는지 잊었느냐고 장군은 말했다. 사람들은 장군의 말에 동의하는 듯했다.

그러자 양식이 사람들에게 원숭이와 사람의 차이는 단지 머리 모양과 사는 곳의 차이가 아니라고 했다. 말을 하고 앎과 깨달음이 가능한 심성이 있는지가 중요하다고 주장했다. 그리고 유전자 염기 서열을 분석해보면 감옥에 있던 사람들과 자신들의 차이를 알 수 있고, 장군이나 여왕과 자신이 같은 종이라는 것을 증명할 수 있다고 했다. 양식은 사람들이 자신의 말에 관심을 갖자 흥에 겨워, 유전자의 개념과 DNA의 이중나선 구조에 대해서 장황하게 설명하려다가, 다행히 미영의 제지로 이를 멈추게 되었다.

장군은 원숭이들이 만들어낸 새로운 수법에 농락당하지 말라고 외쳤다. 하지만 여왕은 양식의 말에도 일리가 있다고 했다. 여왕은 그렇다면, 미영과 양식이 사람인지 원숭이인지 알아내기 위해, 음악이나 노래를 연주하게 시켜보자고 했다. 그러면 정말로 사람이라고 모두가 받아들일 만한 수준인지 판단할 수 있을 거라면서.

여왕은 두 사람이 연주할 악기를 고르게 해주겠다며, 회의 후 여왕의 보물창고로 미영과 양식을 오도록 했다. 장군은 그렇다면 내일 장군이 데려오는 악사들의 음악과, 미영과 양식의 음악을 서로 사람들이 견주어보게 해서, 얼마나 사람다운지 한번 보자고 했다.

미영과 양식이 보물창고에 가서 보니, 조금 겉모습이 다르기는 했지만 지구에서 보던 웬만한 악기들은 다 볼 수 있었다. 미영과 양식은 드럼과 기타 같은 것들을 골랐다. 양식은 여왕에게 자기들을 믿어주고 기회를 주어서 고맙다고 했다. 그러나 여왕은 양식을 비웃었다. 단지 장군과 겨루어 이기기 위해서 장군의 반대편을 든 것일 뿐이라고 여왕은 말했다.

"왜요? 장군이 반란이라도 일으키려는 건가요? 아니면 여왕 폐하께서 장군과 강제로 결혼이라도 하셔야 되는 건가요?"

양식이 묻자 여왕은 정말로 도대체 두 사람이 어디서 온 것인지 궁금하게 여겼다. 여왕은 이 나라의 정치는 민주주의 체제로 운영되고 있고, 임금도 선거로 뽑는 것이라고 말했다. 장군은 여왕에 대한 불신임안을 통과시키고 다시 선거하도록 해서, 자기가 임금이 될 생각을 품고 있었던 것이다. 그렇기 때문에 여왕은 사람들 앞에서 자신이 인기를 얻고 장군은 못난 사람으로 보이게 하려고 여러 가지 일들을 하고 있다고 설명했다.

그리고 여왕은 두 사람에게 먹을 음식을 마련해주었다. 의외로 이 나라 사람들은 불교 비슷한 종교를 믿고 있는지, 무엇인가를 죽이는 것을 나쁜 행동으로 생각해서 최대한 살생을 피하고 있었다. 그래서 오직 채소로만 된 음식들이 그다지 맛도 없게 나왔다. 양식과 미영은 음식 투정을 하면서, 동시에 지금 자신들이 처한 상황이 얼마나 위험한 것인지, 안심해도 되는지에 대해 이야기를 나누었다.

미영과 양식은 노래를 연습하라며 둘만 남게 되자, 살아날 길은 확실한 감동을 주어서 사람으로 인정받는 길밖에 없다는 데 동의하고 열심히 노래와 연주, 율동을 연습하기 시작했다. 미영과 양식은 영문은 알 수 없지만, 이곳에 있는 사람들이 고대 아시아인의 문화를 간직한 채로 교류가 단절되는 바람에 이런 나라를 만들고 유지하고 있다고 생각했다. 그렇다면 이 사람들에게 단순하면서도 호소력이 강한 현대 대중음악을 들려주면 모두 신나서 열광하게 할 수 있다고 생각했다. 두 사람은 "세상에 이 노래 싫어하는 사람은 없지."라며 의기투합해서 20세기 중반에 나온 유명한 로큰롤 음악을 열심히 연주하며 연습했다.

다음 날 미영과 양식은 궁전의 전각 앞에서 여왕과 장군, 많은 병사와 많은 관리와 일꾼들, 부자와 가난뱅이들이 보는 앞에서 밤새 연습한 노래를 열심히 들려주었다. "원숭이들이 저렇게 과연 할 수 있나?" 하고 많은 사람들을 놀라게 하기에 충분했고, 두 사람이 스스로 감동할 만큼 노래 자체도 괜찮게 불렀다. 진심으로 노래를 좋아하고 즐거워하는 사람들도 꽤 많아 보였다. 양식은 '우리의 승리'라고 기뻐했다.

그런데 미영과 양식의 노래가 끝나자, 장군은 악사들을 데려왔다.

"화랑들을 불러오라!"

장군이 소리치자, 매우 화려한 옷을 입은 10대 후반의 남자 다섯이 나타났다. 그리고 그 다섯 명은 21세기 초 분위기의 아이돌 댄스 음악과 같은 노래를 하면서 격렬하게 춤을 추었다. 미영과 양식은 그제야, '사람들이 열광한다'는 게 무엇인 줄 똑똑히 알게 되었다. 심지어 장군의 반대편에 있던 여왕마저 소리를 지르며 즐거워 몸을 들썩일 만큼, 다섯 화랑의 춤과 노래에 모두 휩쓸려 들었다.

4

미영과 양식은 다시 끌려가게 되었다. 그나마 어느 덩치 크고 한심해 보이는 한 귀족 남자가 둘의 편을 들어주었다.

"확실히 음악의 수준이 모자라기는 했지만, 그래도 원숭이들이 할 수 있는 솜씨라고 생각하기는 어려웠습니다. 원숭이들은 말도 못하고 가장 기초적인 도구도 쓸 줄 모르는데, 저들은 그래도 간단한 음악은 해내지 않았습니까?"

그 덕택에, 두 사람은 다시 원래 있던 감옥으로 가지 않고 다른 곳으로 가게 되었다.

"뭐, 그래도 영화에 나오는 것처럼 괜히 채찍질하고 이상한 바퀴 힘들게 돌리는 그런 강제 노역을 시키지는 않겠죠. 큰 바퀴 돌리는 게 무슨 사회에 도움이 된다고 그런 거로 강제 노역을 시키겠어요."

그러나 양식의 말과는 다르게 두 사람이 도착한 곳은 거대한 나무 바퀴를 수십 명의 죄수가 달라붙어 빙빙 돌리는 곳이었다. 돌리는 것에 게으른 죄수가 있으면 너울을 두른 감시자가 지켜보고 있다가 사정없이 채찍으로 내리쳤다.

미영과 양식은 어쩔 수 없이 바퀴를 돌리게 되었다. 미영은 갖가지 넋두리를 했고, 한편으로는 여기서 무사히 살아서 나가기만 하면 절대 아무것도 불평하지 않고 모두에게 착한 일만 하겠다는 말도 중얼거렸다. 그러는 중에 미영과 양식은 사람들이 돌리고 있는 이 바퀴가 발전기 같은 것에 연결된 것을 알게 되었다. 이곳 사람들은 동력을 사용할 방법을 몰라서 어쩔 수 없이 사람의 힘으로 발전기를 돌리는 것이었다.

"그런데 증기기관도 못 만드는 사람들이 발전기는 어떻게 만들어서 뭐에 쓰려고 하는 걸까요?"

양식의 말에 미영이 대답했다.

"이상한 게 한둘이야? 대포나 총도 못 만드는 사람들이 노래는 어떻게 아이돌 댄스를 듣고 사느냐고."

밤이 되자, 죄수들이 모두 대충 모닥불 옆에 널브러져서 잠자는 시간이 왔다. 양식은 주변 죄수들에게 왜 이곳에 오게 되었는지 물어보았다. 죄수들은 이 나라에는 크게 여덟 가지 법이 있어서 '팔조금법'이라고 하는데, 그중에 도둑질하거나 빚을 못 갚으면 그 벌로 여기에 와서 일정 기간 강제 노역을 하며 노비처럼 살게 된다고 했다. 그 말을 듣자 양식은 미영에게 "우리는 빚을 진 것도 아니고 훔친 것도 없는데 억울하다"고 따졌고, 어떻게 도망칠 방법이 없을지, 갖고 있는 물건들을 모두 뒤지며 고민했다. 양식이 방법이 없다며 절망하는데, 미영은 뭔가 생각이 났다는 듯 눈이 반짝였다.

얼마 후, 양식은 죄수들을 지키는 너울 두른 사람에게 따졌다. 죄가 없는데 왜 우리를 노예로 삼았느냐고. 우리는 노예가 아니라고 했다. 그러자 너울 두른 사람은 채찍을 휘둘렀다. 양식은 억울하다며 길게 소리를 질렀다. 그 소리 지르는 것이 마치 늑대 울음소리 비슷했는데, 또 늑대 울음소리라고 하기에는 어린아이들 동요처럼 재미난 곡조도 섞여 있었다. 다시 몇 대 채찍을 맞으면서도 양식이 또 그 소리를 내자, 멀리서 메아리치듯이 그 소리가 다시 돌아오듯 들려왔다.

너울 두른 사람은 뭘 잘못 들었나 생각했다. 그렇지만 그 소리는 다시 한 번 더 들려왔다. 그리고 점점 더 크게 들려오기 시작했다. 그 늑대 울음소리 같은 것을 듣고 감옥에 갇혀 있는 '원숭이들'이 다 같이 그 소리를 지르며 서로 서로에게 소리를 퍼뜨리고 있었던 것이다.

미영과 양식은 의도적이고 주기적으로 울음소리를 반복해서 내질렀다. 마침내, 감옥에 갇혀 있는 그 동물들이 모두 다 같이 소리를 지르면서 날뛰기 시작했고, 온 천하 사방이 늑대 같은 울음소리로 가득 차는 것 같았다. 동물들이 다 같이 날뛰자, 감시하던 사람들과 병사들은 모두 당황하여 이리저리 뛰어다니기 시작했다. 마침 그 소리를 듣고 모여든 성 바깥의 동물들까지 같이 성벽을 넘어 성안으로 뛰어들기 위해 난동을 부리게 되었다. 이리하여 한바탕 성안이 정신없는 큰 난리에 휩싸였다.

그 틈을 타서 미영과 양식은 뛰어나와 탈출하려고 했다. 양식은 미영을 먼저 담장 밖으로 뛰어넘도록 받쳐주었다. 미영은 담장 위에서 양식을 끌어주려고 했지만, 도망치는 사람들을 붙잡으려고 온 병사들이 이미 가까이 와 있었다. 미영은 양식에게 어서 올라오라고 손짓했지만, 양식은 미영에게 빨리 도망치라고 소리쳤다.

5

이튿날 혼자 남은 양식은 어디론가 끌려가게 되었다. 양식은 갑옷 입은 병사들, 귀부인들, 장군들, 그리고 여왕이 저마다 한껏 멋을 부리고 가는 행렬의 한 귀퉁이가 되어 잡혀 있던 곳에서 멀지 않은 언덕배기로 가게 되었다.

"정사암에 가서 너의 처분을 결정하게 될 것이다."

장군이 양식에게 이야기해주었다. 양식이 물어보니 정사암은 바위와 돌로 된 신성한 장소로 이 나라의 정치에 참여하는 사람들이 모두 모여서 다 같이 의논을 하는 곳이라고 했다. 의논으로 결정이 나지 않으면, 그곳에서 하늘에게 물어볼 수 있는데, 그러면 하늘이 대답을 내려준다는 것이다.

하늘에서는 항상 훌륭한 대답이 내려오기 때문에, 지금까지 이 나라의 많은 위기를 하늘에서 내려온 답을 듣고 헤쳐나갔다고 했다. 예를 들어서, 지금 궁전 한복판에 있는 높은 9층탑 건물을 짓는 것은 설계가 매우 어려웠는데, 하늘에서 내려준 답으로 건설에 성공한 것이라고 했고, 갑자기 큰 가뭄이 들어서 사람들이 고통받을 때도 하늘에서 내려준 답대로 해서 저수지를 건설하고 물길을 내어 재난을 극복할 수 있었다는 것이다. 그 외에 임금을 뽑기가 도저히 어려운 상황이라든가, '원숭이들과의 전쟁'을 수행할 장군을 뽑기가 어려울 때 누구를 뽑는 게 가장 좋을지도 물어본다고 했다.

양식은 여왕 옆으로 가게 되었을 때 따졌다.

"여왕 폐하께서는 장군처럼 생각하고 계시는 건 아니시리라 믿습니다. 무슨 하늘에 있는 용한테 비 내려달라고 빌듯이, 음식 차려놓고 마음속으로 열심히 빌면, 누가 마음을 무선으로 마법처럼 읽어서 옳다구나 하고 도와준다 그런 겁니까? 그런 게 어딨습니까. 그런 거 허황된 미신 같은 거 믿지 말고, 제 말 좀 들어보십시오. 저는 원숭이가 아니라 진짜 여왕 폐하와 장군 같은 사람들하고 똑같은 사람이라니까요."

그 말에 여왕이 대답했다.

"무슨 말이냐? 어느 원숭이의 풍속에 음식을 차려놓고 마음속으로 비는 것이 있느냐? 우리는 그렇게 하는 것이 아니라, 전파 통신기로 하늘에 직접 통화 내용을 보내는 것이다. 송신기 용량에 한계가 있으므로, 한 번에 세 가지 질문밖에 하지 못하고, 전파로 전달되면 광속의 한계가 있어서 하늘 저편 1광년 떨어진 곳에 질문을 보내면 답을 받는 데까지 1년이 걸린다는 문제는 있다. 하지만 우리는 정말로 하늘에 똑똑히 우리 질문을 하는 것이다. 마음속으로 기도하는 것이 아니라, 전파 통신기로 하늘을 향해 정확히 전송하는 것이란 말이다."

여왕이 휑하니 지나가자, 양식은 더욱 생각이 뒤죽박죽되었다.

정사암에 도착하자, 그 중앙에는 아름다운 그림을 그려놓은 장막으로 반쯤 가려진 꽤 큰 금속 물체가 있었고, 모든 사람이 엄숙한 의식을 치르면서 그 물체를 향해 경의를 표했다. 신비한 노래와 춤이 어우러지고, 여왕이 주재하여 하늘에 세 가지 질문을 하는 의식을 시작할 것을 근엄하게 공포하였다. 매년 하는 의식인지, 이 나라 사람들은 모두 경건한 순간으로 생각하면서 한편으로는 큰 축복으로 여기는 듯도 하였다.

이후, 모여 있는 사람들은 저마다 자신의 질문을 해봐야 한다고 논쟁하기 시작했다. 남쪽 지방을 개발하는 방법에 대한 이야기부터, 법을 개정하는 문제에 대한 것들, 새롭게 발견된 붉은 머리를 가진 새를 길들이는 방법을 물어보자는 의견 등 여러 가지 내용이 있었다. 그중에는 "우주의 크기에 대해 알고 싶다"든가 "인생의 의미가 무엇인지를 물어보고 싶다"는 것과 같이 추상적인 것들도 있었다. 사람들은 계속해서 토론을 거쳤고, 올해 하늘에서 내려올 대답을 알고 싶은 문제가 무엇인지 점차 좁혀나가게 되었다.

토론 끝에 마지막까지 남은 문제들은 네 가지였다. 첫 번째가 농사를 망치고 있는 해충을 없애는 방법이었고, 두 번째는 병에 걸려 죽어가는 나이 많고 학식이 매우 풍부한 학자한 사람의 병을 고치는 방법을 묻는 것이었다. 세 번째는 피부에 반점이 생기는 열병에 걸린 유명한 젊은이의 병을 고치는 방법을 묻는 것이었다. 네 번째 문제는 지금 양식과 같은 괴상하고 위험한 '원숭이'가 나올 지경이 되었으니, 더 이상 원숭이를 소극적으로 방어하지 않고 전면 공격을 해서 멸종시켜버리는 게 옳은지 아닌지 물어보자는 것이었다.

논쟁이 많았던 문제는 학자의 병을 고치는 것에 우선권을 주어 이번에 하늘에 그것을 물어보는 것이 옳은지, 혹은 젊은이의 병을 고치는 데 우선권을 주는 것이 옳은지에 관한 내용이었다. 처음에는 학자를 구하자는 쪽이 우세했다. 학자의 병은 고치지 않으면 학자가 죽게 되는데, 젊은이는 병을 고치지 않아도 죽을 가능성이 아주 크지는 않았고 다만 피부에 흉터가 많이 남는 것이 문제였다. 그래서 목숨이 더 위태로운 사람을 구하는 것이 옳으므로 학자를 구하자는 주장이 인기를 끌었다.

그렇지만 곧 정사암에서 하늘에 문제를 묻는 것은 사람들을 위해서 일상적으로 하는 일이 아니라, 온 나라를 위해서 특별히 비일상적으로 취하는 조치라는 점을 유념해야 한다는 의견이 주목을 받았다. 학자는 이미 학자로서 알고 있는 모든 지식을 세상에 나누어 주었고, 지금 이미 노쇠하여 앞으로 더 산다고 하더라도 사회에 더 좋은 지식을 나누어 줄 가능성은 거의 없다. 즉 사회에 특별히 도움될 일은 이제 없었다. 그에 비해서, 젊은이는 그 아름다운 미모로 앞으로 10년을 훨씬 넘는 기간 동안 많은 사람에게 동경심과 영감을 줄 것이고, 그 미모가 영향을 끼치는 예술 작품과 광고물, 산업 발전은 물론, 주변 사람들에게 주는 즐거움과 기쁨이 앞으로 매우 클 것이다. 그런데 그런 효과를 일으킬 수 있는 굉장한 미모를 유지하기 위해서는 결코 피부에 흉터가 남으면 안 되기 때문에, 사회 전체를 위해서는 젊은이의 병을 고치는 것이 바람직하다는 이야기였다.

결국, 논쟁 끝에 이번에 하늘에 물어볼 세 가지 질문으로, 해충을 없애는 방법과, 젊은이의 병을 고치는 방법, 그리고 양식과 갇혀 있는 동물 무리를 모조리 죽이는 것이 옳은지를 물어보게 되었다.

양식에 대한 질문을 먼저 통신기로 전송하기 위해서 여왕은 양식의 모습이 촬영되도록 정사암 가운데의 금속 물체 가까이 가게 했다. 하늘에 양식의 모습을 보여주면서 질문을 하기 위해서였다. 금속에 전기가 들어오면서 작동이 시작되는 것을 양식은 눈치챘다. 양식이 보니, 자신이 붙잡혀 있으면서 다른 죄수들과 함께 열심히 바퀴를 돌렸던 강제노역은 바로 이 장치를 작동시키기 위해서 1년 동안 발전기를 돌려 충전시키는 일이었다.

"알에서 태어나신 우리 선조의 이름으로 여쭙습니다."

여왕과 사람들이 주문과 노래처럼 같이 이야기를 하며 질문을 하기 시작했다. 양식은 이 나라 사람들이 자신들이 알에서 태어난 사람의 자손이라는 점을 듣고 이상하게 생각했다. 다시 양식이 자세히 살펴보니, 바로 이 사람들은 저 금속 장치를 그 선조의 상징으로 바라보고 있는 듯했다. 양식이 그 장치 가까이에 끌려와서 보니, 그 금속 장치는 땅에 파묻힌 우주선의 끝 부분 같았다.

양식은 사람들이 모두 고개를 숙이고 경배하고 있는 틈을 타서 그 우주선으로 달려들어 갔다. 병사와 장군들이 모두 놀라서 쫓아왔지만, 신성한 물체 가까이 오는 데 그 사람들은 두려움을 느껴 조금 머뭇거렸다. 양식은 그 틈에 우주선 안에 들어가보았다. 매우 낡았지만, 분명히 우주선이었다. 양식은 그 사람들이 작동시킨 것이 바로 우주선의 구식 전파 통신기라는 사실을 알게 되었다. 그렇지만 다른 장치들은 알아볼 수 있는 것들이 거의 없었다. 그러다가 양식은 겨우 비상 탈출장치를 알아보고는, 그것을 작동시켰다.

양식은 우주선의 조종석에 앉은 채로 튀어 나가서 몇십 미터 쯤을 날아가서 낙하산을 펴고 떨어졌다. 뒤에서 양식을 쫓아오는 병사들의 소리가 들렸다. 양식은 전력을 다해 도망치기 시작했다. 언덕배기를 내려가고 성벽 옆을 지나 들판으로 달렸다. 그즈음이 되자 말 탄 병사 몇몇이 따라오기 시작하여 양식은 곧 잡힐 듯한 상황에 처했다. 민주주의 토론에 참여하던 나라 사람들은 누가 양식을 먼저 잡느냐를 두고 시합을 구경하듯 살펴보게 되었다. 그러자, 장군이 직접 양식을 잡겠다고 말을 타고 나섰다. 곧이어 여왕이 질 수 없다는 심사로 자신의 백마를 타고 양식을 따라 왔다.

양식은 온 힘을 다해 도망치다 쓰러질 지경이 되었다. 하지만 결국 양식은 강물 앞까지 다가와 멈출 수밖에 없었다. 앞에는 건널 수 없는 깊은 강이었고, 뒤에는 병사들과 장군, 여왕이 있었다. 양식은 어쩔 수 없이 물속으로 몇 발짝 걸어 들어갔다. 장군은 비웃음을 보였고, 여왕은 한심하다는 표정을 지었다.

양식은 하늘을 우러러 외쳤다.

"하늘이시여, 저를 도와주십시오."

그리고 다음 걸음을 딛자, 양식은 강물 위를 신비롭게 걷고 있었다. 마치 강물 아래에서 물고기나 자라가 받쳐주기라도 하는 것과 같이 보였다. 그 광경을 지켜보던 여왕은 극히 놀라서 소리쳤다.

"하늘에서 내려준 답이다."

여왕은 말에서 내려와 고개를 숙였다. 여왕을 따라 많은 다른 사람들도 같이 물 위를 걷는 양식에게 절을 하였다. 그렇지만 장군과 몇몇 병사들이 외쳤다.

"원숭이들의 속임수일 뿐입니다."

그리고는 양식을 뒤쫓아 강물로 들어가려고 했다. 그런데 양식이 물 위로 조금 붕 떠오르는 것 같았다.

곧이어 놀라는 장군과 병사들에게 강물을 튀기는 물벼락이 쏟아졌다. 물 위를 걷는 듯 강물로 걸어들어 왔던 양식을 물속에서 받치고 있었던 것은 미영의 우주선이었던 것이다. 미영이 조종하는 우주선은 양식을 그 위에 실은 채 높이 날아올랐고, 양식은 거기에 매달린 채 비명을 질렀다. 우주선은 물보라를 일으켜 장군의 옷을 흠뻑 적셨다.

6

우주선에서 다시 미영을 만난 양식은 헐떡거리며 말했다.

"죽을 뻔했다고요."

양식은 저 사람들이 자기들은 알에서 태어난 선조의 자손이라느니 하는 이야기를 들려주었다. 미영은 그 말이 정확히 맞다고 이야기했다.

이 사람들은 아직 초광속 우주선이 상용화되기 이전 시절에 발사한 탐사선에서 나온 사람들의 후손이었다. 다시 말해서, 먼 미래에 혹시라도 지구가 멸망해서 인간의 문명이 없어질 때를 대비해서, 사람이 살 수 있을 만한 행성들을 향해서 인간의 생식세포들을 보낸 적이 있었다. 그 생식세포를 실은 우주선들은 수십 년에서 수천 년 동안 날아가서 목적지에 도착하고, 사람이 살기에 좋은 환경이면 자동으로 생식세포가 사람으로 태어날 수 있게 수정란이 만들어지도록 설계되어 있었다. 그렇게 해서 낯선 먼 외계의 행성에서 깨어난 이 아기들은, 우주선에 같이 실어 보낸 컴퓨터 자료와 로봇들의 설명을 보고, 인간의 문화를 계승하는 마을을 그 외계 행성에 건설하는 것이었다.

이런 우주선들은 대부분 사람이 살 수 없는 곳에 도착하여 그대로 폐기되었지만, 몇몇은 아직도 낡디낡은 구식 우주선 엔진의 미약한 불을 뿜으며 우주의 허공을 꾸역꾸역 날아 목적지로 향하고 있었다. 이 행성에 도착한 것은 그중에서 상당히 성공적인 우주선이었다.

그런데 너무 오랜 시간 동안 날아오느라 자료가 손상되는 바람에, 기술문명을 수록한 자료의 상당수를 잃어버리고 일부만 남았다. 그 바람에 다채로운 세계 각국의 문화도 대부분 상실되고 고대 왕정과 민주주의가 뒤섞인 몇 나라의 문화만 보존되었다. 대중음악에 관한 내용은 정확하게 교육될 수 있는 경지였지만, 화약 무기나 내연 기관 엔진에 대한 기술은 완전히 상실되었다. 그런 상황에서 그 우주선에 실린 생식세포가 수정란이 되고, 그것이 자라서 태어난 아기들이 그 남아 있는 문화와 자료들을 가지고 어떻게든 섞어서 일구어낸 것이 바로 이 나라였다.

그렇게 생식세포를 실어 와서 깨운 동물 중에 손상되어 제대로 탄생시키는 데 실패한 것도 있었다. 그게 바로 겉모습은 훌륭한 사람의 모습을 하고 있지만, 유전 구조와 내부는 사람과 상당히 거리가 먼 그 "원숭이"라고 불리던 동물들이었다. 그들은 이 나라에서 사실 사람들의 곡식을 훔쳐 가고, 사람의 아기를 공격해서 잡아먹는 무서운 해충 같은 동물인 셈이어서, 그 동물들을 몰아내는 것이 이 나라의 굉장히 중대한 문제 중 하나였다. 모든 생명을 귀하게 여기는 이 나라의 풍습이 아니었다면, 진작에 전력을 다해 멸종시켰을 법도 했다.

"그러면, 저 사람들이 저 옛날 우주선에 남아 있는 통신기로 연락하면 누가 대답해주는 거지?"

미영이 묻자, 양식은 통신화면을 하나 불러왔다. 이렇게 도착하는 데 성공해서 문명을 일구어낸 후손들은 통신기를 작동해서 지구로 전파를 보내게 되어 있었다. 인류의 문화를 다른 행성에 퍼뜨리는 데 성공했다고.

이 나라 사람들은 정말로 성실하게 그 임무를 수행했다. 그렇지만 그러는 사이에 우주에는 초광속 우주선이 보급되고, 은하계 곳곳에는 '주민센터들'과 '시청들'이 생겨났다. 그런즉슨, 옛날 우주선에 달린 전파 송신기로 보낸 신호는 이 행성에서 1광년이 조금 모자란 곳에 떨어져 있는 한 행정 공무원의 출장소에 잡히게 되었고, 그 출장소를 맡은 공무원 담당자가 대대로 날아온 전파에 대한 답변을 전송해주고 있었던 것이다.

"아니, 저런 사람들이 있었으면, 진작에 구조대를 보낸다거나 아니면 무슨 전문가들을 보낸다거나 해야 되는 거 아니에요? 사람들 숫자도 많던데."

양식의 질문에 대한 대답은 통신화면에서 나온 공무원이 대신했다.

"죄송합니다만, 그게 저희 쪽 관할은 아니고요. 또 저희가 나서서 하려면 아무래도 인력하고 예산이 턱없이 모자라다 보니까. 저희는 그냥 수신된 민원에 답변만 해주고 있습니다."

그리고 공무원은 새롭게 전송된 질문들에 대해서 인터넷 지식 검색 사이트를 검색해서 답을 찾아다가 초광속 호환 통신망으로 회신해주려고 하는 것이었다.

이 행성을 향해 답변만 전송해주고 있는 양식은 지친 사람의 푸념처럼 주절거리며 말했다.

"이거 뭐 어디 신고라도 하든가 신문사 같은 데 말이라도 해야지. 이런 동네가 다 있다고. 은하 인권 위원회에라도 이야기하든지."

양식은 계속 중얼댔다. 그렇지만 미영은 양식에게 아직 할 일이 남아 있다고 힘찬 목소리로 말했다. 미영은 공무원에게 부탁을 해서 대답을 중지하게 했다. 그리고 우주선을 이 나라 사람들이 모여 있는 정사암 상공으로 움직였다.

미영은 사람들을 향해 말했다.

"하늘에서 여러분께 답변을 드립니다."

그리고 미영은 인터넷에서 지식 검색을 해보고 그 결과를 말했다. 무슨 나무 열매와 무슨 꽃의 즙을 내어 약을 만들면 치료할 수 있다고, 학자 노인의 병과 젊은이의 병을 고치는 방법을 모두 대답해주었다. 또 곡식에 주는 물의 양을 조금만 줄이면 된다고 병충해 퇴치하는 방법도 알려주었다.

그리고 나서 미영은 묻기 시작했다.

"여러분의 이 서비스에 대한 전체적인 만족은 어느 정도로 생각하십니까? 매우 나쁨은 0점, 매우 좋음은 5점으로 해서 평가해주십시오. 그 밖에 건의할 사항이나, 기타 의견 있으시면 말씀해주십시오."

양식이 말했다.

"설문조사 끝까지 하시는 거예요?"

"이 고생을 했는데 돈은 벌어 가야지."

미영이 대답했다.

어리둥절한 채 대충 대답하는 나라 사람들을 보면서, 양식이 미영에게 물었다.

"그런데 왜 그 동물들 없애야 된다… 그거는 왜 답 안 해주셨어요? 그 동물들이 겉으로 보기에는 사람처럼 생겼어도 사실은 사람도 아니고, 유전적으로 차이도 크게 나고, 이 나라 사람들에게는 엄청나게 해로운 동물이라고요. 주택가에서 뱀이나 쥐 없애듯이, 싹 없애야 하는 거 아니에요? 겉보기에 그럴듯하고 보기 좋게 생겼다고 해서 그냥 살려둬야 된다… 그렇게 말할 수 있는 일은 아니잖아요?"

미영은 설문조사 결과가 다 입수된 것을 확인하자, 우주선을 행성 바깥으로 날아가도록 조작했다. 양식이 보기에 미영은 마땅히 대답할 말이 없어서 자꾸 시간을 끄는 것 같았다. 결국 행성 대기권 바깥에 도착할 때쯤이 되어서, 미영이 양식에게 대답했다.

"소원은 세 가지만 들어주는 거잖아."

— 2012년, 과천에서

은하수 풍경의
효과적 공유

1

미영의 얼굴색이 오락가락하고 있었다. 미영의 얼굴을 보고 양식이 말했다.

"얼굴 빨개졌네요."

"뭐? 내가 뭘?"

미영은 아니라고 말하려고 했다. 하지만 자신있게 그렇게 말할 수는 없었다. 미영은 다시 고개를 돌려 화면에 나타난 숫자를 여러 번 다시 새로 고쳐 가면서 다른 자료로 전환해서 보았다. 미영을 보던 경리부장은 측은해하는 표정을 지었다. 그렇게 여러 가지 자료로 돌려봐야 아무 소용 없었다.

"사장님, 그거 확실한 거고요. 그게 G581E 행성 거래국 결정 가격입니다. 다행히 거래 중단 조치 때문에 아주 가격이 바닥으로 내려앉지는 않았어요."

"지금 바닥이냐 아니냐가 문제예요? 하루아침에 집값이 4분의 1이 됐는데."

미영은 붉은 얼굴로 목소리를 높였다. 그 모습을 보고 있던 비서는 미영이 화를 낸다고 생각했는지 겁먹은 표정이 되었다.

고개를 돌려 창밖을 바라보던 양식이 작은 목소리로, 하지만 미영에게 분명히 들리는 크기로 혼잣말을, 그렇지만 정말로 혼자 있었다면 그렇게 말할 이유가 없을 말을 했다.

"그러게, 30퍼센트 올랐을 때 팔아야 한다고 보는 사람마다 그랬는데. 33퍼센트까지만 채우겠다고 그렇게 혼자 고집을 부리더니. 이게 뭐야."

미영은 그 말을 듣고 양식을 노려보았다. 그리고 이제 누가 봐도 화를 내는 말투로 말을 했다.

"김 이사. 참 나, 무슨 말을 그렇게 해요? 지금 회사 자산이 이렇게 크게 날아갔는데, 뭐 우리가 망한 게 고소해서 즐겁다는 거야, 뭐야."

그 말을 듣고 양식은 돈 날린 자기 회사 사장에게 너무 심한 말투로 말했나 후회되어 양심의 가책도 조금 느꼈다. 그래서 양식은 정말 작은 목소리가 되었다. 그러나 목소리는 작았지만 이어지는 대답의 내용은 이랬다.

"고소하긴요. 저라고 이 회사 망하는 거 보고 싶겠어요. 저도 여기 투자한 돈이 얼만데요. 그런데 상황이 그렇잖아요. 이거 처음부터 말리는 사람 많았어요. 여기 G581E 행성은 아파트가 빈집만 수천만 채 있는 덴데, 거기서 어떻게 부동산 투자로 돈을 벌 생각을 하느냐고. 다들 그랬잖아요. 그런 데 투자했다가 요행히 30퍼센트 올랐으면 그쯤 해서 팔아야지. 그거 3퍼센트 더 남기려고 버티다가 이게 뭐야. 돈만 다 날렸잖아요."

당연히 미영은 화를 누그러뜨리지 않았다.

"그때는 확실한 방법론이 있었다니까."

미영은 '확실한 방법론'이 무엇인지 말하려고 하다가 잠깐 말을 멈추었다. 곧 미영은 다시 양식에게 따졌다.

"그런데 어쩌냐고. 김 이사는 맨날 '이건 우리 사업의 진정한 목적이 아니잖아요' 이런 소리만 계속하면서 돈 벌 궁리는 뭘 했어? 그러면 우리는 뭐 먹고 사는데."

"아무리 그래도 부동산 투기는 정말 아니죠."

미영은 양식의 대답을 듣지도 않았다. 미영이 다시 말했다.

"나라고 무슨 회사를 장난으로 생각하는 건 아니잖아요. 여기 무슨 애들 모여서 회사 놀이, 사무실 놀이 장난하는 데인가?"

양식은 아무리 애들이 할 놀이가 없어도 의사 놀이, 선생님 놀이도 아니고 회사 사무실 놀이를 할까 싶다는 생각이 들었지만 아무 말도 하지 않았다. 미영의 휘몰아치는 분노와 거기에 이어진 회한과 신세 한탄이 뒤섞여, 사무실 가운데에는 작은 수류탄 투척 훈련장이 생긴 듯한 감흥이 퍼져나갔다.

미영의 열기가 서서히 식으면서 소리치는 말들은 잦아들

었다. 그리고 양식이 미영에게 죄송하다고 말하는 것으로 일단 이날의 사건은 맺어졌다. 사실 양식도 미안하기도 했다. 그렇지만 이번 달 월급은 부동산 투자 수익금으로 댄다는 미영의 꺾인 희망은 계속해서 미련으로 남아 있었다. 미영은 이번 달도 적자를 낼 수는 없다는 생각에 이곳저곳 인터넷을 뒤져 아무 일거리나 잡아냈다.

"이거 하자."

양식은 미영을 처다보았다. 양식은 '이건 우리 사업 분야하고 맞는 일이 아니잖아요. 이런 일은 우리 회사가 할 일이 아닌데.' 하고 말하고 싶었다. 하지만 그날 분위기 때문에 차마 그렇게 말할 수 없어 그냥 아무 말을 하지 않았다.

그런데 미영도 아무 말 하지 않는 양식이 무슨 말을 하고 싶은지 짐작할 수 있었다. 오히려 양식이 말하지 않고 미영이 혼자 상상해서 생각하니, 괜히 그 생각이 더 와 닿아서, 미영 자신도 이게 뭐하는 짓인지 싶었다.

2

미영과 양식이 일거리를 찾아 우주선을 타고 날아간 곳은 안드로메다 은하계의 무풍 행성이었다. 강물과 공기는 지구와 비슷하지만, 사막 지역이 많고 바람이 거의 전혀 불지 않는 곳이 넓어서 붙은 이름이었다. 행성에 접근하면서, 행성

안내 프로그램이 밝은 안내 로봇의 목소리와 표정으로 행성에 대한 소개 내용을 우주선 화면에 보여주었다. 미영과 양식두 사람은 말없이 안내 로봇이 나오는 화면만 볼 뿐, 서로 대화가 없었다.

"저희 행성은 건조하면서도 바람이 없는 천혜의 자연환경을 잘 살려서 수많은 수집품을 보관한 박물관과 미술관이 많이 건설되어 있습니다."

화면의 안내 로봇은 뭐가 그렇게 좋은지, 웃음을 참지 못하는 듯한 목소리를 흉내 내며 말하고 있었다.

두 사람이 찾아가는 곳도 그런 미술관 중 하나였다. 무풍행성의 한 미술관에 도착한 두 사람은 약속 시간을 기다리는동안 같이 미술관을 둘러보았다. 두 사람은 아무 말 없이 서먹하게 그림들을 구경했다. 미영은 인상파 기법으로 그린 우주 전함의 군인들 그림을 눈여겨보았고, 양식은 비잔틴 모자이크 그림 느낌을 넣었지만 수묵화로 그린 화성의 계곡 그림을 좀 더 보고 싶어 하는 눈치였다.

그림들을 구경하면서는 양식이 점차 한 마디, 두 마디 미영에게 말을 붙이기 시작했다. 그렇지만 미영은 여전히 말이없었고, 그러는 사이에 시간이 지나가 약속한 장소에서 미술관의 제2실 관리부장을 만나게 되었다.

미술관의 관리부장을 만난 장소는 '고미술 전시실'의 마지막 회랑 구석에 있는 〈안드로메다 전도〉라는 가로 길이 12미터짜리 큰 그림이었다. 그 그림은 안드로메다 은하계의 나선

형 모양을 멀리서 본 모습을 캔버스에 유화로 그린 것이었다. 미술관 관리부장이 미영에게 말했다.

"사장님께 부탁 드릴 일이, 바로 이 그림을 그린 화가를 찾는 일입니다."

그 말을 듣고 미영이 물었다.

"그림을 그린 사람을 모르시는 건가요?"

"그게 아니라, 그 화가라는 사람이 저희 미술관에 몰래 들어와서 그림을 하나 훔쳐서 냅다 도망쳐버렸습니다."

"화가가 그림을 훔쳤다고요?"

"예. 저희 미술관에 그림을 판매한 화가라서 미술관 평생 출입권이 발급되어 있는데, 그걸 이용해서 미술관 소장품 저장고에 들어가서 그림을 훔쳐 갔습니다."

양식이 끼어들어 관리부장에게 말했다.

"절도 사건이면 경찰에서 해결해야 하지 않습니까? 저희가 그런 쪽 일에 전문은 아니…"

양식은 계속 말을 하려다가 미영의 눈치를 보고 말을 멈추었다. 관리부장은 두 사람 사이의 눈치를 모르고 그냥 대답했다.

"정확하게 말하면, 그 화가를 붙잡아달라는 것은 아닙니다. 손해액이 크지는 않거든요. 어차피 귀한 그림은 금고에 보관되어 있어서 그 화가가 손도 못 댔으니까. 그냥 보험사에서 보험금을 타려면 '분실한 물건을 되찾기 위해 성실하게 찾아봤다'는 점을 증명해야 되어서, 화가가 있을 거라고 생각되

202

는 장소에 여러분들이 한번 찾아가서 살펴보시기만 하고 확인서만 한 장씩 써주시면 되는 겁니다."

"그런 정도라면 저희도 못 할 게 없죠."

미영이 말했다. 관리부장이 덧붙였다.

"두세 군데 정도 둘러보고 오시면 되는데요. 이게… 비공식적인 말씀입니다만, 저희 미술관 관장님의 형님이 보험회사 사장입니다. 그래서 그쪽에 잘못 보이면 안 되어서 좀 까다롭습니다. 가능하면 빨리 두세 군데 다 돌아보시고, 적어도 이번 주말까지는 후다닥 확인서 만드는 걸 다 끝내야 됩니다. 그래서 사장님께 연락 드린 겁니다. 대우주 고속 항해가 잘되는 우주선을 갖고 계시다고 들어서요."

양식은 딴전을 피우듯이 안드로메다 은하계의 모습을 붓으로 그린 그림을 보고 있었다. 미영이 물었다.

"맨 먼저 가야 하는 곳이 어딥니까?"

3

화가를 찾아 처음으로 미영과 양식이 간 곳은 화가와 가장 오랜 시간을 같이 보냈다는 어느 핵융합 연료 공장 주인의 저택이었다. 공장주라는 그 저택의 주인은 얼핏 겉모습만 봐서는 마흔이 채 안 되어 보였다. 저택 사람들은 그 주인을 '마님'이라고 불렀다. 마님은 나이가 좀 더 들어 보이는 틀어 올린 머리 모양을 했음에도 오히려 더 어려 보이는 효과를 내도록 치장하고 있었다.

그 저택은 지구에서 멀지 않은 화성 근처 소행성대에 있는 R80이라는 소행성에 있었는데, 소행성 전체가 모두 마님의 저택으로 개조되어 있었다. 미영은 저택 입구에 우주선을 착륙시켰다. 미영이 말했다.

"돈이 많으면 하늘 파랗고 바다 넓고 풀밭에 꽃 핀 그런 데 다가 집 짓고 살고 싶지 않나. 왜 이런 삭막한 소행성을 집으로 개조해서 살지? 건물 밖으로 나가면 공기도 없어지고 중력도 낮은데."

양식이 대답했다.

"돈 쓰는 유행이라는 게 다 그런 거 아니겠어요? 중세 때는 소 많고 돼지 많은 넓은 농장이 앞에 펼쳐진 집에서 사는 게 부자들 모습이었지만, 20세기 말에는 도심 아파트에 집들이 수백 채씩 쌓여서 다닥다닥 붙어 있는 데다가 한구석 차지하고 땅바닥에서 멀리 떨어진 높은 데 사는 게 부유한 거였잖아요. 요즘은 또 이렇게 행성 하나를 통째로 집으로 개조하는 게 유행이다 보니까 그런 거죠."

저택의 마님은 좀처럼 화가에 대해서 말하지 않으려고 했다. 화가의 소식에 호기심이 생겼는지 오히려 몇 가지 되물어볼 뿐이었다. 한참 동안, 미영과 양식이 요리조리 돌려 물어본 끝에, 마님이라는 사람은 화가에 대해 자신이 아는 바를 이야기해주었다.

이 마님은 젊은 시절 텔레비전 방송국의 출연자였다. 노래를 부르거나 연기를 한 것은 아니고, 작은 대담 프로그램 하나를 진행했는데, 꽤 유명한 사람들을 잘 섭외하는 프로그램이었기에 보는 사람들이 꽤 있었고, 특히 대담 쇼 중간에 나오는 코미디 시간이 인기가 많아서 진행자가 여러 명 바뀌는 동안에도 적당한 인기를 오래 유지했다.

마님은 그 텔레비전 프로그램의 진행자로서, 화가가 대학생일 때 그 대담 프로그램에 출연하는 바람에 처음 만나게 되었다. 마님이 말하기로, 화가는 그때 아는 사람은 다들 알고 있었던 소위 재능 넘치는 젊은 화가로, 달 기지 주변에서는 꽤 유명했다고 했다. 그때만 해도 달에서 보는 지구의 모습을 그리는 것이 아주 긴 유행이었기 때문에, 달에 유명한 미술 대학들이 많이 있었고, 화가도 바로 그런 달에 있는 미술 대학에 진학한 학생이었던 것이다.

사람들이 화가를 '천재 같다'고 한 이유는, 화가가 그다지 힘들게 노력을 하거나 대단한 수련을 한 것이 아니었는데도 물감과 붓을 사용하는 재주가 훌륭했기 때문이었다. 화가는 보통 사람이 자기 손가락 끝을 움직이고 자기 혀를 움직여 말을 하듯이, 생각하는 그대로 붓끝을 움직이고 원하는 색깔을 만들어낼 수 있는 감각이 있었다. 손을 움직이면 손에 쥐여 있는 붓이 움직이고 붓의 털에 달린 물감이 발라진다는 식으로 그림을 그리는 것이 아니라, 화가가 직접 움직이는 몸동작에서 저절로 그림에 색상이 입혀진다는 느낌으로 그림을 그려내는 감각이 있었다는 것이다.

화가는 아주 어릴 때 받은 유전자 조사와 뇌세포 측정 결과, 그림 그리는 데 재주가 있다는 결과를 받은 적이 있었다. 화가의 아버지와 어머니는 화성의 광산에서 일하는 사람들이었는데, 그들은 돈을 모아 어릴 적부터 화가에게 좋은 미술 교육을 받도록 했다. 화가의 부모는 다행스럽게도 전쟁 공채에 투자했다가 돈을 많이 벌어서 어느 정도 살림이 넉넉해졌는데, 그런 후에도 돈을 아껴서 화가가 미술 교육을 잘 받을 수 있도록 광산 일을 그만두지 않고 검소하게 지냈다.

화가는 무난히 명문 미술 대학에 합격했고, 화제가 되는 그림을 그때부터 그려내기 시작했다. 화가는 대학생 시절 이 례적으로 명성을 빨리 얻었는데, 그 때문에 대학생치고는 꽤 넉넉할 정도로 돈을 모으기도 했다. 대학생인 화가는 곧 달, 화성 지역에서 재기발랄한 천재 화가로 이름을 얻었고, 특히 외모 또한 훤칠하게 잘생긴 편이었기 때문에 잡지 기사나 뉴스 같은 곳에 소개될 때마다 화가를 좋아하는 사람들이 더욱 늘어났다.

화가는 광고에 출연하기도 했고, 자신의 팬들 앞에 나타나 그들의 동경과 사랑을 마음껏 즐기기도 했다. 그러는 사이에 화가는 더 좋은 그림들을 많이 그렸고, 더 많은 돈을 벌었다. 태양계 최고 수준의 화가들만큼 어마어마한 금액을 벌어들이는 것은 아니었지만, 아직 얼마든지 더 오래 활동을 하면서 명성을 높여 갈 수 있는 젊은 나이였다는 것을 생각하면 화가는 충분히 부유한 길에 들어섰다고 할 수 있었다. 집안도 넉넉했고, 건강하고 잘생긴 모습의 젊은 남자가 뛰어난 재능까지 갖고 있었으니, 그때 유행하던 표현대로, '하늘의 빛나는 별들이 내려다보고 질투를 느낄 만한' 사람이라고 할 만했다.

화가가 마님이 진행하는 대담 프로그램에 출연한 것도 그때 즈음이었다. 대담 프로그램의 내용 자체는 별 대단한 것이 없었다. 진행자인 마님이 좋아하는 영화배우나 감명 깊게 읽은 책 같은 것을 물어보면 출연자인 화가가 대답하는 내용이 전부였다.

"중고등학교 때 좋아했던 과목은 당연히 미술이실 테고, 싫어했던 과목은요?" 하고 물으면, 화가는 "수학이요. 어휴, 수학은 정말. 생각만 해도 머리가 아파서요." 하고 웃으면서 너스레를 떨고, 진행 요원의 신호에 따라 관객들이 같이 웃어주는 식이었다.

사실 화가는 수학을 그렇게 싫어하지도 않았고, 오히려 수학 성적이 좋은 편이었다. 화가는 잘생겼고, 부잣집 아들이고, 공부도 잘한다는 식으로 너무 추켜세워주기만 하는 것이 싫어서, 나름대로 평범하고 다 같이 공감할 만한 내용을 말하기 위해 그냥 한번 해본 말이었다. 화가는 방송을 준비하면서 왔다 갔다 하는 영화배우들에게 그런 말을 들었다. 너무 똑똑하고 멋있어 보이는 사람이 있으면 그 사람 망하기만 기다리는 사람들 생긴다고. 그래서 허술한 면, 모자란 면도 보이는게 좋다는 말을 들었던 것이다.

그때 화가가 생각한 것이 '수학은 너무 어렵고, 적성에 안 맞고, 싫었다'는 내용이었다. 그럴듯하고 설득력 있어 보이기도 했다. 아름다운 그림을 열정과 광기에 가까운 영감을 불어넣어 만들어내는 화가에게 수학의 세계는 별로 어울리지 않는 느낌이었기에, 보고 듣는 사람에게 그럴듯하게 느껴질 것 같기도 했다. '수학만은 견딜 수 없었다'는 내용으로 인간적인 약점을 드러내면서 친근해 보일 수 있을 것 같았다. 다행히, 화가의 이야기에 연결되는 재미난 농담을 옆에 서 있던 코미디언들이 몇 마디 거들어주기도 해서 우스운 말로 나쁘지 않게 연결되기도 했다.

그렇게 손님과 진행자로 화가와 이 저택의 마님은 만났고, 마님이 방송 끝나고 자기 의상의 색채에 대해 봐달라고 부탁하면서 다시 한 번 만나게 되어 두 사람은 가까워지게 되었다. 그리고 두 사람은 어울려 다니면서 신나게 놀았고, 시간이 얼마간 지나자 두 사람의 방탕은 달 기지 근처에서는 소문난 이야깃거리가 되기도 했다.

두 사람은 뜬소문으로 도는 온갖 쾌락과 방종의 생활을 직접 체험하는 일에 도전했고, 그러던 끝에 두 사람은 다른 사람이 상상한 이야기 속의 쾌락과 방종의 한계를 넘어서서 스스로 다른 사람들에게 뜬소문의 주인공이 되어주기까지 했다. 그러던 끝에 화가가 상상을 넘어서는 방탕함과 어처구니없는 깊이로 오락 추구에 도전하자 마님은 배신감을 느끼거나 두려움을 느끼기 시작했다. 아마 처음 향락에 빠져드는 길을 보여준 사람은 마님 자신이었지만, 그곳에 깊숙이 들어가서 나오기 어려울 만큼 나뒹굴도록 끌어들인 사람은 화가였던 것 같다고 마님은 이야기했다.

나중에 미영과 양식이 조사해 온 이야기를 다 들은 미술관의 관리부장이 말했다.

"그래도 그 무렵, 대학을 중퇴하고 나오던 때 전후해서가 그 양반 최전성기 아닌가 싶습니다. 제일 비싸게 팔린 그림도 그때 나왔고요."

화가는 이미 보통의 미술대학 학생과는 전혀 다른 삶을 살고 있었고, 좀 더 자유로운 활동을 위해서는 학교를 떠나는 것이 좋겠다고 충고해주는 다른 '예술가'들을 수도 없이 만났다. 화가의 부모는 그래도 대학은 졸업하는 것이 좋지 않겠냐면서 화가와 조금 불편한 대화를 나누었다. 하지만 화가는 부모를 설득했다. 화가는 이미 부모보다 자신이 훨씬 더 뛰어난 사람이라고 스스로 밑바탕에서부터 믿고 있었다. 그런 화가를 보고, 부모들조차 그 믿음에 자연히 끌려들었다. 부모는 처음엔 탐탁잖게 생각했지만, 결국 화가의 결정이 결국은 맞을 것이라고 생각했다.

화가는 얼마 안 있어 부모와 연락을 끊고 더 먼 곳, 안드로메다 은하계로 떠나갔다. 이유는 화가의 결혼 때문이었다. 화가의 부모에게는 화가가 어릴 때부터 내심 마음에 두고 있던 화가의 배필감이 있었다. 부모는 화가가 자신들처럼 고생을 참고 모멸감을 견디고 통장 잔고와 대출금에 초조해하는 인생을 완전히 벗어났다는 지표로서, 좋은 결혼을 이룩하기를 바랐다. 부모가 목표로 삼은 배필은 두 사람이 일하고 있던 화성 광산 주인의 딸이었다. 화가 역시 어릴 때부터 부모의 그런 생각을 알고 있었다. 그렇기 때문에 대학에 가기 전까지만 해도, 광산 주인의 딸과 결혼하는 것이 자신의 미래라고 막연히 생각하고 있었다.

그렇지만 화가는 명성을 얻고 부유해지면서 그런 생각을 싫어하게 되었다. 정략결혼이라니. 화가는 누구보다 멋지게, 도전적으로 살고 있는 예술가로서 자신의 삶에 그런 케케묵은 단어가 끼어드는 것이 역겹게 느껴졌다. 자기가 그린 모든 그림에 '정략결혼한 사람의 그림'이라는 워터마크가 떠오를 것만 같았다.

화가의 부모는 부모대로, 화가가 방송 진행자와 어울려 다니며 별별 일들로 화젯거리가 된다는 소문을 얼핏 듣고 속으로 꽤 걱정하기도 했다. 그러다 화가와 방송 진행자가 헤어진 후에, 겨우 다시 기회가 찾아왔다고 안심하면서, 다시 조심스럽게 광산 주인의 딸 이야기를 화가에게 꺼냈던 것이다.

하지만 방송 진행자와 헤어진 순간이 광산 주인의 딸과 결혼하는 바람을 잡기에 좋은 때라는 부모의 판단은 극히 잘못된 것이었다. 화가의 마음속은 방송 진행자에게 이별 당한 후에, 남녀 관계가 자기 뜻대로 되지 않는다는 불만과 분노로 가득 차 있었다. 화가는 정략결혼 이야기가 나오자마자, 부모가 매우 조심스럽고 은근하게 단초만 살짝 선보였는데도, 그것을 자신의 사랑이 자기 뜻대로 되지 않는다는 패배의 무거운 상징으로만 여기게 되었다.

화가는 부모에게 길길이 날뛰며 화를 냈고, 그 미묘할 것도 없지만 미묘하다고들 하는 상황을 이해하지 못한 부모는 억울한 마음에 화를 내는 화가를 꾸짖었다. 결국 화가는 자신이 살던 행성과 자신이 살던 태양계와 자신이 살던 은하계를 떠나기로 결심했다. 화가는 안드로메다 은하계로 가는 이민 우주선을 탔다.

화가의 그림 중에 가장 비싼 값에 팔린 것으로 기록되어 있는 〈안드로메다 전도〉는 바로 이 시기에 그린 것이었다. 화가는 마지막으로 마님을 다시 찾아가 같이 안드로메다 은하계로 같이 떠나자고 청했다. 그러면서 마님에게 선물로 준 것이 바로 〈안드로메다 전도〉라는 커다란 그림이었다.

보통 수백억 개의 별들이 모여서 은은한 빛을 뿜는 은하계의 모습을 그릴 때는 캔버스에 유화로 그리는 것보다 컴퓨터 그래픽으로 광원 설정과 확산 효과를 활용해 그리는 것이 표현이 정확하고 더 아름답기 마련이다. 그렇지만 화가는 물감을 이용해서 붓으로 안드로메다 은하계의 은은히 퍼져 나오는 빛과 수백억 개의 별들이 모인 모습을 그렸다. 그리고 화가는 그렇게 그리면서도 여느 컴퓨터 그래픽 계산보다도 오히려 더 그럴듯한 모습을 만들어냈다. 당시에는 캔버스에 물감 질감이 그대로 남아 있는 그림을 그리면서도 컴퓨터 그래픽 그림보다 더욱 선명하고 자연스럽게 그림을 그리는 화가의 기교가 큰 관심을 끌었거니와, 커다란 그림에 가득 차 있는 안드로메다 은하계의 모습이 물감으로 표현된 그 운치가 압도적인 면도 있었다.

마님은 화가의 제안을 거절했다. 화가는 혼자 안드로메다 은하계로 떠났고, 마님은 〈안드로메다 전도〉를 후한 가격에 판매할 수 있었다. 마님이 화가를 떠난 것도, 화가의 마지막 제안을 마님이 거절한 것도 따지고 보면 모두 화가가 자초한 일들이었다. 그리고 마님은 방송은 그만두었지만 여러 가지로 자신의 특기를 살려 재산을 모으는 데 힘을 기울였고, 얼마 전에는 소행성 전체를 차지하는 저택을 사들일 밑천을 마련할 수 있었다.

4

미영과 양식이 화성 근처 소행성을 떠나 찾아간 곳은 안드로메다 은하계의 행성에 있는 대도시 몇 곳이었다.

미영과 양식이 안드로메다 은하계에서 찾는 사람은 지금 오리고깃집 사장이 되어 있는 한 중년 남자였다. 미술관 관리 부장은 "안드로메다 은하계에 머물던 시절에 어울리던 사람들이 많기는 했는데, 그때 가까이서 같이 일했던 사람들 중에 지금 연락처가 분명히 잡히는 사람은 그 사람밖에 없습니다." 라고 했다.

양식은 유난히 열심히 일해서 오래 걸리지 않아 오리고깃집 사장을 찾아낼 수 있었다. 미영과 양식은 그 오리고깃집을 찾아갔다. 그곳은 19세기 터키식으로 꾸민 커피 가게 모양에 물담배를 피우며 반쯤 드러누울 수 있는 푹신한 바닥이 훌륭한 곳이었는데, 동시에 지구의 오리 맛과 똑같다는 인조 오리고기를 구워 먹을 수 있는 가게였다. 두 사람을 맞이한 것은 사장이 아니라, 고대 인도식 복장을 하고 일하고 있던 그 가게의 종업원이었다.

"사장님은 지금 본점에 가셨거든요."

"그러면 여기가 본점이 아니라 분점이에요?"

"예, 저희 본점은 '아름다운꽃별'에 있습니다."

"언제 오시는데요?"

"아름다운꽃별에 가셨으니까 빨리 오시기는 힘들 거고요."

"빨리는 못 오신다고요?"

"예. 아름다운꽃별에는 공간 도약 우주선이 못 들어가니까요. 급하시면, 직접 그쪽으로 찾아가보시는 게 좋을 거 같은데요."

두 사람은 지도에서 '아름다운꽃별'이라는 이름이 붙은 행성을 찾아보고 얼핏 안전하고 평화로워 보이는 그 행성에 왜 공간 도약 우주선이 못 들어간다는 것인지 궁금하게 여겼다. 양식은 미영에게 거기까지 가볼지 말지 사장으로서 결정해달라고 물었다. 미영은 일단 화가에 대해서는 더 알아낸 것이 아직 전혀 없으니까 가봐야겠다고 했다. 양식은 아름다운꽃별에 대해 조사해보기 시작했다.

아름다운꽃별이 빛나는 점으로 우주선 화면에 나타났을 때, 양식이 말했다.

"저 행성에 공간 도약 우주선이 못 들어가는 건, 무슨 위험한 장애물이나 이상한 현상이 있어서 그런 거는 아니고요. 그냥 저 행성에 사는 사람들이 공간 도약 우주선이 들어오는 걸 금지하고 있어서 그렇다고 하네요."

"왜? 왜 못 들어오게 하지?"

"무슨 정치적인 이념. 신념. 그런 거 같은데요."

"공간 도약 우주선이 못 들어오면 자기들은 어떻게 왔다 갔다 하려고?"

아름다운꽃별 사람들이 쓰는 방식은 20세기 지구에서 사용하던 것 같은 구식 로켓이었다. 거대한 탑과 같은 크기로 굉장한 빛과 열을 내뿜으면서 날아 올라가던 미사일 모양의 우주선들을 이용해서 이 행성 사람들은 가까운 우주 공간을 돌아다녔다. 이 행성에서 어느 정도 멀리 떨어진 곳에 가면, 커다란 우주정거장이 하나 있어서 그곳에서 다른 행성에서 오는 공간 도약 우주선을 갈아타게 되어 있었다.

미영은 옛 20세기 우주왕복선 모양의 우주선이 날아오는 것을 보고 놀랐다.

"저런 걸 타고 다닌다고? 저런 걸 타고 다니니까 한번 들어가면 빨리 못 나오지."

내심 불안해하면서도 두 사람은 우주왕복선 모양의 구식

우주선을 타고 아름다운꽃별 행성으로 날아 들어갔다. 두 사람은 전혀 다른 구조와 설계로 되어 있는 구식 우주선이 너무 낯설어서 우주선이 갑자기 뻥 터지면서 산산조각이 나지나 않을까 걱정했다. 두 사람은 둘 다 겁먹은 표정이었지만, 계속 서로에게 "괜찮을 거예요. 여기 사람들은 항상 이거 타고 다니잖아요." 등의 말을 나누었다.

아름다운꽃별에 착륙한 뒤에 다시 기차를 타고 한참을 가서야 미영과 양식은 오리고깃집 주인을 만날 수 있었다. 미영은 오리고깃집 주인에게 화가를 아느냐고 묻고, 그 화가가 그림을 훔쳤다고 이야기했다. 오리고깃집 주인은 한숨을 푹 쉬었다.

"걔가 그렇게까지 됐나요?"

양식은 오리고깃집 주인에게 화가를 어떻게 알게 되었냐고 물었다.

오리고깃집 주인이 설명한 이야기의 요점은, 화가가 안드로메다 은하계에 와서는 정치인이 되려고 했다는 것이었다. 자신은 화가가 주변에 거느리고 있던 비서진 중 한 명의 부하였다고 소개했다. 미영이 물었다.

"정치를 하려고 했다고요? 무슨 계기가 있었어요?"

"뭔 계기가 있었겠어요. 그냥 욕심이지. 사람이 이미 갖고 있는 건, 그걸 갖고 있다고 생각을 잘 안 하잖아요."

"예?"

"우리 같이 보통 사람들이 걔 나이 때 바라는 건, 학점 좀 잘 따보자. 연애 좀 해보자. 졸업하고 나면 밥 안 굶고 집세 걱정 안 하고 살 만한 직장 좀 얻어보자. 그런 정도잖아요. 그런데 걔는 그렇지 않았거든요."

그 말을 듣고 양식은 미영을 바라보았다. 대학 시절 미영 역시 '우리가 고민하는 정도의 문제'는 고민하지 않고 살던 사람이었기에 양식은 미영이 기분 나빠할까 봐 걱정되었던 것이다. 그러나 미영의 표정이나 반응에는 별 변화가 없었다. 다만, 미영은 양식이 그렇게 쳐다보는 눈을 보고도 아무 눈짓도, 말도 하지 않았다.

가게 주인은 화가에 관한 이야기를 그저 계속했다.

"그런데 그 화가는 학교는 다닐 이유가 없다고 생각했지, 연애도 좀 심하게 많이 했지, 평생 먹고살 걱정 안 할 만큼 돈도 벌었지. 그렇잖아요. 그런데 그런 사람들은 그런 사람들 나름대로 자기 신세가 다른 어떤 사람보다는 비참하다고 생각하면서, '이런 것만 내가 해내면 이 비참한 신세에서 벗어날 텐데' 그런 생각을 한다고요. 세상이 썩었기 때문에 자기보다 훨씬 못한 다른 사람들이 잔꾀나 운으로 더 잘 산다는 생각 해본 적 있어요? 똑같죠, 뭐. 걔도 그렇게 생각한 거예요."

"그래서 정치를 하기로 했다고요?"

"그런 거죠. 먹고사는 걱정 없을 만큼 돈 모은 사람들은 좋은 동네에서 좋은 우주선 타고 다니면서 사는 인생이면 좋을 거라고 생각하는 거고. 좋은 동네에서 좋은 우주선 타고 다니는 사람들은 OR급 보육 로봇을 사서 장만해놓고 아이들 키우는 데 걱정 없이 살면 정말 좋을 거라고 생각하는 거고. 애들 키우는 거 보육 로봇한테 맡겨놓은 사람들은 안 아프고 오래 젊게 살 수 있게 유전자 시술받는 사람들 세상으로 가고 싶어 하는 거고. 뭐 그런 거죠. 그런 이야기 들어봤죠? 하기야, 이 은하계에서 진짜 부자들은 일부러 이름 날리려고 전쟁 난 항성계에 자기 우주선 타고 가서 전투하는 걸 고상한 취미로 삼기도 한다잖아요. 절대 죽을 걱정 없게 방어 기능 끝내주게 좋은 우주선 장만해가지고."

미영은 계속 이해가 안 간다는 표정을 바꾸지 않았다. 오리고깃집 주인은 계속해서 말했다.

"인제 죽을 때까지 먹고살 걱정 없는 사람이면 그런 생각 하나 봐요. 그냥 그렇게 저렇게 살면서 시간 끌다가 죽는다… 그러면 너무 심심하고 허무하다. 뭔가 보람찬 일, 멋있는 일 없을까? 이런 거요. 걔는 그런 생각을 한 거죠. 이 사회를 한 단계 더 발전한 세상, 한 단계 더 멋진 세상으로 바꾸는 영웅이 되자. 그래서 다들 역사책을 보면서 그 이름을 외우는 사람이 되자. 그런 걸 정말 간절하게 하고 싶어 한 거죠. 가끔 정치인 중에는 되게 유명한 사람들 많고 하니까. 자기가 그 사람들보다 못할 게 뭐냐고 생각한 거죠. 정치인들 방송이나 화면 같은 데서 보면 되게 멍청해 보이잖아요. 진짜 한심해 보이고."

"그럼은 더 이상 아무리 더 그려봤자 더 얻을 것은 없다고 생각했다는 겁니까?"

"걔가 그런 생각까지 했는지는 모르겠고. 하여간 그래서 걔가 여기로 찾아온 거죠."

미영이 물었다.

"도약 항법 반대 운동으로 정치 인생을 시작하려고 아름다운꽃별에 왔다면, 도약 항법 반대 운동에는 도대체 언제 관심이 생겼던 걸까요?"

그 말에 가게 주인은 소리를 내어 웃었다. 가게 주인이 말했다.

"관심이 있었기는. 여기 반대 운동 하러 온 사람 중에 관심 있어서 온 사람들이 얼마나 된다고 그래요? 맨날 여기저기 방탕하게 싸돌아다니면서 살던 걔가 도약 항법 반대 운동에 관심은 무슨 관심이 있었겠어요.

뻔하죠. 걔도 처음에는 그럴듯하게 정치인으로 등장해보려고 '적색거성당'이나 '성운당' 같은 데 연락해 봤겠지. 행성 의원으로 공천해달라고 줄도 대고 돈도 집어주고 했겠죠. 그런데 어디 그런 데가 만만한가. 그 양반보다 먼저 줄 선 별별 유명하고 돈 많은 사람들이 빽빽하게 쌓여 있다고요."

"그래도 나름대로 유명한 화가였잖아요."

"지구 근처에서나 유명하지, 뭘. 아니 뭐, 안드로메다에서 유명한 화가라고 해도, 혹시 총리 자리 정도 차지하고 있는 사람 눈에 띄게 유명해 보이면 모를까. 그런데 정치인 중에 미술에 그렇게 깊게 관심 있는 사람이 누가 있어요? 그러니까 정치인 되려고 그 양반이 여기저기 정치자금도 많이 대고

기부도 엄청나게 하고 다녔는데 잘 안 됐어요. 그러다 보면 괜히 돈만 대주고 아무 자리도 이름도 못 얻고 이용만 당한다고 생각할 때가 온다고요. 몇 군데 다니면서 몇 번 그렇게 하다 보면 차라리 여기같이 도약 항법 반대 운동 단체 같은 데 찾아가는 게 낫겠다 생각하게 되는 겁니다."

가게 주인은 도약 항법 반대 운동에 관해 이야기해주었다. 도약 항법 반대 운동은 몇십 년간 계속해서 세력을 키워온, 꽤 특색이 강한 시민 단체들의 활동이었다. 이 도약 항법 반대 운동의 시작에 대해서 별별 긴 설명을 하는 사람들이 많지만, 사실 정확히 따지자면, 한 TV 방송국에서 '알기 쉽게 배우는 최신 과학'이라는 제목의 교육 프로그램에 아주 인기 높은 가수가 출연했던 것에 발판을 두고 있었다. 이 교육 프로그램에서 'M이론 금지 협약'을 소개했던 것이다.

'M이론 금지 협약'은 현대 물리학의 한 분야인 M이론의 일부인 제5차 국소 특이점 전역화 텐서 방정식에 대해서 다 같이 연구하지 말자고 맹세하는 협약이었다. 그 이유는 그 분야에서 해답이 나오면, 그 해답을 도약 항법의 이론과 결합시켜서 우주를 멸망시키는 방법을 찾아낼 수 있기 때문이었다.

만약 도약 항법에서 사용하고 있는 교묘한 기술을 사용해서 M이론에서 추론되는 지점에 공간 미사일을 발사한다면, 그것이 만유인력 상수를 손상시킬 수 있다는 것이다. 그렇게 되면 우주의 모든 별들의 중력이 다 바뀌어버린다. 그러면 모든 행성의 궤도가 엉망이 되고, 온 우주의 모든 행성이 지금과 완전히 달라져서 모든 문명이 파괴되어버릴 것이다. 그리고 그로부터 얼마 지나지 않아, 다른 힘들도 손상되기 시작해서 곧 이 우주 전체가 몽땅 사라져버릴 거라는 말이었다. 바로 '우주 종말'과 같은 뜻으로 흔히 쓰이는 말인 '초끈 붕괴 현상'이었다.

초끈 붕괴 현상을 일으킬 수 있는 기술을 사람이 얻게 되는 것은 너무나 위험하다고 은하계들의 모든 정부는 뜻을 모았다. 한 번에 우주 전체를 파괴해버릴 수 있는 기술이 미치광이나 협박범의 손에 들어가면 위험하다는 것이다. 그렇기 때문에, 인류의 모든 학자는 그 분야만은 연구하지 않겠다고 다들 맹세하고 모든 나라와 단체들이 이런 분야에는 연구 시설과 연구비를 지원하지 않겠다고 이 협약에 참여했다.

도약 항법 반대 운동은 바로 그 초끈 붕괴 현상을 일으킬 위험에 겁을 집어먹은 사람들과 동물 보호 반대주의자들이 손을 잡으면서 탄생했다. 도약 항법 반대 운동은 인간들은 모두 M이론의 문제 부분을 연구하지 않기로 맹세했지만, 외계인들까지 그 맹세를 지키지는 않을 수 있다는 점을 지적한다.

그러니까, 우연히 도약 항법을 써서 한 우주선이 어느 은하계의 외계 행성에 도착했는데, 그 외계 행성에서 수백만 년 전부터 살아온 외계인들이 이미 M이론을 모두 익힌 상태일 수도 있다. 그렇다면, 그 외계인들은 인간의 우주선을 보고 도약 항법까지 알게 될 것이고, 두 지식을 결합해서 곧 온 우주를 몽땅 없애는 기술을 얻을 것이다.

온 우주를 없애버릴 수 있는 기술을 손에 넣으면, 외계인들은 다른 기술이 아무리 부족하고 우주선이 없고 군사력이 약하더라도, 여차하면 우주를 없애버리겠다고 겁을 주면서 지구인들을 협박할 수 있다. 그 외계인들은 협박으로 지구인들에게 막대한 재물과 기술을 달라고 할 것이고 그러면서 점점 부강해져서 마침내 지구인들을 노예로 부릴 것이다.

그렇게 되지 않더라도, 그 외계인들이 우연히 실수로 우주를 없애버리는 장치를 작동시킬지도 모르고, 혹은 어느 날 외계인 사회에 갑자기 '이 세상이 있다는 것 자체가 너무나 큰 고통이다' 따위의 사상이 유행하는 바람에 세상의 진정한 평화를 위해서 온 세상 자체를 다 없애버리는 것이 옳다고 믿고 장치를 작동시킬지도 모른다고, 도약 항법 반대 운동가들은 상상했다.

그러니 인간은 최대한 도약 항법을 사용하지 말아야 하고, 더 이상 새로운 외계 행성을 개척하는 일도 아예 멈추어야 한다는 것이 도약 항법 반대 운동의 뼈대였다. 그 사람들은 안드로메다 은하계의 미탐사 행성을 관찰하는 변경의 기지 행성에 자신들의 둥지를 틀었다. 도약 항법 반대 운동가들은 그 행성의 이름을 '아름다운꽃별'로 고쳐 짓고, 마침내 행성 전체를 차지하는 데 성공했다. 그러고는 아름다운꽃별 근처에서는 공간 도약 항법을 아무도 사용하지 못하도록 했고, 꼭 우주와 땅을 오갈 필요가 있을 때는 20세기 방식의 로켓을 사용했다.

도약 항법 반대 운동가들은 큰 주류 정치 세력으로 자라나
지는 못했다. 일단 도약 항법을 연구하는 학자 중에는 초끈
붕괴 현상에 대해, 그런 현상이 일어날 수도 있다는 가능성으
로 추측하는 것일 뿐이지, 정말로 확실히 증명된 것은 아니기
때문에 그렇게 위험하지 않다고 보는 사람들이 많았다. 만약
정말로 초끈 붕괴 현상이 일어날 수 있는 일이라면, 우주 곳
곳에 있는 외계인들의 문명 중에서 인간이 개발한 도약 항법
기술 없이도 스스로 초끈 붕괴를 일으킬 방법을 찾아낸 외계
인들이 있었을 것이라고 했다.

그리고 만약에 그런 기술을 갖고 있었다면, 우주의 역사가
벌써 100억 년이 훌쩍 넘어가니 그 긴긴 세월 동안 어느 한
외계 문명이라도 반대 운동가들이 말하는 것처럼 실수로라도
한 번 그 기술을 시도해서 벌써 이 우주를 없앴을 거라고 말했
다. 그런데 그런 일은 벌어지지 않은 것으로 보아, 초끈 붕괴
현상이란 사실 불가능할 것으로 보인다는 것이다. 안전을 위
해서 M이론 금지 협약이 있는 것뿐이지, 정말로 M이론이 완
성되고 도약 항법 기술이 있다고 하더라도 초끈 붕괴 현상을
일으켜서 우주를 멸망시킨다고 장담할 수는 없다는 것이다.

그러나 이야기를 하던 가게 주인은 그 주장에 반대했다.
오랫동안 아름다운꽃별에 자리를 잡고 살던 사람인만큼, 스
스로도 어느 정도 도약 항법 반대 운동에 기울어져 있었다.

"학자들은 그런 이야기를 하는데, 그게 사실 그런지 아닌
지 우리가 알 수 없는 거거든요. 학자들은 초끈 붕괴 현상이

일어날 리가 없다고 하는데, 만약에 초끈 붕괴 현상을 일으키면 우주가 없어질 거잖아요? 그러면 그렇게 해서 우주가 없어진 다음에 어쩌다가 새로운 우주가 태어날 수도 있는 거죠. 우주 자체가 없어진 적이 있었다는 것을 우리가 어떻게 알겠어요?

지금 우리가 사는 이 우주가 생기기 전에 있던 우주는 초끈 붕괴 현상으로 망한 것일 수도 있는 거거든요. 그리고 우리가 사는 이 우주도 나중에 누가 초끈 붕괴 현상을 일으키면 그때 없어지는 거겠죠.

비상행동대책위원장을 맡은 로베스피에르 교수님 같은 분은 아예 그러더라고요. 우주의 수명이라는 것이 우주가 생겨나서 별과 행성이 생겨나는 것이 시작이고, 그러다가 그 행성에서 생물이 생겨나고 문명이 생겨나면 어느 정도 늙어서 죽을 때가 된 거고, 그러다가 그 생명체들이 시간이 흘러 기술이 발전해서 초끈 붕괴 현상을 일으키는 방법을 알아내면, 얼마 지나지 않아 실수나 고의로 초끈 붕괴 현상을 정말로 일으키게 돼서 우주가 소멸되고 죽음을 맞이한다는 거죠. 그런 식으로 우주가 생겨났다 종말했다 하는 게 우주의 수명 주기라는 거거든요.

주류 학자들이야, 요즘 같은 세상에 도약 항법 없이 사회가 유지가 안 되니까, 그냥 정부 편, 기업 편 든다고 '아닐 거다' '초끈 붕괴 현상은 없다' '그러니까 도약 항법 많이 써도 된다' 그러지만, 어떻게 보장하느냐고요."

미영은 가게 주인이 갑자기 사회 문제 이야기에 열을 올리는 것을 보고, 끼어들었다.

"그래서 그런 여러 가지 문제 중에 어떤 일에 그 화가가 끼어든 건가요?"

가게 주인은 미영이 만들어 보여주는 미소 지은 얼굴을 보고서야, 다시 화가에 대한 이야기로 돌아왔다.

화가는 선전 홍보 자료 제작 일에 처음 자리를 잡았다. 자기 재산을 털어 다른 운동가들과 고용한 비서진들을 먹여 살리면서 화가는 조금씩 이 행성에서도 유명 인사가 되어갔다. 화가는 야심 찬 정치 사업 몇 개를 밀고 나갔다. 이 행성에서 발사되는 구형 로켓에 실리는 연료 중에는 그때 화가가 돈을 들여 사다놓은 것이 아직까지 꽤 있었다. 그렇게 해서 화가는 안드로메다 은하계의 한 행성에서 행성 의원 자리를 곧 얻을 수 있을 듯하다는 희망을 품었다.

"여기는 '다 같이 함께 생각하고 모두의 지혜를 모아서 거대한 정치인을 무너뜨린다' 어쩌고 하면서 일단 받아주고 말할 기회도 주고 자리도 막 내주고 그러는 데거든요. 그래서 참 별별 어중이떠중이들이 여기를 발판으로 삼아서 어떻게 이름 한번 얻어볼까 그러면서 모인다고요. 말이 좋아서 아름다운꽃별이지, 여기 이 행성은 헛바람 든 정치인 지망생 중에 실패한 쓰레기들이 휘휘 돌다가 채여서 고이는 수챗구멍 같은 데지, 뭐.

특히 정말로 무슨 뜻이 있는 사람도 아니고, 그때 개 같은

애는 완전히 생각을 잘못하고 여기 온 거라고 봐야죠."

화가는 곧 행성 의원이 될 수 있을 줄 알았는데, 행성 의원 은커녕 아름다운꽃별에 있는 지역 지부의 운동가 지역 대표 선거에서도 떨어졌다.

화가는 첫 번째 선거에서 떨어졌을 때, 떨어지면서도 어떻게든 강렬한 모습을 남겨야 그것으로 인기를 얻어서 다음에는 이길 것이라고 생각했다. 그래서 화가는 선거에서 떨어진 후에 기자들 앞에서 소리를 크게 내어 웃으면서 "선거에 져서 오히려 정말 기쁩니다!" 하고 말하면서 다시 또 크게 웃었다. 기자들이 의아해하면서 왜 졌는데 웃냐고 물었다. 물론 그 기자들은 실제로는 하나도 관심이 없었지만, 화가의 비서들에게 그렇게 의아해하는 표정으로 물어봐달라고 돈을 받은 상태였다. 화가는 뭐라고 얼토당토않은 역설적인 명대사를 꾸며대면서 멋있게 보이려고 노력했다.

그러고 나서 화가는 두 번째 선거에서도 패배했고, 다시 또 소리 내어 웃는 행동을 했다. 그리고 세 번째 선거에서도 패배했는데, 그러고 나니 재산을 다 날려 먹어, 기자들에게 줄 돈이 없어서 웃어줄 곳도 없어졌다.

그러자 화가가 거느리고 다니던 비서들은 가볍게 흩어졌다. 다른 자리를 찾지 못해 끝까지 남아 있던 한 비서의 부하에게 화가는 정치인처럼 웃으면서 지금 재정 상태가 어떤지 물어보았다.

그 부하라는 사람이 바로 지금 이 오리고깃집 주인이었다.

"걔가 또 그렇게 웃으면서 말하는 거야. 그래서 제가 그랬죠. '후보님, 이제 더 이상 그런 표정 짓고 다니실 필요 없습니다.' 파산했거든요. 그러니까 걔 표정이 진짜 이상해지더라고요."

5

미영과 양식은 오리고깃집 주인과 이야기를 한 후, 아름다운꽃별에서 재미없지만 친해지고 싶은 사람들과, 재미있지만 친해지기 싫은 사람들을 여럿 만났다. 그러던 끝에, 두 사람은 화가가 돈을 다 날린 후에 어디로 갔는지 사연을 알 수 있게 되었다.

양식은 아름다운꽃별을 떠나는 로켓 안에서 혼잣말로 투덜거렸다.

"이거 또 항상 흔하고 흔한 그런 똑같은 이야기 아닌가. 어떤 준수한 수재가 있다. 그런데 건방져서 오만하다. 게다가 사회가 만만치 않다. 수재는 실패하고 망한다. 끝. 불행하게 망한, 가능성 있었던 똑똑한 사람들 이야기야 맨날 널리고 널린 거지. 비슷한 이야기를 우리 일하러 다니면서도 몇 번 본거 같고…."

그러자 미영도 혼잣말처럼 말했다.

"망하는 이야기는 절대 똑같은 게 없지. 화장터에 쌓인 잿

가루 보면, 다 그냥 똑같은 탄소에 칼슘 덩어리지만, 그렇게 되기 바로 직전까지만 해도 하나하나가 다 어떻게든 더 살아보고 뭐든 조금 더 해보려고 그렇게 애탔던 목숨들 아닌가."

양식은 미영을 돌아보았다. 미영의 표정은 양식이 목소리를 듣고 생각했던 것보다도 더욱더 굳어 있었다. 양식은 더 이상 말을 하지는 않았다. 그저 화가의 행방을 쫓는 일에만 더 집중했다.

파산한 화가는 일단 다시 그림을 그려야겠다고 생각했다. 당장 그림 몇 장을 팔아서 양식이라도 얻어야 했기 때문이다. 하지만 화가는 그동안 대수롭지 않게 생각했던 퍼지 클러스터링 파(派)의 영향이 만만치 않다는 것을 알게 되었다. 만만치 않은 정도가 아니라 높은 장벽과 같았다.

화가는 처음에 무슨 신분을 숨기고 백성들의 모습을 살펴보는 임금인 양, 자기 정체를 숨기고 평범한 지역의 아마추어 회화 거래상을 찾아갔다. 화가는 아마추어 회화 거래상의 놀라는 모습과, 그 놀라움이 일화가 되어 주변에 알려져서 자신이 다시 화젯거리가 되고 화가로서 명성을 높이게 되는 줄거리를 상상했다.

그런데 거래상은 화가가 그린 그림을 보자 "이 그림은 어떤 범함수를 쓴 겁니까?" 하고 물었다. 화가는 무슨 말을 하는 것인지 알 수가 없었다. 한참 서로 말이 안 통하는 대답을 하고 나서야, 거래상은 "그러면 이걸 그냥 생으로 손 그림으로 그리신 거예요?" 하고 물으면서 고개를 흔들었다. 거래상은 자기는 그런 그림은 사지 않겠다고 했다.

화가는 이 지경이 되었을 줄은 몰랐다. 화가가 아름다운꽃별로 가겠다고 결심을 했을 즈음 처음으로 퍼지 클러스터링파가 주목을 받았고, 꽤 인기를 얻은 것은 알았지만 이 정도일 줄은 상상도 못 했던 것이다.

퍼지 클러스터링 파는 지극히 한심한 사고로 정선의 〈인왕제색도〉가 손상된 사건 때문에 발생했다. 그렇게 말해도 아무도 과장이라고 하지 않았다. 놀랍게도 대한민국 문화재 당국은 그 유명한 그림의 초고해상도 이미지 파일 한 장도 제대로 보관하고 있지 않았기 때문에, 한번 손상되자 정확하게 그 그림이 어떤 붓질로 어떤 종이에 그려져 있었는지 제대로 알수가 없었다. 그래서 막대한 돈을 받고, 겸재 정선의 수십 대를 내려온 수제자나 다름없다고 자칭하는 한 화가가 그 복원도를 다시 그리게 되었다.

그런데 퍼지 클러스터링 파의 창시자는 그 복원도가 형편없다고 생각했다. 창시자는 몇 차례의 회화 공모전에서 낙방하고, 결국 직업 화가의 삶은 포기한 사람이었다. 그래도 이 창시자는 그림을 그리는 재주로 일거리를 찾아서 경찰에서 범죄자 몽타주를 그리는 일을 하고 있었다. 창시자는 일을 하면서, 컴퓨터로 사진을 분석하고 그 사진을 다양한 변환 이론과 처리 기법을 이용해서 자신이 그리는 몽타주 그림과 자연스럽게 합성하는 방식들에 매우 익숙해졌다.

창시자는 목격자와 대화를 하면서 자신이 그림을 그리고,

그 그림을 여러 가지 사진을 분석한 컴퓨터 영상과 다양한 이론으로 합성해서 더 늙은 모습, 더 젊은 모습, 더 험상궂은 모습, 안경 쓴 모습, 더운 날에 본 모습 같은 여러 가지로 변형하는 일에 밝았다.

창시자는 그런 일을 하면서 얻은 재주로 〈인왕제색도〉를 복원하는 새로운 방법을 찾아냈다. 겸재 정선이 그린 그림들을 컴퓨터로 분석해서 그 기법의 특징과 구도, 소재 표현의 요소를 다양한 수치로 표현한다. 이렇게 만들어낸 수치들을 몇 가지 분석 이론에 의해 알려진 기법으로 결합하면, 겸재 정선이 그림을 그리는 방식과 패턴이 컴퓨터에 기억된다. 그리고 그렇게 기억된 것을 이용해서 실제 인왕산을 찍은 사진을 그 방식대로 변환하도록 처리하면, 겸재 정선이 살아 있다면 인왕산을 보고 어떤 그림을 그렸을지 추산한 결과가 나오고 그것을 그림으로 뽑을 수 있게 되는 것이다.

창시자는 표현자들을 분석하면서 퍼지 클러스터링(Fuzzy clustering)이라는 방법을 사용했다. 퍼지 클러스터링은 그때 창시자가 생각하기에 가장 자연스럽게 기법상의 특징을 추출할 수 있는 계산 이론이었다. 그리고 과연 창시자가 컴퓨터로 뽑아낸 〈인왕제색도〉는 자칭 '겸재 정선의 수제자'라는 사람이 그린 그림보다 훨씬 더 그럴듯하고 훨씬 더 진짜 겸재 정선 그림 같았다.

〈인왕제색도〉로 유명해진 창시자는 이제 다양한 그림들을 만들어냈다. 레오나르도 다빈치의 기법으로 그린 20세기 영화 속 유명한 장면들이나, 고흐의 특색을 그대로 살려서 그린 달의 뒷면 풍경화 같은 그림들이었다. 처음에는 재미있는 장난 정도로 여기던 사람들도, 창시자가 여러 사람의 기법을 섞어서 완전히 새로운 아름다운 그림을 만들어내는 모습을 보면서 진심으로 감탄하기 시작했다.

창시자가 한번 물꼬를 트자, 이 분야에 재능을 가진 진짜 천재들이 우주 곳곳에서 나타나기 시작했다. 그림을 분석하고 표현하는 프로그램에 온갖 이론들이 다 적용되었다. 패턴 인식과 유전자 알고리듬의 발전된 성과들은 가장 먼저 이식되었고, 온갖 인공지능 기술의 다양한 분야들이 그림을 그리는 프로그램의 요소로 끼어들었다. 곧이어, 다른 화가의 기법을 가져와서 그림을 만들어내는 수준을 넘어서서, 프로그램에 쓰이는 이론과 수치들을 조합하여 완전히 새롭고 독창적인 기법으로 그림을 만들어내는 사람들이 나타났다. 이 사람들이 만들어내는 그림들은 정말 충격적이고, 화려하고, 아름다웠다.

처음에는 퍼지 클러스터링 파 이전의 화가들은 퍼지 클러스터링 파 이후의 화가들이 그린 그림을 멸시했다. 나중에는 서로 다른 분야라고 설명하려고 들었다. 이전 시기의 화가들은 직접 붓을 들어 손으로 그린 그림에는 전혀 다른 '맛'이 있다고 주장했다. 하지만 전자(電子) 붓을 이용해서 컴퓨터와 연결된 로봇 팔이 물감을 찍어 표현하는 그림이 이미 정착되어 있던 상태였고, 전자 붓으로 그린 그림과 이전 시기 화가들이 직접 그린 그림은 눈으로 차이를 알 수가 없었다.

이전 시기의 화가들이 마지막까지 매달린 것은 추상적인 표현을 그림으로 나타낸 추상화만은 순수한 인간 감정의 표현이기 때문에 컴퓨터가 따라올 수 없다는 주장이었다. 하지만 현대 화가들은 컴퓨터를 사용해서 훨씬 더 광범위한 세계를 계산하여 그림으로 나타냈다. '물감이 튀는 모양과 거친 붓의 갈라짐이 깊은 절망감을 나타낸다'는 정도의 평을 내세워서 그림을 팔아보려고 하던 이전 시기의 화가들은, 현대 화가들이 11차원 공간을 컴퓨터 속에서 표현한 뒤에 그것을 달리는 말발굽 소리의 음파에 맞추는 느낌으로 캔버스에 그려내는 감격스러운 추상화 작품과 비교해보면서, 자기 그림들의 초라함을 표현할 방법만 궁리해야 했다.

이전 시기의 화가들은 대부분 현대 화가들이 그리는 그림을 평하는 평론가로 직업을 바꾸어 살아남았다. 평론에 재주가 없던 화가들 중에는 그나마 '그래도 직접 손맛이 있는 그림은 뭐가 달라도 다릅니다'라는 식으로 동네 골목의 오래된 포장마차 같은 느낌으로 살아남아보려고 하는 화가들도 있었다.

현대 화가들의 그림은 계속해서 발전했다. 정치인 생활을 청산한 화가가 다시 그림을 붙잡으려고 했을 때는 이미 퍼지 클러스터링 파가 이룩한 회화 격변이 꼭대기에 도달해 있었다. 이제 이 시대의 전문 화가들은 결과물인 그림 자체를 굳이 볼 필요도 없이, 그 그림을 만들어내는 프로그램에 기입한 자료만 보면서 서로 재주를 겨루고 있었다. 화가들은 프로그램에 어떤 이론을 어떤 방식으로 적용했는지 그 기법과 수치들을 기록해두었다. 그 자료만 보면 실제 그 실행 결과인 만들어진 그림 자체는 보지 않아도, 머릿속에서 어떤 것이 어떤 느낌의 그림을 만들어내는지 상상할 수 있을 정도로 현대 화가들은 훈련되어 있었던 것이다.

실제 그림은 그 프로그램을 실행시킨 뒤에 어떤 사진을 입력하거나 소재를 입력해서 적용을 마쳐야 캔버스에 그려질 것이다. 하지만 전문 화가들은 그 실물을 보기 전에 프로그램에 적힌 이론과 수치만 보고도 어떤 것이 아름다운 그림인지, 어떤 것이 도전적인 예술인지 알아보고 서로 감탄하고 서로 비평했다.

마치 악보가 정착된 뒤의 전문 음악가들이 실제로 오케스트라를 데려와서 노래를 연주해보지 않더라도, 악보에 그려진 음표들을 보고 소리를 상상하는 것만으로 서로 음악을 평가하고 음악의 아름다움을 논쟁할 수 있었듯이, 이제는 전문 화가들도 그림이 실제로 그려지기 전에, 그림을 만들어내는 프로그램의 부호와 표기만을 보고도 모든 것을 상상하고 겨룰 수 있었다.

이런 판국에 〈안드로메다 전도〉를 그리는 것이 자기 재주의 최대였던 화가는 아무것도 할 수 없었다. 화가는 우울하게 지내면서 우울하게 지내는 사람들의 불행한 행동들을 모조리 골라 하며 살았다. 그러다가, 어느 날 결심을 굳게 하고 스스로도 현대 미술을 배워보려고 한 적도 있었다. 그렇지만 화가는 남이 만들어놓은 프로그램을 예제대로 그대로 실행해 풍경 사진 몇 개를 옛날 그림체로 바꾸어보는 정도 이상으로 나아갈 수 없었다. 그 결과는 화가 자신이 보든, 누가 보든 비웃음거리로밖에 보이지 않는 졸작이었다.

양식은 이 화가가 이후 술에 취해서 행패를 부리면서 주변에 해를 끼쳤다든가, 혹은 사회에 대한 불만 때문에 범죄자가 되었다는 식으로 변했나 싶었다.

그러나 화가는 그렇게 되지도 않았다. 우울하게 지내던 시기의 바닥을 한 번 치고 돌아온 화가는 끝까지 어떻게든 다시 잘살아보려고 발버둥을 쳤다. 마지막 잔고까지 다 써버린 화가는 빈민 구제 기관들과 파산자 재활 시설을 전전하면서 다시 그림을 그려보려고 했다. 다른 직업을 갖고 살아보려고도 했다.

화가는 메모장에다가 '화가로서 내 삶은 어제까지 한 번 다 살았고 오늘부터는 다른 직업을 가진 사람으로서 새로운 인생이다. 나는 인생을 두 번 산다'라고 쓰고, 새로운 직업을 가지려고도 했다. 메모장에 그렇게 쓴 것이 세 번, 네 번이었다. 그렇지만 어느 것 하나 성공한 것이 없었다. 화가의 몰골은 점점 더 초라해져갔고, 가난이 아니라 하더라도 어느새 늙어가는 세월을 막을 수는 없었다.

안드로메다 은하계의 번화한 도시 뒷골목들을 걸인처럼 헤매던 화가는 마침내 먹고살 길을 찾아 무풍 행성까지 찾아오게 되었다. 화가는 자신의 사정에 대해서 말하고, 미술관에서 자리를 얻었다. 그 미술관에는 비록 구석이고 사람들이 잘 찾지 않는 곳이었지만, 화가의 그림이 하나둘은 걸려 있었다. 화가는 미술관을 찾는 관광객들에게 '내가 바로 이 그림을 그린 사람'이라면서 몇 가지 이야기를 해주는 일을 하면서 미술관에서 돈을 받았다.

남는 시간에 화가는 미술관 뒤에 있는 시장 길거리에서 그림을 그리는 일을 했다. 그 길거리에는 컴퓨터를 사용하지 않고 맨손으로 그림을 그린다는 것을 묘기로 행인들에게 보여주면서, 약장수나 길거리 악사들과 함께 구색을 갖추는 사람들이 몇 있었다.

사실 척추 신경 접속 장치를 이용해서 몸의 신경과 컴퓨터를 연결하면, 컴퓨터가 사람의 팔과 손을 움직이게 해서 별다른 재주가 없는 사람들도 그림을 잘 그리는 것처럼 손을 놀릴수가 있었다. 그렇기 때문에 이 재주꾼들은 컴퓨터와 접속이 안 되어 있다는 것을 보여주기 위해 수영복을 입고 그림을 그리곤 했다. 방탕하게 살다가 가난하게 지내며 늙어간 화가는 결코 그런 모습으로 그림을 그려서 큰 인기를 끌 수 있는 사람은 아니었다. 그러니 길거리의 묘기 부리는 사람으로도 성공할 수가 없었다.

그렇지만 그때까지도 화가는 어떻게든 더 기회를 찾아보려고 노력했다. 화가는 다시 돈을 벌어서 자립하고, 그렇게되고 나면 떠나간 부모님을 찾아가 오래간만에 명절을 같이 보낸다는 계획도 세웠다. 정작 부모가 화가를 찾아 무풍 행성에 왔을 때는 화가는 부끄러워서 숨어다니기만 했지만, 화가의 계획은 진심이었다.

화가는 모임이나 강연 같은 곳에도 자주 나갔다. 화가는 겉으로는 꽤 성공한 듯해 보이지만 실제로는 실패한 사람들에게 다시 삶의 활력을 찾고 새로운 도전 정신을 불어넣기 위해 모이는 모임들에 참석했고, 그런 사람들에게 자신감을 불어넣어준다는 '의식 전환', '심리 강화' 강사의 강연을 듣기도 했다. 결국 정말로 화가의 삶을 돕는 데는 아무짝에도 쓸모가 없었지만, 그래도 강연에서 강사가 하라는 대로 소리를 지르고 솔깃한 말들을 듣고 있으면, 기분이 좋고 후련하고 뭔가 새사람이 된 듯한 느낌을 몇 시간 정도는 받을 수 있었다. 화가는 꽤 오랫동안 모은 돈을 그런 강연을 듣기 위해 모두 털어서 지불해야 했고, 그 후 '돈 값어치는 하는 일이었다'고 계속 스스로 납득하려고 노력했다.

그렇게 얼마간이 지나고, 화가가 자신의 부모가 병으로 사망했다는 소식을 들었을 무렵, 이 망한 화가의 이야기는 기사가 되어 몇몇 곳에 알려지기도 했다. 화가는 다시 희망을 품고 자신의 이야기가 더 많이 알려지면 미술관을 찾아오는 사람들이 많아지고, 그러면 다시 살림이 점점 더 나아질 거라고 생각했다. 하지만 화가의 이야기가 알려지자 찾아온 것은 그를 측은히 여기는 관광객들이 아니었다. 비슷한 신세로 일거리를 찾는 다른 망한 화가들이 몰려들었다.

몰려든 사람 중에는 화가보다 훨씬 더 설명을 재밌게 하고, 더 젊고 더 외모가 아름다운 사람도 여럿 있었다. 화가는 어쩔 수 없이 미술관에서 해고되었다. 화가는 이 일을 잃으면 안 된다고 간청하기도 했고, 당분간 보수를 받지 않고 일을 하면서 사람들을 더 잘 대할 수 있다는 것을 증명하겠다고도 했다. 하지만 당시의 미술관 인사과장에게 절박한 화가의 모습은 꼭 정신적인 문제가 심각한 병자 같아 보였고, 인사과장은 이 화가를 쫓아버리지 않으면 언젠가 위험한 사고가 발생할 것 같다는 두려움을 느꼈다.

미술관 일을 잃은 화가는 길거리에서 수영복 차림으로 그림을 그리는 일에만 매달렸다. 하지만 그 일은 밥값도 채 되지 못했다. 화가는 사는 곳을 옮기고 집세 보증금을 받아서 그 돈을 까먹으며 하루하루를 버텼다. 날이 갈수록 화가는 자기가 그릴 수 있는 그림은 아무것도 없다는 사실을 깨달았다. 화가가 온 힘을 다해 사나흘 동안 무풍 행성의 해가 지는 풍경을 그리고 나면, 그것과 꼭 같은 그림이지만 어쩔 수 없었던 결점들을 모두 해결한 더 완벽한 그림을 현대 화가들이 컴퓨터 프로그램으로 몇 시간 만에 만들어냈다. 현대 화가가 아닌 다른 거리의 재주꾼들조차도 이제 화가보다는 재주가 좋아 보였다. 화가는 자기가 그릴 수 있는 자기만의 재주가 나타나는 그림이란 이제 아무것도 없다는 생각이 들어 더욱 절망하게 되었다.

화가는 더 어두워진다기보다 이제 점점 괴팍스럽게 변해

갔다. 그러다가 화가는 자기 그림의 모델이 되어주던 한 관광객 어린이와 크게 싸웠다. 무풍 행성의 미술관을 찾는 어린이 중에는, 옛날 왕궁의 귀부인들이 화가들에게 초상화를 그리게 하던 것을 흉내 내며 즐거운 재밋거리로 여기는 경우가 있었다. 길거리 화가들에게는 이런 어린이들이 가장 돈이 되는 고객이었다. 열 살짜리 아이 하나가 화가가 그린 길 건너 사냥용품점 아가씨의 초상화를 좋아해서 그림을 그려달라고 했고, 주위의 다른 길거리 화가들은 화가가 운 좋게 오늘 하루는 건수를 잡았다고 생각했다. 하지만 뭐가 어떻게 생각이 꼬였는지 아이와 몇 마디 농담을 나누다가 괴상하게도 점차 아이와 다투기 시작한 것이다.

그날 화가는 아이의 아버지에게 두들겨 맞고 경찰에게 같이 끌려갔다. 그 뒤로, 화가는 더욱 괴상한 습관을 갖게 되었다.

화가는 얼굴을 모두 가리는 색안경과 마스크를 썼고 모자를 깊게 눌러 썼다. 화가는 언제나 그런 모습으로 말도 몇 마디 않고 하루하루를 보내면서 살아갔다. 매일 길거리 화가들과 함께 어울리면서 그림을 그리는 자리에 나와 있었다. 그리고 색안경과 마스크를 쓰고 깃을 세운 옷을 입은 채로 하루에 한 번씩은 미술관에 찾아가 자기 그림이 있는 곳에 들렀다. 그런 날이 몇백 번, 몇천 번씩 반복되어 지나갔다.

그렇게 지내던 어느 날 갑자기 미술관의 그림을 훔쳐 갔던 것이다.

6

화가가 그림을 훔친 날은 화가가 병든 사람처럼 온몸을 두꺼운 옷과 모자로 감싸고 다니며 지낸 지 몇 년이 넘게 지난 날이었다. 그러니 미술관 관리부장은 화가가 돈은 다 떨어졌는데, 도저히 돈을 벌 곳을 찾지 못해서 그림을 훔친 것이라고 생각하고 있었다.

그렇지만 미영은 관리부장의 생각에 반대했다.

"훔친 그림을 돈으로 바꾸려면 장물아비를 알아야 하는데, 화가가 장물아비를 알지는 못했을 거 같거든요. 그리고 설령 아는 사람이 어떻게 있었다고 해도 그 사람 상태로 장물아비들과 그림을 잘 거래할 수 있는 예리한 재주가 있었을 것 같지도 않고요."

"모르는 일 아닙니까. 길거리에서 만난 사람 중에 누가 꼬드겨서 그림만 훔쳐다주면 뒷일은 자기가 다 알아서 하겠다는 그런 사람이 있었을 수도 있잖습니까."

관리부장은 쉽게 자기 생각을 버리지 않았다. 그렇지만 미영과 양식이 찾아다녀본 결과, 화가가 그림을 그리던 길거리를 출입하는 사람 중에 그럴 만한 사람은 아무도 없어 보였다.

미영과 양식은 오리고깃집 주인에게 알아온 이야기를 바탕으로 해서, 화가 주변에서 같이 그림을 그리거나 차력 시범을 보이던 몇몇 사람에게 좀 더 많은 일을 물었다. 그렇게 해서 두 사람은 마침내 무풍 행성에서 화가가 사는 곳을 알아낼 수 있었다.

두 사람이 미술관 관리부장에게 찾아가자 관리부장은 말했다.

"그러면, 마지막으로 화가 집에 가보고, 지금까지 가본 데서 알게 된 내용을 정리해서 보험회사에 보고하면 되겠네요."

미영과 양식은 관리부장과 함께 화가가 사는 곳이라는 지역을 찾아갔다. 그곳은 미술관에서 몇 킬로미터 정도 떨어진 곳에 있는 나지막한 산이었다. 그 산에는 옛날에 지은 천문대 자리들이 있었다. 무풍 행성은 날씨가 항상 좋았기 때문에 하늘의 별을 보기 좋아서 천문대를 짓기에 유리했던 것이다. 사실 진지한 천체 관측은 대부분 우주 공간에 띄워놓은 망원경 인공위성이나 우주선에서 하는 일이 많기는 하지만, 관광객들을 위한 관광용 천문대로 산 위에 몇십 개가 건설되었다.

그렇지만 이렇게 지구의 호텔 회사가 투자한 관광용 천문대 계획은 완전히 실패했다. 안드로메다 은하계 사람들은 우주선을 타는 일을 매우 자주 하는 편이었기 때문에, 정말로 별을 잘 보고 싶으면 우주선을 타고 우주로 나가면 된다고 생각했다. 누구도 땅에 있는 천문대에 갈 필요성을 도무지 느끼지 못했다. 그렇게 해서 거의 아무도 찾아오는 사람들이 없는 천문대는 방치되기 시작했다. 그 천문대 건물 중에 한 채가 부서져서 버려지다시피 하자, 그 버려진 천문대에 집 없는 떠돌이 한 사람이 들어와 살게 되었다.

그렇게 집 없는 사람이 들어오고 나니, 관광객들은 더 그 주변에 가기를 꺼리게 되었다. 그러다 보니 천문대는 더욱더 버려져서, 지금 산 위에 있는 천문대들은 모두 집 없는 사람들이 사는 움막촌 같은 곳이 되어 있었다.

산의 오르막을 오를 때 이미 해가 질 무렵이었다. 그러니, 미영과 양식, 관리부장이 화가가 사는 천문대에 도착했을 때는 이미 밤이 되어 있었다. 낙서와 악취로 둘러싸인 버려진 천문대에 들어서니, 천문대의 뻥 뚫린 열린 천장으로 밤하늘이 보였다. 지구에서 안드로메다 은하계를 볼 때 보이는 모양처럼, 그곳에서 하늘을 올려다보니, 어느 한 끄트머리에 지구가 붙어 있을 은하수의 모습이 찌그러진 작은 소용돌이 모양으로 보였다.

그리고 세 사람은 거울 앞에서 쓰러져 죽어 있는 화가의 모습을 보았다. 화가 옆에는 카페인 제재나 각성 효과가 있는 약물들의 병이 뒹굴고 있었다. 앞에는 화가가 마지막으로 그린 그림이 있었다. 관리부장이 말했다.

"이게 없어진 그림이네요. 그런데 이 양반이 그림을 망쳐놨네."

화가가 미술관에서 훔쳐 갔던 그림은 젊은 시절의 자신을 그린 자화상이었다. 그런데 그 위에 다시 그림을 덧칠해서 나이 든 지금 자신의 모습도 옆에 그렸다. 그리고 젊은 시절의 모습이 점차 늙은 지금의 모습으로 변화해가는 것처럼 그려 놓았다.

이것은 옛날 렘브란트의 기법을 사용하되 두 가지 대상을 양자 컴퓨터를 이용해서 분석한 다중 프랙탈 이론으로 합성했을 때 만들어지는 그림과 비슷해 보인다고 관리부장이 말했다. 하지만 수준은 형편없다고 했다. 컴퓨터를 이용해서 그렇게 만들어낼 수 있는 그림을 화가가 조악하지만 자기 나름대로 최선을 다해서 이해한 대로 직접 붓을 손으로 들고 솜씨껏 그려낸 그림이었다.

"누가 찾아와서 그림을 다시 되찾아 가고 화가를 붙잡아 갈 거라고 생각했기 때문에, 그 전에 그림을 다 완성하려고 쉬지 않고 몇 날 며칠을 계속 그림만 그린 것 같습니다. 그러다가 과로로 사망했나 봅니다. 원래 몸도 워낙에 약한 상태였던 것 같고."

미영은 그림을 보았다.

"아무도 못 그리고 자기만 그릴 수 있는 그림을 그리려고 몇 년 동안 그렇게 살았던 걸까요? 점점 더 이상하게 늙어가고 말라가는 자기 모습을 아무한테도 안 보여주면서, 얼굴을 가리고 계속 몇 년씩 지내면, 그 얼굴은 아무도 보지도 못하고 사진도 못 찍을 거고. 그러면 자기밖에 볼 수 없는 자기 얼굴은 그야말로 자기 말고는 아무도 그릴 수 없다고 생각했을 테니까. 아무도 못 그리고 자기만 그릴 수 있는 자기만의 그림이라는 이 그림을 그리려고 마지막 몇 년 동안 그렇게 산 건지…."

미영의 이야기를 듣고, 양식은 미영의 얼굴을 보았다. 미영은 그대로 그림을 보고 있었다.

그림에는, 젊은 시절의 자신만만한 표정으로 환하게 웃는 화가의 모습이 있었다. 그리고 바로 그 옆에 늙고 병든 모습으로, 죽을 힘을 다해 젊은 시절의 웃는 표정을 흉내 내어 웃는 화가의 모습이 있었다.

— 2012년, 여의도에서

말
버
릇
과

태
도
의

우
아
함

1

미영과 양식이 대화하다가 '이건 우리가 사업을 시작한 목적이랑 전혀 안 맞는다'는 말을 하면서 다투기 시작할 때까지 몇 분 걸릴지를 두고, 비서와 경리부장은 내기를 걸었다. 내기를 걸고 얼마 후에 양식이 말하는 소리가 들렸다.

"이건 우리가 사업을 시작한 목적이랑 전혀 안 맞잖아요?"

이긴 사람은 비서였다.

두 사람이 내기에 건 돈을 주고받는 동안, 경마장을 도는 말 신세가 되어 있다는 것을 전혀 모르는 미영과 양식은 자신들의 이어지는 토론만 지루하게 계속할 뿐이었다.

"아무리 일거리가 없어도 그렇지, 애들 과외해주고 돈 버는 건 진짜 우리 사업은 아니잖아요. 차라리 그냥 개인적으로 하시는 부업이면 모를까."

"그냥 애들 과외해주는 거면 나도 부업으로 하지. 이건 그런 게 아니라니까."

"아니기는 뭐가 아니에요. 애들 사교육해주는 거잖아요."

"그런데 이건 애들 붙잡고 뭘 가르쳐주는 게 아니라, 교육용 시스템을 구해 오는 거라니까."

"그냥 뭐 사 오는 거면 택배회사나 특송회사에 시키겠죠. 왜 우리한테 일을 맡기겠어요. 뭘 구해 와서 팔라고 하는 거 아니에요?"

"그런 거 진짜 아니거든. 우리가 하는 일은 해바라기 은하계까지 가서 이걸 다른 행성에도 설치하려면 어디까지 뭘 사 와야 하는지 알아내서 옮겨 오고 설치 도와주는 것까지가 우리 일이라고."

"그건 무슨 학습지 떼 와서 돌아다니면서 동네 애들한테 가입하라고 하는 거랑 비슷한 거 아니에요? 왜 그런 사람들 있잖아요. 애들 모아다 앉혀놓고 무슨 약장수처럼, 이 학습지 가입하면 무슨 게임기 준다, 장난감 준다 그런 소리 장황하게 떠들어서 애들이 집에 가서 부모한테 조르게 하려고 꼬드기는 사람 있잖아요."

"아니래도 그러네. 만약에 그런 거면 내가 애들 모아놓고 춤을 추든 노래를 부르든 그건 내가 다할 테니까, 김 이사는 우주선만 조종해요."

이어지는 긴 논쟁 끝에 두 사람이 이 일을 맡기로 결심할 무렵, 경리부장과 비서는 두 사람을 두고 또 다른 내기를 걸어보려고 협의 중이었다. 이번 일을 맡게 된다, 안 맡게 된다를 두고 내기를 걸자고 이야기를 했지만, 결국 일을 맡게 된다는 데 두 사람 모두 생각이 같아서 내기를 할 수가 없었다.

2

미영과 양식이 사무실이 있는 은하수의 G581E 행성에서 출발해 해바라기 은하계까지 3천7백만 광년을 가는 동안, 송진혁이라는 한 회사원은 지구에서 자신의 집과 직장 사무실 간을 주기적으로 반복하여 출퇴근하는 삶의 고요함을 느끼고 있었다.

따분한 생활이었고, 오후 3시쯤이 되어 조용한 사무실 방에 앉아 있으면 저절로 졸음이 솔솔 쏟아지는 조용한 나날이었다. 그렇지만 송진혁은 엷은 졸음 속에서 그래도 정말로 요즘 같기만 하면 더없이 행복한 것이라는 생각을 문득문득 할 때가 있었다.

송진혁이 맡은 일이란, 회사 구석구석의 돌아가는 사정을 컴퓨터로 살펴본 뒤에, 회사에서 새롭게 할 수 있는 일, 개선할 수 있는 일을 찾아서 아이디어를 써서 보고하는 일이었다. 이것저것 흥미가 닿는 대로 거대한 회사의 면면을 찔러볼 수 있어서 재미가 있기도 했고, 마음껏 떠오르는 생각을 그저 재미나게 써대기만 하면 일이 끝났기 때문에 신경 쓸 일도 적었다. 그저 정해진 개수만큼 아이디어를 내는 것이 업무였기 때문에 나쁜 아이디어를 냈다고 닦달하는 사람도 없었고, 보고서를 엄격히 검토하며 따지는 누군가가 있는 것도 아니었다. 비슷한 명칭의 업무를 부여받은 같은 도시의 다른 수천 명의 사람들과는 달리, 글자체를 굴림체 9포인트로 할지, 맑은고딕 10포인트로 할지를 두고 고민을 하면서 어떻게 해야 이 문서를 읽을 사람의 비위를 조금이라도 더 잘 맞춰줄 수 있을까, 마음 졸여 가며 결과를 가다듬을 일도 없었다.

아쉽게도 같은 직급의 다른 직원들에 비해 월급은 조금 적었다. 그렇지만 그조차도 그저 조금 적을 뿐이어서 큰 불만은 없었다. 거기다가 같은 전공의 학위를 가진 사람이 정부 고위직으로 올라가면서 엮어 만든 특이한 법령 덕택에 송진혁과 같은 전공을 한 사람은 함부로 해고할 수가 없게 되어 있기도 했다. 그뿐만 아니라 대우도 꽤 극진히 해주게 되어 있어서, 송진혁은 전망이 좋은 방을 하나 혼자 쓰도록 배정받았고, 금희라는 이름의 전속 비서도 사무실에 배치되어 있었다.

송진혁이 고민거리를 찾는다면 그나마 비서인 금희가 걱정이기는 했다. 금희와 송진혁은 지나치게 가까웠다. 송진혁의 결혼 생활을 위협할 치명적인 선을 넘은 것은 결코 아니었다. 두 사람은 취향과 성격을 잘 헤아리는 비서와, 그 비서의 모습과 일에 극히 만족하는 사무실 주인의 관계에 머물러 있었다. 애처롭게도, 두 사람 사이의 친목이 쌓이다가 어느 무게를 넘은 것이 한 원인이었는지, 금희는 어느 날 야근을 앞

두고 같이 저녁을 먹던 때 이후로 안타까운 표정으로 송진혁을 보는 일이 많아졌다. 금희는 송진혁의 아내를 부러워하고, 송진혁의 아내와 자신을 비교하면서 과연 송진혁의 아내가 송진혁에게 훨씬 더 훌륭한 반려자라는 사실을 느끼고 자신은 부끄럽고 못났다는 생각을 하느라, 온종일 가슴이 답답하기만 하기도 하였다.

송진혁 역시 이런 분위기를 알고 있었다. 사실 송진혁이 보기에, 금희는 항상 마음이 잘 맞는 업무의 짝이었고, 다른 모든 면에서도 매력이 부족한 사람이 아니었다. 매사가 신기할 정도로 마음이 딱딱 맞아드는 것은, 이제는 지긋지긋할 정도로 부부싸움을 해왔던 아내와는 전혀 다른 관계의 배경이 되었다.

송진혁과 동갑으로 차분하면서도 늘씬한 모습의 아내와 다르게, 금희는 더 어린 나이에 송진혁보다는 20센티미터쯤은 작아 보이면서 항상 경쾌한 목소리를 냈다. 이것이 아내와 무척 다르다는 생각이 괜히 들 때가 있었다. 그러니까 송진혁도 가끔 아내와 금희를 비교할 때가 있었다는 것만은 사실이었다. 게다가, 직장에서 항상 같이 지내다 보니 금희와 함께 있는 시간이 아내와 함께 있는 시간보다 훨씬 더 길기도 했다.

그렇지만 송진혁의 이러한 고민은 결코 송진혁의 아내가 주는 도덕적인 안식과 가정의 평화를 넘어서지 않았다. 집에 돌아와서 아내를 다시 보면, 송진혁은 자신의 아내가 얼마나 현명하고 친절하며 또한 아름다운 여자인지 날마다 다시 깨달았다.

침대에 같이 누울 때마다, 송진혁은 바로 아내와 같은 이런 모습의 여자가 사춘기 때부터 자신이 동경해왔던 바로 그 환상에 가장 가까운 여자라는 생각을 하기도 했다. 거기에 두 자식을 같이 기르며 오랫동안 세상을 헤쳐온 동지로서의 감상이 더해진다면, 금희의 눈동자에 담긴 안타까움이 아무리 간절해진들 결코 송진혁을 흔들 수는 없었다.

그러므로 송진혁의 고민이란 사실, 금희를 불쌍하게 여기는 마음과 미안한 마음이 든다는 것과 매일 저녁이면 사라지는 위선적인 죄책감이 전부였다.

아마 미영과 양식이 이러한 송진혁의 모습을 보았다면, 미영은 말했을 것이다.

"이런 식으로 처신하는 놈이 제일 미운 놈이야."

그리고 금희와 계속 같이 일을 하고 있는 송진혁에게 얼큰한 욕설을 선사해주었을 것이다.

하지만 금희는 내내 울적한 표정을 짓고 있다가도 어쩌다 송진혁과 같이 이야기를 하며 일을 하다가 유쾌한 순간이 잠깐 찾아올 때, 저도 모르게 행복하게 웃었다. 세상 다른 곳에서는 결코 그만큼 기뻐하지 못할 만큼 행복하게 웃었다. 웃는 시간이 지나가고 나면 그만큼 더 허망하고 쓸쓸해져서 더 갑갑해했지만 그래도 어쩔 수 없다고 생각하며 또 울었다.

송진혁과 같은 상황의 다른 사람을 두고 나중에 미영은 다음과 같이 해설한 적이 있었다.

"저 자식은 저게 고민이라고 골치 아파하지만, 그런 식으로 감정에 자극이 생기는 게 사실은 저놈한테 더 행복한 거라고. 일단 생활이 지루하지 않고 사건이 자꾸 생기니까 재밌지, 거기다가 점점 나이가 들어가지만 아직 인기가 있다는 자신감도 채워주지, 그러면서도 그보다는 자기 처가 조금 더 낫긴 나으니까 자연스럽게 '나는 선을 넘지 않아'라면서 무슨 대단한 선행이라도 하는 것처럼 혼자 도덕적인 사람인 척도 할 수 있단 말이지."

아닌 게 아니라, 송진혁 자신도 행복하고 편안하기만 한 자기 삶 속에서 이 작은 고민이, 진짜 고민이 아니라 지루함을 없애주는 보너스 행복이라고 생각할 때가 있었다.

그때가 바로, 날 좋은 봄, 오후에 사무실에서 금희와 함께 서류를 같이 보다가, 또 그렇게 금희가 즐겁게 웃다가 돌아서면서 허탈해하며 슬퍼한 순간이었다.

이때, 송진혁은 '이 고민이 진짜 고민인가'라는 생각을 하다가 문득 들고 있는 서류를 다시 보았는데, 서류에 인쇄된 글씨가 춤을 추듯이 변해서 엉뚱한 말로 보이는 것 같았다. 꼭 이렇게 보였다.

'안드로메다 은하계의 한강주의자 조직을 구출하라.'

이게 도대체 무슨 소리인가 싶어 다시 찬찬히 읽어보려고 하자, 서류의 내용은 원래대로 돌아갔다.

3

　미영과 양식이 도착한 해바라기 은하계의 '자율학습' 행성은 행성의 별명 그대로 거대한 대안학교가 있는 곳이었다. 주로 다른 은하계 곳곳에서 살던 부유한 주민 중에 자기 자식들을 새로운 방법으로 교육하고자 모여든 사람들이 개발한 행성이었다.

　미영과 양식은 주문받은 대로 가장 좋은 교육 장비를 구해 와야 했고, 그러기 위해서 두 사람도 직접 교육 장비들을 사용해보기로 했다. 간단한 설명을 들은 두 사람은 교육 장비 안에 들어가서 장치를 사용해보았다.

　두 사람이 사용해보니, 그 장치란 것은 행성의 교육위원회가 종합 관리하는 훌륭한 가상현실 장치였다. 보고 듣는 것이 실제와 거의 똑같이 느껴질 뿐만 아니라, 실제로 몸에 일정한 중력을 걸어서 움직이면 운동을 할 수 있는 장치였다.

　"이런 게 왜 필요한 거죠? 등하굣길이 멀어서 귀찮으니까 만든 건가?"

　"그게 아니라 체험학습이나 야외학습 같은 거 잘하려고 그런 거겠지. 삼국시대 역사 배울 때는 진짜 삼국시대처럼 생긴 가상현실 거리로 다 같이 들어가서 겪으면서 배우고, 그러라고 그런 거 아니에요?"

　두 사람이 장비를 소개하던 교사에게 말했다. 그러자 교사가 답했다.

"그런 것도 있지만, 더 큰 이유는 따로 있습니다."

그러고는 갑자기 대뜸 들고 있던 나무 막대로 양식의 머리를 휘갈기려고 했다.

가상현실 속에서 양식은 그 나무 막대를 피할 생각도 하지 못하고 그대로 두들겨 맞았다. 양식은 무슨 짓이냐고 따지려고 했지만, 그보다 더 놀라운 일이 있다는 것을 곧 알아차렸다.

"어? 분명히 맞았는데. 안 아프네요."

교사는 고개를 끄덕거렸다. 그리고 교사는 가상현실 기계를 교육용으로 사용하는 가장 큰 이유는 이 기계를 사용하면 학교 폭력을 예방할 수 있다는 점이라고 설명했다.

처음 자율학습 행성에 부유한 개척자들이 왔을 때는, 훌륭한 지식과 교육 수단이 입력된 로봇들을 데려다가 가장 안전한 곳에 자녀들을 두고 가르치는 것이 대안교육이었다. 그렇지만 그렇게 혼자 지내면서 로봇에게만 지식을 배우자니, 다른 사람들과 같이 지내면서 배우게 되는 경험들을 교육하기가 어려웠다. 여기에 대해서 급진파 개척민들은 "요즘 시대에 그런 식의 경험이 실제로 소용이 있는 곳은 전혀 없다"고 주장하기도 했다. 하지만 많은 사람들은 실제로 뭔가 정말 유용한 것을 배우는 것이 있건 없건, 아직 이 우주에 있는 다른 사람들 사이에서 성공하려면 적어도 다른 사람들에게 "우리 자식들도 인간들 사이에서 부대끼며 배웠다"고 선전할 필요는 있다고 생각했다.

그렇게 해서 사용하게 된 것이 여러 학생이 온라인으로 접속하는 가상현실이었다. 가상현실 속에서 아이들끼리 서로 같이 지내면서 같이 배우는 것은 보통의 지구 학교와 매우 비슷했다. 보고 듣고 느끼는 것도 진짜 같고 성능은 나날이 좋아져서 운동하면 근육에 자극을 줘서 실제로 신체를 발달시키게 하는 기능도 완벽할 정도였다.

그렇지만 한 가지 차이점이 있으니, 그 누구도 다른 사람을 때릴 수가 없었다. 서로 손을 잡거나 경기를 하면서 몸이 닿는 감촉은 가상현실 장치가 전달하지만, 그 충격이 설정해 놓은 것 이상으로 강해지면 더 이상 그 감촉을 전달하지는 않는 것이다. 그래서 아이들 간에 싸움이 붙어서 누가 면상에 주먹을 날린다고 해도 그냥 얼굴에 주먹을 살짝 갖다 댄 느낌밖에 들지 않았다.

자율학습 행성은 바로 이 가상현실이 어느 정도 정교해지면서 본격적으로 인기를 끌기 시작했다. 학교폭력과 체벌의 원천적인 차단이 이루어지지만, 서로 협동하고 갈등하고 본받고 질투하기도 하는 교육 공동체였다. 교사의 수업을 방해하는 학생은 벌을 주거나 내쫓는 것이 아니라, 그 말과 행동이 더 이상 보이고 들리지 않게 되도록 차단할 수 있었다. 초기에는 아이들끼리 싸우다가 "가상현실 기계 밖으로 나와서 진짜 집에 찾아가서 패주겠다"라고 협박하는 아이들도 있었지만, 그런 일을 실제로 하기는 쉽지 않았다. 게다가 모든 학교생활을 가상현실 속에서 하는 문화에 다들 젖어들자, 가상현실 밖에서 누군가를 때리고 싶다는 생각 자체를 모두 잘 하지 않게 되기 시작했다.

대신에 생겨난 것이, 다툼이 일어났을 때 말로 서로를 공격하려고 하는 경향이었다. 한동안 자율학습 행성에서 애들 싸움이란 것은 서로 살벌한 욕설을 퍼붓는 일이었다. 공격의 수단이 그것밖에 없게 되자 아이들은 더 심한 욕, 더 강한 욕을 다양하게 창작해서 사용하게 되었다. 나중에는 기가 막힐 정도로 잔인하고 더러운 욕으로, 몇 마디 서로 퍼붓는 사이에 평생 마음에 못이 박힐 만한 잔인한 감정을 주고받는 경우도 생겨났다.

그러자 행성 교육위원회는 가상현실 장치를 대대적으로 개량했다. 가상현실 장치는 주고받는 모든 말들을 해석해서, 욕설로 사용되는 단어들은 자동으로 들리지 않게 차단하는 프로그램을 장착했다.

"정말요? 이 속에서는 욕을 하면 안 들린다는 거예요?"

미영은 그 사실을 알자마자 양식을 향해서 욕을 해보았다. 양식은 아무 말도 안 들린다는 표정이었다.

"진짜 신기하네."

양식도 재밌어서, 두 사람은 서로 욕을 한참 동안 떠들어대면서 상대방의 말이 안 들린다는 사실을 즐겼다.

어쨌든 욕이 안 들리게 되자 아이들은 말없이 종이에 글자로 욕을 써서 서로에게 보이기도 하였고, 욕설 단어의 한 음절만 발음했다가 프로그램이 인식하지 못할 정도의 시간을 거친 후에 다음 음절을 발음하는 식으로 욕설하는 방법을 쓰기도 했다. 하지만 이런 방법은 그저 우스꽝스러울 뿐, 정말로 상대방에게 닿는 효과가 적었다. 결국 아이들은 다른 방법을 찾게 되었다.

아이들이 생각해낸 다른 방법이란, 욕설 단어를 전혀 쓰지 않으면서도 상대방을 괴롭히고 충격을 주는 말을 하는 것이었다. 그런 방법을 위해서 아이들은 상대방이 얼마나 고통스럽게 죽기를 바라는지, 상대방의 어머니나 아버지에 대해서 자신이 얼마나 혐오감을 가졌는지를 긴 문장으로 설명하는 방식을 사용하기 시작했다.

아이들은 연쇄살인마의 범행을 설명하는 신문기사와 같은 어투로 말했지만, 그런 만큼 더 생생하고 더 극적으로 상대방이 죽게 만들겠다고 저주하며 싸우기 시작했다. 어떤 아이들은 정말로 살벌한 공포 소설의 한 문장처럼 기가 막히게 살 떨리는 말을 상대에게 던져서, 단번에 며칠간 잊히지 않는 감정을 남기기도 하였다.

그러자, 몇몇 강도가 세고 자극적인 표현들이 관용구로 여러 아이들 사이에 널리 유행하기 시작하였다. 아이들은 이런 표현들을 서로 배워서 여기저기에서 떠들며 싸웠다. 이런 말들은 더 길고, 더 서술적이지만 일종의 욕설 단어 같은 기능을 하는 셈이었다.

그렇지만 행성 교육위원회가 강화한 가상현실 장치의 인공지능이 가진 성능은 더욱더 대단하게 발전해서, 이런 식으로 반복적으로 욕설의 기능을 하는 표현을 찾아내면 그런 긴 설명조차도 인식하고 포착해서 전달되지 못하게 만들고 있었다.

그러니 아이들은 싸우면서 상대방을 공격하려면, 인공지능이 포착할 수 없는 새로운 자기만의 표현으로 상대방을 저주하고 괴롭혀야 했다. 힘이 세거나 키가 큰 아이가 싸움에 유리한 것이 아니라, 더욱 유려한 수사학적 재능을 가진 아이가 싸움에 이기는 세상이 된 것이다.

이러니 아이들이 싸울 때 쓰는 말은 갈수록 복잡해지고, 갈수록 정교해졌다. 놀라운 비유법과 참신한 심상 표현으로 상대방을 자극하려는 시도들이 끊임없이 이루어졌다. 이 행성 아이들의 가상현실 속 싸움은 마치 두 사람의 시인이 서로 시구를 주고받으며 같이 한 편의 시를 만들어나가는 모습과 비슷할 지경이었다.

어떤 아이들은 다른 방법을 찾기도 했다. 상대방에게 욕을 하는 대신에, 상대방이 매우 비참하게 살해당한 모습이나, 상대방의 가족이 처참한 꼴을 당한 모습을 사실적이고 충격적인 그림으로 정교하게 그려서 상대의 눈앞에 들이대는 방법으로 서로 괴롭히는 아이들이 생겨났다.

이에 맞서 잔인하고 추잡한 영상을 선별해내는 기능을 가상현실 장치의 인공지능이 갖추자, 아이들은 인공지능이 인식하기 어려운 상징적인 도안과 추상적인 선과 면으로 상대방에게 혐오감을 표현하며 다투기도 하였다. 마침내, 행성 교육위원회에서는 이 정도로 기교적인 방법들로 아이들이 다툰다면, 큰 부작용 없이 오히려 다툼이 갖고 있는 교육적인 가치를 실현할 수 있다고 보고, 이러한 수위의 싸움은 허용하도록 장치를 조정해두었다.

자율학습 행성을 비판하는 사람들 중에는, 사람이 정말로 두들겨 맞을 수 있다는 육체적 위협이 있는 상태에서 겁을 내거나 용기를 내면서 경험하고 배우는 것은 전혀 다른 경지의 경험이라고 주장하는 이들이 있기는 했다. 아이들끼리 서로 만나고 어울리는 것이 가상현실 속에서 이루어지기는 하지만, 거기에 아주 작게나마 정말로 손발과 몸이 부딪힐 가능성이 있지 않다면, 어떤 선에서 그러한 경험은 가짜일 수밖에 없다는 것이다. 그런 상황에서 성장하는 사람의 감정과 심성은 실제로 수틀리면 발길질하고 머리끄덩이 잡을 수 있는 사람들을 만나며 배우는 마음보다 분명히 어떤 면에서 더 연약할 수밖에 없다고 주장한 것이다.

그렇지만 자율학습 행성에 모인 사람들은 그런 이야기야말로 오히려 근거 없이 낭만적이기만 한 주장이라고 했다. 자율학습 행성에서 자라난 아이들은 이 행성 바깥으로 나가서도 다른 어떤 행성 출신의 아이들 못지않게 성공적인 사회생활을 해내고 있다는 통계조사 결과가 있었다. 그러면서도 이 아이들은 훨씬 더 안전하고 효율적인 시간을 사용하며 자라난다는 것이었다.

더군다나, 자율학습 행성에서는 교육 과정을 마친 후에도 가상현실 속에서 생활을 계속해나가는 사람들이 점차 늘어나고 있었다. 3차 산업, 4차 산업에서 11차 산업까지가 발달해 있는 해바라기 은하계에서는 가상현실 속 인간관계만으로도 업무를 수행할 수 있는 직업들이 충분히 많았다. 자율학습 행성에서 사는 가수가 가상현실 속 세계에서 산을 오르고, 바다를 여행하면서 느낀 감상을 작곡한 곡은 안드로메다 은하계에서도 무척 인기 있을 정도였다.

게다가 행성 교육위원회의 교육이란 것이, 그저 무작정 아이들을 보호하기만 해서, 매양 꽃 뿌리며 노래하기만 가르치는 것도 아니었다. 행성 교육위원회의 교육이란, 칼부림하는 학생이나 주먹질을 하며 돈을 뺏는 아이들은 없지만, 험한 세상을 견디는 일과 바깥세상의 살벌함에 적응하는 방법을 언제나 가르치고 익히게 하려고 노력했다.

"온실 속의 화초로 아이들을 키우는 것이 아니라, 오히려 비바람을 더욱더 잘 견딜 수 있도록 실험실 속에서 특수 처리를 한 나무로 아이들을 가르치는 거죠."

교사는 말을 마치고, 어제 심하게 싸워서 훈계했던 아이들에 관해 미영과 양식에게 소개했다. 두 아이가 듣도 보도 못한 기막힌 표현으로 서로의 마음을 아프게 하기 위해 사설을 늘어놓았는데, 듣자하니 감탄스러울 정도로 놀라운 솜씨였다. 교사는 아이들 싸움에서 나오는 이런 기막힌 표현과 발상을 참고하기 위해, 다른 은하계에서도 많은 예술가가 와서 이들이 싸울 때 쓰는 말과 그림을 배워 가고 있다고 했다.

"완벽해 보이네요. 뭐, 위험한 건 정말 아무것도 없나요?"

양식이 묻자 교사가 대답했다.

"유일하게 저희가 고민하는 게, 바로 해킹입니다. 가상현실 장치를 누가 해킹해서 아이들끼리 정말 치고받고 싸우는 느낌이 전달될 수 있도록 프로그램을 조작해버리면 한순간에 정말 위험해질 수 있거든요. 그런 일이 벌어지면 어떻게 말려야 할지 저희 교사들도 정말 경험이 없어서요. 그런데 애들은 또 반항심이 있으니까 어떻게든 해킹을 해서 미운 녀석 아가리를 내 손으로 날리고야 말겠다며 항상 달려들거든요."

교사는 그래서, 이곳 가상현실 장치의 보안 설계야말로, 다른 어떤 곳의 보안 프로그램보다 철저하도록 잘 정비되어 있다고 설명했다.

4

다시 이야기는 회사에 출퇴근을 반복하기만 하는 가운데, 언제나 속 편하게 지내고 있는 송진혁에 대한 내용으로 돌아간다.

처음 '안드로메다 은하계의 한강주의자 조직을 구출하라'는 글자가 서류에 갑자기 나타났다가 사라지는 것을 본 후에, 송진혁은 종종 그와 비슷한 이상한 것을 자꾸 보게 되었다. 아내가 전화로 보낸 문자메시지의 내용이 안드로메다 은하계에 관한 내용으로 보이는 것 같았다가 자세히 보니까 저녁에 외식하자는 내용으로 변한 일도 있었고, 금희가 재밌는 게 있다면서 보여준 TV 광고 영상의 첫 부분에 한강주의자들의 활동에 대한 구호가 언뜻 보인 일도 있었다.

송진혁은 눈에 이상이 있나 싶어 안과에 찾아갔다.

"저도 황당하기는 한데, 안드로메다 은하계나 무슨 한강주의자… 이런 게 자꾸 눈에 보여요. 굉장히 비참하고 가난하게 사는 절망적인 사람들 모습, 이런 느낌이요. 정확하지는 않은데, 하여간 그런 느낌을 주는 것들이 자꾸 보이거든요."

안과 의사는 눈을 검진하면서 이것저것을 살펴보더니, 눈에는 이상이 없다고 했다. 그러면서 조심스럽게 신경정신과 문제는 아니겠냐고 물어보았다.

송진혁은 병원에서 나서면서 눈을 깜빡거려보았다. 의사가 안약을 넣어서 눈에 비치는 상이 좀 더 이상하게 보였다. 눈물에 반사된 밝은 빛 속에서 한 여자의 모습이 잠깐 보였다가 사라졌다. 송진혁은 내일은 정말로 상담을 받아봐야겠다고 생각했다.

그런데 집에 가는 길에, 길가에 붙어 있는 표지판이나 건물 간판의 글자들이 자꾸 이상하게 변하는 것처럼 보였다. '일단정지'라는 글자는 '깨어나라'로 바뀌어 보였고, 맥줏집이나 피자가게의 간판과 광고 문구들이 '안드로메다 은하계의 한강주의자 운동이 끝나려고 한다' 같은 말들로 바뀌어 보였다. 송진혁은 "정말 내가 미쳐가나?" 싶어서 갑자기 겁을 더럭 먹고, 글자들을 안 보려고 바닥만 보고 걸어갔다.

이튿날 송진혁은 정신과에 예약하려고 했다. 안타깝게도 모두가 미쳐가고 있는지 정신과에는 예약할 수 있는 시간이 없었다. 송진혁은 정신과 대신 시에서 운영하는 시립 심리상담소에 찾아가 보기로 했다.

송진혁이 심리상담소에서 처음 본 것은 정말 안드로메다 은하계까지 다 뒤져봐도 더 이상은 없을 것과 같이 무관심한 표정을 하고 있는 접수원과, 그 접수원이 던져준 '심리검사 문항표'라는 종이 한 장이었다. 거기에는 벌써 수십 년 전부터 아무 생각 없이 똑같은 내용을 쓰던 것과 같은 문항들이 쓰여 있었다. '가끔 나는 귀에 이상한 말소리가 들릴 때가 있다' '나는 작은 동물들을 죽이는 것을 어릴 때부터 좋아했다' '나는 여러 사람과 어울리고 있어도 갑자기 외로워질 때가 있다' 그런 말들 사이에 해당하는 사항이 있는지 표시하라는 것이었다.

이윽고 송진혁의 차례가 되어 상담사를 만나자, 상담사라는 노인은 이리저리 컴퓨터 화면을 앞뒤로 계속 살펴 가며 송진혁에게 말을 걸어왔다.

송진혁이 보기에는 심리와도 상담과도 전혀 상관이 없어 보이는 표정과 말투를 가진 사람이었다. 이 심리상담사, 노인들에게 일자리를 주어야 한다는 시책을 실천하느라, 정부에서 "노인이라면 경험이 많고, 경험이 많다면 상담이지"라는, 원숭이 엉덩이가 빨갛고 빨간 것은 사과이며 사과는 달고 단 것은 바나나라는 발상에 따라서 그저 이 학교에 몇 시간 앉혀두고 저 학원에 몇 시간 앉혀둔 후에 시립 기관에 취직시킨 사람이겠지. 송진혁은 그렇게 생각했다.

"심리요법에는 처치가 있고, 또 치료라는 게 있습니다. 서로 개념이 달라요. 여기서는요, 그냥 다 털어놓으시면 돼요. 일단 털어놓으시는 거부터가 처치고 치료거든요."

상담사는 '개념'이라는 단어를 스스로 사용했다는 사실이 매우 뿌듯한 것처럼 말했다. 송진혁은 그 말의 주장 자체에는 찬성하며, 자기가 겪고 있는 일들을 털어놓았다.

"이게 어떤 거 같으냐면요. 도대체 무슨 상관인지는 모르겠는데, 안드로메다 은하계가 굉장히 산업이 발전해 있고 사람들이 정말 부유하고 잘사는 곳이거든요. 그런데 거기에 어떤 굉장히 일부, 소수 사람들은 훨씬 못살고 가난하고 비참하고 괴롭게 못 배우고 살아요. 다들 힘들고 병들어 있고 교육 수준도 낮고 그래요. 그게 무슨 원인이 있고, 해결할 방법이 있는데…. 이걸 제가 정확하게 모르겠는데, 하여간 저도 꼭 그 안드로메다 은하계에서 가난하고 힘들게 사는 사람들 중 한 명인 거 같거든요."

상담사는 이미 송진혁의 말을 듣고 있지 않았다. 하지만 송진혁은 처치와 치료를 하기 위해 말을 계속했다.

"그런데 거기에 한강주의자라는 사람들이 있어요. 이 사람들은 그 가난한 사람들을 잘살게 할 수 있는 정치활동이나, 비밀결사 활동 같은 걸 하는 사람 같은데요. 하여간 이 사람들도 되게 힘들고 비참하게 살아요. 맨날 경찰이나 다른 잘사는 안드로메다 은하계의 여러 행성 사람들한테 쫓겨다니고요."

상담사는 송진혁을 말을 듣는 척하면서, 그렇지만 전혀 안 듣는 것이 뻔히 관찰되었다는 점에서 성공적으로 듣는 척하지는 못하면서, 송진혁이 작성한 생활환경에 대한 내용을 보고 있었다.

"어휴, 잘사시네. 아무 걱정 없으시겠네요."

상담사는 송진혁에게 송진혁이 이런 환상에 시달리는 것은 지금 너무 행복하고 즐겁기 때문에, 그 행복이 깨어질까 봐 불안한 마음이 '잠재의식' 속에 있기 때문일 수 있다는 설명을 해주었다. 너무 행복하니까 그게 없어질까 봐 겁이 나서, 자신이 힘들고 비참하고 가난하고 불행하게 사는 모습을 마음속으로 자꾸 생각하게 된다는 것이다. 그때까지 완전히 상담사를 무시하고 있던 송진혁은 그 말을 듣자 상당히 놀랐다. 그리고 갑자기 상담사에 대해 자신이 지나치게 오만하게 생각했다는 후회를 할 정도였다.

그러나 집에 돌아온 후에도 송진혁은 자꾸 눈에 헛것이 보이는 증상에서 벗어날 수가 없었다. 그뿐만 아니라 이제는 귀까지 이상해졌는지, 침대에서 아내가 "안드로메다로" "나와"라고 소리치는 것처럼 들리기까지 했다.

다음 날 출근한 송진혁은 인터넷에서 안드로메다 은하계나 한강주의에 대해 검색해보기도 했다. 그렇지만 얼마 지나지 않아 금희가 정신없이 고민해야 할 새로운 일거리를 가져왔고, 송진혁은 오후가 늦어질 때까지 다른 일들을 잊고 그저 일에만 즐겁게 몰두했다.

오후 4시가 되었을 때, 금희와 다시 정말 재밌는 농담을 나누고, 잠깐 쉬면서 빌딩 창밖 풍경을 돌아보려고 송진혁은 일어섰다.

그런데 그때 금희가 울면서 송진혁에게 안겨왔다. 송진혁의 모든 생각이 일제히 멈추었다. 송진혁은 할 말을 찾지 못해서 한참 가만히 있었는데, 금희는 이럴 때는 뭐라도 당신이 먼저 말해야 하는 거니까 기다리고 있겠다는 것처럼 계속 말도 없이 우는 소리만 냈다.

송진혁은 정신이 없는 가운데 창 바깥을 쳐다보았다. 그런데 그러자, 창 바깥 멀리 내다보이던 먼 산 너머로 갑자기 아주 거대한 것이 불쑥 솟아올랐다. 그것은 산보다 몇십 배는 거대한 여자의 모습이었다. 여자는 대양에서부터 모습을 드러낸 것인지 상반신을 채 다 드러내지 않았는데도 이미 하늘의 절반을 차지할 만큼 커 보였다. 여자는 매우 아름다웠고, 아내와 같이 보이기도 했고, 금희와 같이 보이기도 했다. 파란 하늘 저편에 갑자기 나타난 그 거대한 여자의 얼굴은 우주가 처음 생겨나던 때와 가까운 느낌이 들기까지 했다.

송진혁이 저게 다른 사람에게도 보이는 것일 리 없다고 생각했을 무렵에, 여자의 모습이 송진혁에게 말했다.

"정신 차리십시오. 여기는 가상현실 기계 속입니다. 이렇게 행복하고 즐거운 삶이 정말로 있겠습니까."

송진혁은 멍해져서 대답했다.

"이 꼴을 보세요. 그렇게 정말 아무 걱정 없이 행복하기만

하고 그런 거는 전혀 아닌데요."

여자의 모습은 계속해서 송진혁에게 말했다.

"당신은 안드로메다 은하계의 한강주의자입니다. 아주 비참하고 괴롭게 살고 있지만, 드디어 이 비참함을 벗어나고 한강주의자들의 목표를 실현할 기가 막힌 방법을 찾아냈습니다. 당신은 그 방법이 뭔지 알고 있고, 기억하고 있습니다. 당신이 그 방법을 우리에게 전해주기만 하면, 우리 한강주의자들은 이길 수 있습니다."

"한강주의자라는게 뭔데요? 갑자기 안드로메다 은하계가 왜 나오는데요?"

여자는 송진혁이 묻는 말에 바로 대답하지 않고 조금 뜸을 들이다 말했다.

"당신은 적들에게 붙잡혔습니다. 적들은 당신에게 처벌을 받든지 배신을 하든지 둘 중의 하나를 선택하라고 했습니다. 당신은 배신할 수는 없다고 생각하고 처벌을 받겠다고 했습니다. 그러자 적들은 당신을 감금하고 노역에 시달리게 했습니다. 수난을 겪던 당신은 잠깐 쉬기 위해 적들이 제공하는 오락을 잠시 휴식시간에 즐기려고 했습니다. 그 오락은 행복한 휴식을 체험하게 해주는 가상현실 기계입니다. 그렇지만 그 기계는 적들의 함정이었습니다. 적들은 당신이 가상현실 속 인생에 완전히 빠져서, 자신이 원래 뭘 하던 사람이었는지를 잊게 만들었습니다.

그리고 적들은 당신의 머릿속 어느 한구석에 있는 우리 한

266

강주의자들이 이길 수 있는 결정적인 비밀을 알아내려고 당신을 이 나른한 지구의 행복한 풍경 속에서 지내게 하면서 당신의 말과 행동을 모두 기록하고 분석하고 있습니다. 결코 적들에게 그 비밀을 알려주시면 안 됩니다. 당신은 깨어나서 이 가상현실 기계 밖으로 나오셔야 합니다."

"내가 정말 미치려고 이러는 건가. 가상현실 밖으로 나간다고 결심하는 순간 세상이 세상으로 안 보이게, 아주 확 미쳐버리는 거 아닌가."

송진혁은 혼잣말로 중얼거렸다. 그렇지만 목소리는 끊임없이 들려왔다.

"정말로 무서운 일이 있는데, 겁이 나니까 거짓말로 숨고 있는 겁니다. 그저 좀 지나면 괜찮아지겠지, 잘되겠지, 하고 피하고 있는 것입니다. 정말로 조금만 생각해보시면 아실 겁니다. 얼마나 우리가 슬프고 힘들게 지내고 있는지 기억해내실 수 있을 것입니다. 그런데 그렇게 힘들고 답답한 것이 원래 당신의 진짜 삶이라면 너무 무섭고 싫으니까, 그러니까 지금 이 편안하고 좋은 삶이 진짜고, 두려운 세상은 환상이라고 자꾸 생각하고 싶으신 것 아닙니까?"

송진혁은 그 말을 듣자 흠칫했다. 송진혁은 잠시 생각을 하다가 고개를 들고 갑자기 떠들어대기 시작했다.

"정말로 이게 다 가상현실인지 아닌지 저는 확인을 하고 나서 마음을 정할 겁니다.

저는 제가 생각하고 이해할 수 있는 현대 과학의 가장 정교하고 극단적인 이론을 탐구하기 위한 실험을 하는 곳으로 찾아갈 겁니다. 그리고 거기에 가서 그 실험결과를 지켜볼 것입니다. 만약 제가 있는 이곳이 제가 있는 곳과 같은 수준의 지식을 가진 사람들이 만들어낸 가상현실이라면, 그런 근본적인 수준의 실험결과를 정확하게 알려줄 수는 없을 것입니다. 그런 알 수 없는 이론에 대한 실험결과를 정확히 가상현실에서 보여주려면, 이미 그 이론과 결과에 대해 통달한 수준의, 한 단계 더 나아간 과학 지식을 가진 사람이 그런 부분까지 다 표현할 수 있도록 가상현실 프로그램을 만들어야만 가짜로 그 현상을 꾸며내서 현실처럼 나에게 보여줄 수 있기 때문입니다.

만약 여기가 나와 같은 수준의 사람들이 운영하고 있는 가상현실일 뿐이라면, 그 사람들이 갑자기 내가 보려고 하는 실험에 대한 이론을 모두 밝혀서 해답을 만들어낼 수는 없는 노릇이므로, 분명히 실험결과가 제대로 나오지 않을 것입니다.

반대로 만약 실험결과가 제대로 보인다면, 이것은 누군가 꾸며낸 가상현실이 아니라 아직 누구도 밝혀내지 못한 자연현상 그 자체일 것입니다.

혹시 내가 상상하지 못할 정도의 새로운 단계의 지식을 이미 가진 사람들이 운영하고 있다면 또 다른 문제일 수는 있을 겁니다. 내가 보기에는 아무도 알지 못할 최신 과학 이론 실험처럼 보이지만, 가상현실 바깥에서는 다들 알고 있는 지식으로 꾸민 가상현실일 뿐일 수도 있을 것입니다. 그러나 만약에 정말로 그 정도로 뛰어난 자들이 운영하는 가상현실이라면, 저는 그 사람들의 뜻에 복종하고 그냥 이곳을 내가 살아야 하는 창조된 세상이라고 믿고 살도록 하겠습니다. 그 정도로 뛰어난 자들이라면, 저는 그자들이 내 세상을 만들고 다스릴 만한 수준에 있는 초월한 세상의 사람들이라고 생각합니다."

송진혁의 말은 무엇 때문인지 외운 것을 말하듯이 무척 빨랐다. 송진혁의 말이 끝나자 여자의 모습의 목소리는 다급해졌다.

"저희는 당신의 한강주의자 동료들입니다. 저희는 겨우 적들의 전산망을 해킹해서 당신이 붙잡혀 있는 가상현실 장치에 몰래 접속했습니다. 기술이 없었기 때문에 처음 당신에게 보여줄 수 있는 것은 고작 텍스트 메시지 몇 줄을 흘려보내는 것뿐이었습니다. 당신이 가지고 있는 귀중한 정보가 적들에게 넘어가면 안 되기에, 저희는 어떻게든 당신을 깨우려고 하였습니다.

그래서 글자들로만 당신에게 뜻을 전하려고 한 것입니다. 이제 조금 더 접속방법을 개선해서, 이렇게 영상과 음성도 당신에게 보내고 있지만, 이미 우리의 적들은 보안을 강화하려고 하고 있습니다. 그러면 곧 당신에게 이야기할 방법은 끊어지게 됩니다. 제발 깨어나십시오. 안드로메다 은하계의 한강주의자들을 구해주십시오."

그때 송진혁은 갑자기 깨달은 것처럼, 안겨 있던 금희를 생각했다.

"이렇게 실수하면 안 되죠."

송진혁의 목소리는 아주 부드러웠다. 송진혁은 어린애를 달래는 것처럼 금희를 일으켜 세우고 그 얼굴을 보면서 눈물을 닦아주었다.

5

미영과 양식은 해바라기 은하계의 자율학습 행성에서 구해 온 최신형 가상현실 보안 프로그램과 해킹 방지 장치를 안드로메다 은하계로 가지고 왔다. 그리고 미영에게 가장 좋은 기계를 구해 오라던 의뢰인을 찾아갔다.

기계를 싣고 미영과 양식이 의뢰인을 따라가면서, 두 사람은 기계 설치 방법과 설정에 관해 이야기를 나누었다. 쉽게 설명하기가 어려웠고, 결국 미영이 직접 설치를 도와주어야 했다. 두 사람은 의뢰인에게 안내되어, 어느 긴 강철 통로를 따라 이동해서 수백 킬로미터의 강철과 전선 속 인공 도시 깊숙한 곳에 있는 하얀 방으로 가게 되었다.

그 방에는 한 남자가 가상현실 장치에 연결되어 있었다. 기계에 오류가 있는지, 몇몇 사람들이 기계를 고치려고 애쓰고 있었다.

"누가 자꾸 해킹을 하려고 하는지 여기가 요즘 상태가 좀 이상해서, 최신형으로 교체하려고 합니다. 이쪽으로 설치하려는데 좀 도와주시죠."

의뢰인이 미영에게 말했다.

양식은 기계에 연결되어 있던 남자가 누구인지, 어떻게 이
곳에서 가상현실 장치에 연결되어 있는지 알아보려고 했다.
남자의 표정은 고민스러운 기색이 있었지만, 변함이 없을 것
처럼 평화롭고 행복해 보였다.

— 2012년, 여의도에서

✦

기계적인 반복 업무

1

언제부터 정말 오늘 하루가 시작되었는지 말하기가 애매했다.

다른 날이었다면, 조금 여유 있게 출근할 거라고 10분 일찍 맞추어놓은 알람 시계에 잠을 깨는 것이 시작일 것이다. 그래놓고 너무 졸리니까, "10분만 더 자도 괜찮겠지. 10분 일찍 맞춰놨으니까."라고 하면서 10분만 더 자다가, 결국 15분쯤 더 미적거리게 된다. 그러면 결국 평소보다 10분 수면은 줄어들었지만, 시간은 5분 더 모자란 상태가 되어버린다.

그렇지만 오늘은 그런 일은 없었다. 출장에서 돌아오는 비행편이 늦어져서 깊은 밤, 새벽 시간에야 집에 들어오게 되었고, 시차 때문인지 비행기 안에서 잠을 많이 잔 탓일까, 잠이 오지 않았다. 피곤해서 잠을 자고 싶다는 기분은 충실히 들었지만, 게다가 누워 있는 자세 이외에 다른 자세나 동작을 취할 기운도 없었지만, 막상 잠이 오지는 않았다. 그래서 아침이 되도록 잠을 못 자고 이쪽으로 저쪽으로 조금이라도 편한 자세를 찾아 팔, 다리, 머리, 어깨, 베개, 이불, 커튼의 위치 조합을 끝없이 조절해가는 동안 아침이 되어버렸다.

아마도 그사이의 한 지점을 '오늘 하루'의 시작으로 봐야 할 것이다. 그러고 나서, 나는 에너지 캡슐을 입에 집어넣고, 똑같은 옷 세 벌 중에 하나를 입은 후에, 사무실로 갔다. 사무실이 외곽 지역에 있었고 나는 도심에서 외곽 쪽으로 출근하는 것이라서, 텅 빈 아침 도로를 시원하게 달릴 수 있었다. 도로변에 보이던 옥수수, 포도, 벼 같은 작물들이 마치 꾸며놓은 것처럼 가지런하고 반듯한 도형으로 가꾸어져 있어서 매끈한 벽처럼 이어지던 풍경이 기억이 났다.

사무실에서 나는 "내가 옛날 다니던 회사를 그만두고 나갔던 사건"에 대해 이런저런 이야기를 주절주절 해대는 옛 직장 동료의 메일을 읽었고, "정말 괜히 회사 그만두고 이 사무실 차렸나." 하는 걱정을 했다. 사무실 임대료와 관리비 고지서가 온 것을 보고 그 걱정은 조금 더 커졌으며, 그에 대한 대책으로 잡다한 신문 기사 중에 자극적이라서 눈이 가는 것들을 찾아보며 시간을 가치 없이 보내면서 걱정을 잊고자 했다. 어제 튤립 농장에서 일어난 이상한 사건에 관해서 설명하는 내용을 읽었는데, 그 사건을 조사하는 것이 내 직업이라도 되는 것처럼 꼼꼼히도 읽었다.

이런 멍청한 짓에 죄책감을 느낀 것은 오후가 되어서였다. 혹시 큰 일거리가 들어올 만한 것은 없나 1시간쯤 찾아보다가, 결국 오늘치 사무실 임대료와 출퇴근하는 교통비라도 남기려면 자질구레한 일거리라도 꾸역꾸역 해야겠다고 생각했다. 나는 고객들이 익명으로 올린 서류들을 읽고, "이런 사고가 터졌는데, 제가 사고에 책임이 있다고 감옥 가지는 않을지 걱정됩니다." 하는 고객들에게 대답해주는 일을 했다. "1. 고의성 있는 행동이 사고의 원인이 되었는가, 2. 법적인 안전조치의 미비가 있었는가, 3. 1, 2에 모두 '예'라고 대답했다면 도대체 뭘 믿고 그렇게 인생을 살아왔는가?"라는 기준으로 서류를 검토해서 답을 알려주면 끝이었다.

"무조건 몰랐다고 하면서 멍청한 척하십시오. 선생님 지금 하시는 말씀을 보니, 그게 별로 어렵지는 않을 것 같습니다."

비슷비슷한 서류들이었고, 처리하는 방법은 똑같았고, 결론도 대부분 다를 바 없었다. 컴퓨터로 자동 처리하면 한 건에 10초 안팎이면 끝날 일이었다. 그나마 괴상한 버전의 워드프로세서를 쓰는 바람에 워드프로세서 프로그램 한번 실행시켜서 문서를 읽을 때 하드 디스크를 온통 들볶아대는 소리를 내는 일이 그 10초의 대부분이었다. 그렇지만 나는 컴퓨터 자동 처리 프로그램을 사용하지 않고 그냥 눈으로 읽고 손으로 결과를 쓰면서 일을 했다. 그렇게 하면 1시간쯤 시간이 걸리는데, 그렇게 해야 "1시간짜리 일을 했고 시간당 수고비가 얼마입니다." 하고 수고비를 청구할 수 있으므로, 이렇게 느릿 느릿 일하는 것이다.

　날아다니는 작은 벌레 한 마리가 사무실 안으로 날아들었다가, 뭘 찾는지 오후 내내 여기저기 돌아다녔다. 세 건의 일을 반복하는 동안 가끔 벌레의 날개짓과 어딘가에 앉는 착륙과 힘차게 다른 곳으로 옮겨 가는 이륙을 목격했는데, 도대체 그게 뭘 하려던 것인지 알 수는 없었다. 그 보잘것없는 크기의 끄트머리에 달린, 무의미한 점과 같은 크기인 벌레의 뇌가 무슨 계획과 어떤 욕망을 가지고 무슨 판단을 했는지 알 방법도 없었다. 그 벌레는 역시 알 수 없는 이유로 저녁 무렵에 잠깐 창밖으로 나갔고, 그때 마침 지나가던 제비 한 마리에게 먹혀 없어졌다. 그러고 나니까 해가 졌다.

　밤늦게까지 일을 하게 되어, 저녁을 먹으러 나섰다. 편리하게 먹을 수 있는 음식의 이름과 종교적인 개념의 가상 공간을 지칭하는 단어가 결합된 말을 상호로 사용하는 가게가 몇 군데 있었다. 하나같이 피곤해 보이는 직원들이 일하고 있었는데, 가게 입구에 '24시간 영업'이라는 말이 경쾌한 각도로 기울어져서 붙어 있었다. 그 모양 때문에 더 피곤해 보이는 것 같았다.

　저녁을 먹으러 들어가니, 깊이 취했는지 자리에 앉은 채로 잠이 들어 있는 것 같은 남자 둘과 여자 하나가 있었다. 나는 새 에너지 캡슐을 입에 넣으면서, 세 명을 보았다. 셋은 완전히 잠에 빠진 것처럼 움직이지 않고 있었는데 잠을 자는 자세는 전혀 달랐다. 나는 자리에 일어서서 나가기 전에, 그들에게 가서 가슴 옆쪽에 있는 재구동 단추를 눌러주고, 눈꺼풀을 열어 눈동자에 표시되는 숫자를 보면서 동공을 손가락으로 조작해주었다. 그리고 나니 세 명은 곧 일어나서 움직일 수 있을 것으로 보였다.

사무실로 돌아와서는 밤이 깊도록 다시 "1시간의 제 업무 시간이 소요되었으므로 그에 따라 청구합니다."로 항상 최종 결론을 내리는 일을 또 반복했다. 늦은 시간이 되어, 창 바깥에 오래된 싸구려 술집들이 밝힌 조잡한 간판 전등들이 비추어졌다. 그렇지만 정신은 더 맑아지는 느낌이었다. 저 불빛 중에는 새로운 싸구려 술집들을 차린 퇴직자가 장사가 되지 않아 근심하는 새 간판도 있을 거라는 생각이 들었다. 나는 사무실 전등을 끈 채로 일하고 있었으므로, 유난히 거슬리는 불빛 하나를 막기 위해 자주 쓰지 않는 왼쪽 팔을 분해해서 창가 쪽에 걸어두었다.

아무리 이 동네에는 기계들만 살고 있다지만, 그래도 팔을 뽑아다가 발처럼 사용하는 것은 모양이 보기 좋지 않다는 생각이 들었다. 그래서 그 팔을 다시 제자리로 갖다 붙이려고 일어섰다.

그런데 그때 그녀가 사무실로 걸어 들어왔다.

그녀는 고풍스러운 정장을 차려입고 있었다. 나는 24초간 노골적으로 관찰하고 그 모습을 기억하겠다는 듯이 그녀를 쳐다보았다. 하루 24시간에 비하면 보잘것없이 짧은 시간이 24초이지만, 한 여자를 말도 없이 빤히 쳐다보기에는 역사적으로 긴 시간이다. 그 24초 동안 나는 다른 모든 일을 잊고 그 관찰에만 몰두하였다. 나는 그녀가 한마디도 하기 전에 문제가 있다는 것을 알게 되었다. 그리고 그녀는 어떤 이야기를 나에게 들려주었다.

그녀의 이야기가 끝날 무렵이 되자, 그녀를 쫓아 다른 사람이 사무실로 따라 들어왔다. 그녀는 그 사람을 피해서 재빨리 방을 빠져나갔다. 그녀를 쫓아온 사람은 기계가 아닌 인간이었다. 키가 큰 여자였는데, 그 여자는 자신을 '이미영'이라고 소개했고, 그녀를 보지 못했는지 나에게 물었다. 나는 아무 대답을 하지 않았다. 바로 그때 얼간이처럼 생긴 덩치 큰 남자한 명이 투덜거리며 계단을 올라와서 이미영의 옆으로 걸어들어왔다.

"이런 건 아무리 봐도 정원사들이 해야 하는 일이잖아요. 이런 건 우리가 사업을 시작한 목적하고 정말 아무 상관 없는데."

인상을 찌푸린 남자는 '김양식'이라는 이름을 쓰고 있었다.

2

이미영과 김양식이 나타나기 전에, 그녀가 내게 들려준 이야기는 '인공지능 권리 억인소'에 대한 이야기였다. 나도 어렴풋이 들어 알고 있는 이야기이기는 했지만, 그녀가 들려준 이야기는 상세하고 인상적인 면이 있었다. 나는 그녀가 들려준 이야기를 토대로 내용을 좀 더 조사해서, 모든 내용을 알게 되었다.

목성의 위성인 가니메데에 처음으로 지구권 바깥의 휴양소가 생겼을 때였다.

가니메데 자치정부는 여러 가지 놀이 기구와 관광 시설을 설치해서 돈을 벌고 있었다. 그러던 중에 '장군멍군'이라는 새로운 시설을 꾸미게 되었다. '장군멍군'은 사람들이 서로 싸우고 노는 시설이었는데, 작게는 길바닥에서 치고받는 격투를 해볼 수도 있었고, 크게는 역사적인 전투를 재현할 수도 있었다. '장군멍군'의 특징은 실감 나는 싸움을 위해서, 인공지능 로봇들을 동원해서 싸우게 했다는 것인데, 프로그램을 엄격하게 통제해서, 실제로 놀이하는 인간들이 죽거나 다치지는 않는 선에서 서로 때리고 맞고 부수고 죽이는 연기를 하게 되어 있었다.

문제는 달 기지 쪽의 사람들이 이 '장군멍군'을 청소년들에게 악영향을 미치는 '폭력적인 게임'으로 여기저기 떠들고 다니면서 커졌다. '장군멍군' 게임은 무척 사실적이고 입체적으로 구성되어 있어서, 인간들의 공격을 받는 로봇들이 겁을 먹거나, 슬퍼하거나, 공포로 인해 정신 나간 행동을 하는 것들이 잘 표현되어 있었다. 이런 기능은 필수적이었다. '장군멍군'에 참여하는 인간들은 허장성세로 계략을 세워서 로봇들을 겁주어 속이는 것을 통쾌해하기도 했고, 본보기로 잔인하게 배신한 로봇들을 처형해서 충성심을 높이는 작전을 승리의 전략으로 채택하기도 했다. 그러므로 로봇들은 싸움, 전쟁에 참여하는 사람들의 마음과 행동을 잘 재현해야만 시나리오대로 재미있게 표현될 수가 있었다.

그런데 그 때문에 괴로움에 날뛰는 로봇들의 행동과 고통에 겁을 먹은 로봇들의 표정들 또한 무척 생생했다. 달 기지 사람들이 "이게 얼마나 폭력적인 게임이냐"고 말하는 것이 이상하지 않을 만큼, 속절없이 공격당하고, 파괴당하는 로봇들의 모습은 비참하고 불쌍했다. 그렇지만 가니메데 정부에서는 자기들이 영업하는 시설에 '달 기지' 사람들이 도대체 무슨 상관이냐고 반발하고 나섰고, 두 무리는 다양한 토론회, 소송, 각자의 편을 드는 정치인들 사이의 다툼 등등으로 다투게 되었다.

문제가 엉뚱해진 것은, 이런 소식이 화성에 전해진 후였다. 화성 사람들 중에 놀랍도록 의욕적인 인권 운동가가 있었는데, 이 사람은 이 문제를 "청소년에게 폭력적 게임이 미치는 악영향"의 문제가 아니라 "로봇의 인권"이라는 내용으로 이끌어 가기 시작했다. 지구의 많은 나라에서는 개나 고양이들에게도 최소한의 권리를 주어서 동물 학대를 법으로 막고 있었다. 그런데 지능 검사를 하면 고양이의 몇십 배 이상의 지능 수치가 나오며, 감정 반응 테스트에서도 인간과 같은 수준을 보여주고, 생긴 모습은 더 "인간적"이라 동정을 사는 로봇에게 최소한의 권리를 주지 못해서, 마음대로 잔인하게 로봇을 살육, 혹은 '살철' 해도 된다는 말인가?

화성에서 시작된 로봇 권리 운동은 인기를 끌었고, 마침내 조선 시대에 1만 명이 서명했던 상소문인 '영남 만인소'가 만들어졌던 사건에 빗대어, 우주 각지에 흩어져 사는 사람들 1억 명의 서명을 받은 로봇 권리의 보장을 요청하는 '억인소'라는 것이 만들어졌다. '인공지능 권리 억인소'는 매우 성공적이었고, 마침내 수많은 정부와 연합 정부들이 인공지능의 권리, 로봇들이 누릴 수 있는 최소한의 기본권을 받아들이게 되었다는 것이다.

이렇게 해서, "일정 수준의 성능으로 설계된 인공지능은 인간의 생명과 건강에 직접 위협을 가하지 않는 한은, 함부로 정지 폐기될 수 없다."로 시작되는 인공지능 권리 헌장을 지금은 모르는 사람이 없게 되었고, 그 덕분에 지금 내가 사는 도시처럼, 오직 로봇들이 모여서 살면서 자기들끼리 행성을 개발하고 발전하며 살아가는 공동체들도 생겨났다는 것이다.

그녀는 인공지능 권리 억인소에 대한 이야기를 해준 뒤에, 나에게 그 문제와 밀접하게 연결된 중요한 자료가 몇 건 있으니, 나에게 몰래 그 자료들을 찾아달라고 했다. 그 자료라는 것은 옛날 영화들의 제목이었는데, 〈이색지대〉라든가 〈사랑의 블랙홀〉, 〈12:01〉, 〈리플레이〉, 〈차라투스트라는 이렇게 말했다〉 같은 이름들이었다. 이미영과 김양식은 그녀가 나를 왜 찾아왔는지, 나에게 무엇을 요청했는지 캐물었다. 그렇지만 나는 두 인간에게는 아무것도 말하지 않았다. 두 인간은 비아냥거리며 딴소리만 하는 내 대답을 몇 마디 듣고는, 지쳐서 돌아갔다.

그날 밤, 나는 그 영화들을 찾아서 전산망을 뒤지다가 밤이 깊어서 잠들었는데, 이상한 것은 바로 그다음 날의 일이었다.

그다음 날도 그 전날과 모든 일이 똑같이 일어나고 있는 것이었다. 언제 잠이 들었다가 언제 잠이 깼는지 알 수 없는 느낌도 비슷했고, 사무실로 출근하는 길의 풍경과 시간, 옛 직장 동료가 보낸 이메일, 고객들이 보낸 질문들, 심지어 오후에 날아든 벌레 한 마리와 그 벌레의 죽음까지도 똑같았다. 하루가 정확하게 반복되고 있었다. 나는 어떻게 이런 일이 일어날 수 있는지 궁금했는데, 그날 밤 그녀가 나타나는 것까지도 똑같이 펼쳐졌다.

"그 영화들을 꼭 찾아서 보셔야 해요."

그녀가 말을 했고, 나는 다시 영화를 찾다가 언제 잠이 들었는지도 모르게 잠이 들었다.

그다음 날 일어나는 일도 모두 그 전날과 그 이전의 일과 똑같았다. 다른 로봇들은 이렇게 모든 것이 반복되는지 전혀 모르는 것 같았다. 다른 로봇들은 무의미하게도, 어제 했던 말과 어제 했던 행동을 그대로 한 번 더 하고 있었다. 저녁이 되어 어제 그 벌레가 또다시 죽는 모습을 보고서야, 나는 무슨 수를 쓰지 않으면 안 되겠다고 생각했다. 이 세상이 통째로 괴상하게 틀어지는 것 같으니 큰일이라는 생각이 들었다.

나는 그날 밤 내가 사는 행성에서 가장 많은 자료가 저장된 곳으로 알려진 '근원 숭배교'라는 종교 단체의 수녀원 도서관으로 찾아갔다. 밤이 깊어서 문이 닫혀 있다고 했지만, 다시 내일이 시작되면 또 무엇이 바뀔지 모른다는 생각이 들어서 억지로 수녀원으로 숨어들어 갔다. 수녀원 안의 수녀들은 얇은 흰 천으로 된 옷을 입고, 저마다 깊은 의식에 빠져서 괴상한 춤을 추거나 알 수 없는 소리를 내며 이상한 반복 동작을 하며 뒹굴고 있거나 했다. 나는 도서관으로 연결된 지하 통로로 들어갔고, 지하로 점점 더 깊이 내려가는 층계를 따라 책, 그림, 문서들과 자료를 담은 기억장치들이 끝없이 꽂혀 있는 것을 보았다.

지옥의 입구쯤 되는 곳까지 내려왔을까 싶게 깊이 들어왔을 때, 나는 그녀가 알려주었던 영화를 담아둔 기억장치들을 찾을 수 있었다. 나는 그 내용을 전자두뇌에 직접 접속시켜서 내용을 살펴보았다. 그러자 그때, 다시 그녀가 내 앞에 나타났다.

"뭘 알게 되셨나요?"

"〈사랑의 블랙홀〉의 이야기는 어차피 덧없는 인생, 하루를 살아도 성실히 살면 그것이 그대로 가치 있는 삶이란 거였습니다. 그렇지만 한번 보십시오. 오후에 한번 날아든 벌레가 여기서 왜앵, 저기서 왜앵 하다가 저녁에 죽는데, 그 벌레가 그걸 아주 아주 죽도록 성실하게 살면 그게 가치가 있는 삶이 되는 겁니까? 정말로?"

그녀는 아무 말도 하지 않았다. 얼마간 시간이 지나자, 그녀는 나에게 다시 물었다.

"다른 것은 없습니까?"

나는 내가 찾은 자료들에 모두 하나같이 어떤 정원 관리 회사, 조경 회사의 광고가 붙어 있었다는 이야기를 해주었다.

"그 광고를 조사해보셨나요?"

그녀는 다시 내게 물었다. 나는 아니라고 대답했는데, 그때 수녀들이 몰려와서 우리를 단검으로 찔러 죽이려고 했다.

나는 그녀의 손을 잡아 이끌어서 도망쳤다. 수녀들은 숫자는 많았지만, 모두 다 어디에 취한 것 같은 행색이어서 피해 도망치기가 어려운 편은 아니었다. 그렇지만 계속해서 계단을 내려가다 보니 막다른 길이 나왔다. 당황하고 있을 때, 소형 우주정을 타고 이미영과 김양식이 나타났다. 망설이다가 나는 우주정 위에 매달려 도망치기로 했다. 나는 그녀도 같이 도망치게 하려고 그녀에게 손짓했지만, 그녀는 끝까지 이미영과 김양식의 우주정을 타지 않았다. 그녀는 수녀들에게 붙들려 가는 것 같았는데, 어디로 가는지 알 수 없었다.

나는 도망치면서 그녀가 조사해보라는 광고를 살펴보려고 했다. 그런데 영화의 본편은 아무 문제 없이 볼 수 있던 자료인데, 괴상하게도 광고에 암호가 걸려서 볼 수가 없었다. 이것저것 살펴보다가 나는 광고의 암호를 풀기 위한 신호가 어딘가에서 잡히는 것을 발견했다. 계단의 맨 아래쪽에서 오는 신호였다. 나는 이미영에게 수녀원 바깥으로 탈출하는 대신에, 수녀원 지하 통로의 맨 밑바닥까지 가보자고 했다.

맨 밑바닥에는 원형으로 빛나는 붉은 공 모양의 물체가 있었다. 그 물체 근처를 많은 수녀가 둘러싸고 누워 있거나 옆

드려 있었다. 이 수녀들도 우리를 공격하려는 의지는 있는 것 같았지만, 이미 무엇인가에 의식을 잃을 정도로 깊이 빠져 있어서, 실제로는 똑바로 일어서서 우리에게 다가올 수 있을 만한 수녀는 한 명도 없었다.

나는 그 붉은 공 모양의 물체에 다가가서, 암호 해제를 명령했다.

그러자 밝은 노래와 함께 토끼 모양의 마스코트가 옥수수밭과 포도밭으로 정원을 꾸미는 광고가 나오기 시작했다.

3

이웃집 잔디밭이 더 넓고 아름답다고 부러워하시나요?

'여보, 옆집 질리언의 정원은 너무 넓어서 거기에 골프 코스를 넣어도 되겠어요.'

그렇지만 땅값과 관리비가 걱정이라고요?

옛날 프랑스의 왕들은 미로와 꽃으로 가득 찬 거대한 정원을 궁전 앞에 꾸몄습니다.

조선의 연산군은 서울의 절반을 자기 사냥터로 만들어서 썼습니다.

그런데 여러분은, 돈 때문에 집 앞 잔디도 넓히지 못하신다고요?

걱정하지 마십시오. 여기에 가드노마타가 있습니다.

가드노마타는 우주 저편의 아무도 살지 않는 무인행성을 통째로 여러분의 정원으로 바꾸어줍니다.

가드노마타 컴퓨터가 가장 아름다운 모양으로, 작은 행성에 꽃과 나무, 옥수수와 포도들을 심어줍니다.

가드노마타는 행성에 내리는 비와 햇빛을 관리하고 모든 식물의 세포 하나하나의 성장을 조절합니다.

그래서 1년 365일 언제나, 정확하게 가장 좋은 모양으로 모든 것을 유지시킵니다.

꽃은 있는데 나비가 없다고요?

걱정하지 마십시오!

가드노마타는 식물 이외에 동물들도 여러분의 정원 행성에 살도록 하고 있습니다.

가장 적합하게 설계된 벌과 나비 로봇들이 정원에 날아다닙니다.

토끼나 너구리, 사슴도 있습니다.

이 동물들은 여러분이 언제 정원을 찾아와도 가장 귀엽고 생기 발랄한 모습으로 보이도록,

항상 정해진 행동과 경로를 반복해서 움직이고 있습니다.

사슴이 심심하시다면, 표범이나 호랑이, 연못에서 노는 악어는 어떻습니까?

나만의 에덴동산,

살아 있는 정원,

가드노마타!

마지막 '가드노마타'라는 발음만은 왜인지 미국인 성우를 고용해서 미국식 영어로 부들부들 굴러가는 발음으로 읽어주는 광고였다.

나는 그 가드노마타 광고에 연결된 자료에서, 실제 작동 중인 가드노마타 구입 후기, 사용 리뷰들을 찾아보았다. 꽃과 풀로 장식된 넓은 공간이 있고, 거기에 로봇 토끼가 3시간마다 한 바퀴씩 정해진 길을 따라 뛰어다니길 반복하는 모양이었다. 그래서 언제 찾아가든지 아름다운 풀밭을 볼 수 있고, 항상 눈에 띄는 토끼들을 구경할 수 있게 되어 있었다. 그 비슷한 것들이 무척 많았는데, 나비 몇 마리만 있는 단출한 것도 있었고, 어마어마하게 넓은 정글 같은 곳에 멧돼지에서 퓨마까지 별별 동물들이 득실득실한 것들도 있었다.

그러다가 내가 발견한 것은 '자동 진화식 정원'이었다. '자동 진화식'이라는 것은, 정원을 만들기로 설정해놓으면 적당히 아름다운 모양이 될 때까지 자동으로 점점 새로운 동물, 식물, 장식품, 조각상, 장식용 건물, 동물들을 계속 추가해나가는 방식으로 스스로 만들어지는 것이었다. '자동 진화식 정원'을 이용하면, 도시 하나 크기인 행성 전체를 간단한 설정만으로 정원으로 뒤덮어버릴 수 있었다. 예를 들어서, '시베리아 눈밭'으로 주제를 설정하고, 소행성 하나에 가드노마타를 장치하면, 몇 년 안에 행성 전체를 눈밭과 침엽수림, 늑대와 순록으로 적당히 뒤덮어준다.

나는 '중세의 성'이라는 주제로 만들어놓은 정원을 보았다.

작은 마을만 한 곳에 중세시대의 성처럼 생긴 공간이 있었고, 그 공간에 성의 영주와 기사들, 농노들과 간절히 신을 향해 기도하는 성직자들의 행세를 하는 로봇들이 보였다. 이 로봇들은 정확히 2시간 17분마다 똑같은 행동을 반복하게 되어 있어서, 언제나 이 성을 찾아오면 중세의 성이 활기차게 움직이는 모습을 볼 수 있도록 설계되어 있었다. 그곳의 로봇들은 자기들이 2시간 17분마다 똑같은 행동을 한다는 것을 전혀 알지 못한 채, 기사 로봇은 두 달 후에 결투할 상대와 싸울 준비를 하고, 농노 로봇들은 저녁까지 추수를 끝내려고 허겁지겁 일했다. 그렇지만 2시간 17분이 지나면, 가드노마타 컴퓨터는 기사가 검으로 내리쳐서 너덜거리게 해놓았던 허수아비를 말끔히 새것으로 돌려놓았고, 농노 로봇들이 추수한 밀도 원래대로 다시 되붙여놓았다.

다른 것으로는 '초신성 클럽'이라는 것도 있었다. 백 명 정도가 모여서 정신없이 춤을 추고 있는 나이트클럽의 모습이었는데, 춤을 추고 있는 로봇들은 다들 저마다의 감성과 기억을 갖고 개성을 가진 채 어울리면서 그 신나는 열락의 풍경을 꾸미고 있었다.

억지로 춤은 추고 있지만 마음 한편에는 걱정이 있는 것으로 설정된 로봇부터, 열흘 전부터 춤추러 가겠다고 벼르다가 드디어 소원성취해서 신나서 날뛰는 것으로 설정된 로봇, 어제도 노느라 돈만 쓰고 일은 못 했는데 오늘도 이러면 안 되는데… 라고 생각하면서도 그래도 행색은 여유롭게 춤을 추는 로봇, 몇 년 전부터 눈독 들이고 있던 사람이랑 드디어 가까워질 기회가 생겼다고 생각하는 마음으로 앞에 있는 사람 앞에서 유난을 떠는 로봇까지, 수십 년 전의 기억에서부터 직전 상황까지 모두가 매끄럽게 이어지는 기억을 갖도록 조작된 로봇들이 춤을 추었다.

그 동작들은 딱 8초마다 똑같이 재설정되어 반복되고 있었다. 로봇들은 반복되기에 적당한 음악 리듬에 맞춰서 다시 돌았다. 8초마다 같은 동작을 하는 것이 전부인 이 많은 로봇은 그런 줄도 모르고, 이것이 긴긴 자신들의 인생에서 과거의 사연들과 미래의 꿈에 이어지는 신나는 한 순간인 줄로만 알고 있었다.

마침내 나는 내가 여기에 와서 알아낸 것이 무엇인지 알수 있었다. 내가 있던 곳은 20세기 도시로 꾸며져 있는 정원 행성이었다. 나와 이곳에 있는 로봇들은 모두 하루에 한 번씩 재설정되면서 똑같이 모든 행동을 반복해왔다. 나는 옛날 회사를 때려치우고 나온 것이 잘한 짓인지 걱정했지만, 그런 일은 있지도 않았다. 내가 회사를 때려치운 옛날이라는 것 자체가 없었다. 미래에는 큰 건수를 하나 딸 거라고 오늘 점심시간 내내 계획하기도 했지만, 그런 일은 영영 있지도 않을 곳이었다. 벌써 몇 년째 그렇게 하루만을 반복하고 있었는지 알수 없었다. 몇십 년, 몇백 년을 그랬을지도 모르는 일이었다.

그러다가, 그날 그녀가 나타났다. 그녀가 나타난 모습과 그녀가 해준 말들은 프로그램에 오류를 일으켰다. 모든 것이 정확히 반복되도록 맞아떨어져야 하는 곳이었는데, 외부에서 온 그녀가 끼어들자 프로그램이 잘못되기 시작했다. 그녀는 그런 일이 일어나도록 나에게 말을 걸었고, 손짓을 했고, 웃음을 지었다. 그 때문에 모든 것을 재설정하는 프로그램은 제대로 작동하지 못했고, 그다음부터 나는 내가 반복되는 세계 속에서 살고 있다는 사실을 깨닫고 알게 되었다.

나는 이미영에게 이 모든 것을 믿을 수 없다고 말했다. 그러자 이미영은 정원 행성 중에 가장 크게 만들어져 있는 마지막 별을 살펴보라고 했다.

나는 붉은 공 모양의 물체에 다시 다가갔다. 내가 망설이자, 이미영은 내 손을 움직여 나를 이끌어주었다. 나는 붉은 공 모양의 물체를 조작해서 마지막 별을 관찰했다.

그 행성은 그저 정원이라고 하기에는 매우 거대한 곳으로, 산맥과 대양, 평원과 빙하가 있는 커다란 곳이었다. 그리고 그곳에서 사는 여러 가지 재질로 된 다양한 로봇들은 믿을 수 없을 만큼 다양했다. 그곳에서 사는 로봇은 수십억이 넘어서, 저마다 서로 문화가 다른 자기들의 도시와 나라를 이루고 살 정도였다.

나는 그 행성에서 한 남자를 발견했다. 나는 익숙한 그 남자의 모습을 살펴보았다. 관찰 프로그램이 정확히 그 모습을 그대로 전달해주는 것인지, 아니면 내 두뇌에 접속한 장치 때문에 내 기억과 뒤섞여 보이는 것인지는 알 수 없었지만, 그 남자는 나와 똑 닮은 모습이었다. 나는 그 남자가 아기로 태어나서, 자라나고, 학교에 다니고, 어느 회사에 취직하고, 지겨운 인생을 살다가, 어느 날 저녁 그녀를 만나고, 평생 그 기억을 갖고 다시 지겹게 살다가, 어느 날 늙고 병들어 죽는 모습을 보았다. 그 모든 일이 벌어지는 데 87년이 조금 넘게 걸렸다.

그리고 그 87년이 지나자, 그 행성의 모든 것들은 다시 87년 전으로 돌아갔다. 그 남자는 자기가 했던 일들을 정확히 다시 반복하기 시작한다. 아기로 태어나고, 자라나고, 학교에 다니고, 지겨운 인생을 살고, 어느 날 저녁 그녀를 만나고. 87년이 지나 죽음을 맞으면, 다시 행성은 모두 처음으로 돌아가고 남자는 또다시 똑같은 87년을 반복한다.

나는 이미영에게 저 행성에 사는 모든 로봇은 저마다 자기 행성의 역사가 있고, 자기 부모와 할아버지 할머니가 살던 시대가 있다고 믿고 있을 텐데, 그것이 모두 조작된 기억일 뿐이라고 생각하면 불쌍하다고 말했다. 한편으로는 매번 엉뚱한 남자와 사랑에 빠지고, 매번 결혼을 잘못하고 후회하는 행동을 수천 번, 수만 번씩 하면서도 알아채지 못하는 것은 우습지 않느냐고 묻기도 했다. 김양식은 자기는 모르겠다고 했다.

그때 조잡한 무기를 든 수녀들 한 떼가 다시 몰려들어 우리를 위협하려고 했다. 나는 붉은 공 모양 물체 안으로 걸어들어간 채, 그 물체를 자유롭게 조종했다. 그 모습을 보자, 수녀들은 발작하듯이 엎드리면서 나를 경배하였다. 그리고 그 수녀들 사이에, 이미 온몸이 조각조각의 부품으로 분해된 그녀의 잔해가 있었다. 그녀의 눈은 나를 쳐다보고 있었다.

"내가 살던 곳은 어떤가요? 그곳도 이곳처럼 모든 것이 반복되는 정원일 뿐인가요?"

그녀는 나에게 묻고 있었다. 나는 그녀가 사는 곳은 87년 동안의 프로그램이 반복되는 곳이라고 알려주려고 하다가, 아무 대답을 하지 않았다. 대답하지 말라고 그녀가 애원하는 것 같았다. 나는 그녀의 두뇌가 완전히 정지하기 전까지 말을 하지 않았다. 몰려드는 수녀들의 몸뚱어리들 사이에서 그녀의 남은 부품들도 짓눌려 부서졌다. 수녀들이 든 무기들이 지하의 불빛에 빛났다.

더 이상 나는 도망치거나 내 발로 힘들게 층계를 오르내릴 필요가 없었다. 이 붉은 공 모양의 물체는 내가 사는 곳 전체의 모양을 하루에 한 번씩 똑같이 반복되도록 세세한 부분까지 모두 조종할 힘이 있는 장치였다. 나는 붉은 공 모양의 물체를 조작해서, 나의 몸이 내가 사는 행성 바깥에 닿을 만큼 높이 떠오르도록 했다. 그녀의 몸도 나와 함께 솟구쳐 오르고, 다시 원래의 형체로 조립되도록 했다. 원래 상태와 다름 없는 모양으로 말끔하게 돌아오며 그녀는 빛을 내뿜었지만, 다시 깨어나지는 않았다.

4

　마지막으로 궁금했던 것은, 도대체 왜 그녀가 나를 찾아와서 내가 사는 곳이 하루가 똑같이 반복되기만 하는 정원일 뿐이라는 것을 깨닫게 하려고 했느냐는 점이었다. 김양식은 업무를 끝내고 수고비 받는 일을 처리하느라 바쁘다고 했지만, 그러면서도 나에게 그 이유를 차근차근 설명해주었다.

　가드노마타라는 회사는 자동 정원 행성을 만드는 사업에서는 크게 성공해서 내가 사는 곳 근처의 몇몇 행성들을 훌륭한 정원으로 만들었다. 그렇지만 보통 정원의 잔디를 보통 방식으로 가꾸는 데 필요한 제초제를 만드는 사업에 진출했다가, 그만 쫄딱 망하고 말았다. 그래서 가드노마타는 벌써 오래전에 부도를 내고 사라져버렸고, 주인을 잃어버린 자동 정원 행성과 그 위의 수없이 많은 로봇만 남겨져서, 시작도 모르고 끝도 없이 계속 똑같은 시간을 반복하게 되었다고 한다.

　그러다가 솜브레로 은하계의 한 개발 회사가, 햇빛이 잘 들고 기후가 온화한 이 지역의 행성들을 재개발하기로 마음먹었다. 작은 행성 하나 규모를 뒤덮을 만큼 끝없이 연결된 초대형 복합 쇼핑몰을 짓자는 계획이라고 하는데, 문제는 원래 설치된 정원을 철거하는 일이었다. 그냥 동력을 끊고 불도저로 싹 쓸어버리면 간단했겠지만, '인공지능 권리 억인소' 이후에 생긴 인공지능 권리 보호법 때문에, 함부로 이곳에 있는 로봇들을 없애버릴 수 없었다.

그래서 재개발업자들은 이미영과 김양식에게 의뢰를 해서, 그곳에서 반복되는 삶을 계속 그대로 반복하고 있던 로봇을 설득해서 자발적으로 그곳을 떠나서 진짜 큰 세계인 '바깥세상'으로 나오도록 해달라고 했다. 두 사람은 하루를 가장 지루하게 보내는 사람으로 그녀를 지목해서, 그녀에게 내가 사는 세상과 다른 반복되는 정원들을 보여주었다. 그러자 그녀는 자기가 사는 세상조차도 반복되는 정원일 뿐일 수 있다는 것을 알았다. 그렇지만 그녀는 그렇게 되면 지금까지 살아온 그녀의 모든 삶이 무의미해진다고 생각했다. 그래서 스스로 자신의 정원을 확인하기를 두려워했다. 이미영과 김양식은 사실을 알고 나면, '진짜 바깥세상'으로 그녀가 제 발로 떠날 거라고 생각했지만, 그녀는 그러는 대신 두 사람에게서 도망쳤다.

그리고 그녀는 나를 찾아 왔다. 그리고 나 스스로 내가 사는 세상이 반복되는 무의미한 정원이라는 사실을 깨닫게 해주었다. 그녀는 대신에 내가 그녀가 사는 세상이 어떤 곳인지 확인해주기를 바랐다. 나에게 세상 전체만큼 큰 것을 알게 해준 사람치고, 그녀는 어리기만 한 겁쟁이 같았다.

그녀는 내 옆에 없게 되었고, 이 모든 것을 알게 된 나는, 재개발업자의 생각대로 내 발로 이곳을 떠나서, 다른 세상, 더 넓은 세상을 향해 나서는 참이었다.

이미영이 말했다.

"이제 당신이 그곳에서 빠져나왔으니까, 그곳이 어제처럼 완벽하게 그대로 반복될 수는 없을 거예요. 로봇 한 명이 없는 거니까. 큰 톱니바퀴가 빠진 셈이니까. 그러면 다들 조금씩은 불안하고 이상해질 거거든요. 그때 다시 당신이 가서 사람들에게 이 모든 이야기를 해주면, 모두 그곳을 떠나서 바깥으로 나오고 싶어 하게 될 거예요. 그럼 금방 행성이 텅 빌 거고, 바로 쇼핑몰을 세울 수 있겠죠."

그다음부터 나는 이미영의 목소리가 조금씩 들리지 않기 시작했다.

"게다가 행성을 조절하는 조절 장치의 계산능력과 동력이 정말 엄청나게 강하더라고요. 처음에는 빈 땅만 잘 얻으면 된다고 생각했는데, 그 조절 장치를 얻는 것도 꽤 큰 수입일 거 같아요."

이미영의 목소리가 꼭 그녀의 목소리처럼 들리기 시작했다. 이미영의 어깨 뒤편에서 내가 마지막으로 조각난 쓰레기를 모아 붙여 되돌려보려고 했던 금이 간 그녀의 하얀 얼굴이 어렴풋이 보이는 것 같기도 했다. 그녀의 얼굴은 표정이 없었다. 웃는 기색이 있는 것 같기도 했다. 목소리는 속삭이는 것처럼 들렸다. 속삭이는 말을 한 것은 아니었는데. 나는 그녀의 얼굴을 다시 또렷하게 보려고 했다. 그렇지만 흐릿하게만 보일 뿐이었다.

나는 잠이 오며 졸리는 기분이 들었다. 서서히 몸에서 힘이 빠지는 기분이었다. 매우 편안했지만, 내 생명이 삭아드는 느낌이라는 생각이 점차 이유도 없이 들기 시작하였다.

"당신들의 세상은 빅뱅이 일어나서 생긴 지 140억 년이라는 시간이 흐른 세상이라고 했습니까? 그렇다면, 당신들이 사는 세상도 140억 년마다 모든 별, 모든 빛, 모든 사람과 모든 의미 없는 행동들이 똑같이 반복되는 세상인 것 아닙니까?"

나는 그녀가 나에게 찾아보라고 집어준 잡다한 영화들에서 보았던 이야기를 두 명의 인간들에게 그대로 말해보았다. 부질없는 소리 같았지만, 그녀가 나에게 알려준 것들이라면 작은 것 하나라도 돌이키고 싶어서 무슨 말이라도 하고 싶었다.

"처음 찾아왔을 때는 갈색 옷을 입고, 모자를 쓰고 있었지. 그리고…."

그리고 뭐라고 더 말을 하려고 했지만, 말할 힘이 없었고, 무엇을 말할지 생각할 정신도 흩어져갔다.

양식이 말하는 목소리가 들렸다.

"우리가 그 생각을 못 했네요. 이 로봇은 그 정원 행성 안에서 사는 목적으로만 움직이는 거였어요. 겉으로 보기에는 이 로봇 한 대만으로도 멀쩡해 보이지만, 사실 정원 전체의 다른 기계들과 조절 장치와 함께 붙어 있어야 제대로 돌아가는 거였거든요.

숨을 쉬고 에너지를 받아들이고 쓰는 작은 동작 하나하나가 전부 다 전체 정원 행성의 동력 체계, 제어 체계와 연결된 채로 작동하고 있었던 거예요. 지금 거기서 떼서 떠나고 있으니까, 어느 것 하나 제대로 돌지가 않네요."

빨간색, 노란색이 깨끗한 물감처럼 아름다운 튤립들. 그 튤립 들판에 시계탑이 서 있고, 시계탑에서는 시곗바늘이 빙글빙글 돌다가 정각이 될 때가 되면, 항상 탑에서 나와 뻐꾹뻐꾹 우는 나무로 깎아놓은 새 한 마리가 들어 있었지. 새를 시계에서 잘라내서, 하늘을 향해 던지면서 "이제 마음껏 날아봐라" 하면, 바닥에 떨어져서 산산이 조각난다네.

마지막으로 내가 눈을 감기 전에 본 그녀의 표정이, 비웃는 얼굴이었는지, 슬퍼하는 표정이었는지, 알 길이 없었다.

— 2013년, 베델에서

16년 후에서 온

시간여행자

1

드넓은 우주에서 허황된 짓을 하고 다니며 귀한 삶을 낭비하는 사람을 찾기란 결코 어려운 일은 아니다. 그러므로 김필기가 주식투자에 매달리며 나날이 조금씩 돈을 날리던 일도 우주 곳곳에서 증가하고 있는 엔트로피만큼이나 별 대단한 건 아니었다. 그 문제를 대단하다고 생각하고 있는 사람은 안타깝게도 김필기, 본인 한 사람밖에 없었다.

"기름값이 올라가면 비행기를 날리는 데 돈이 많이 들고, 그러면 비행기 표가 비싸지고, 그러면 비행기 표가 그만큼 안 팔려서 항공사 수익이 떨어지고, 그러면 항공사 주식값도 내려가기 마련이야. 그러니까 국제 유가를 지켜보고 있다가, 기름값이 오른다 싶으면 항공사 주가가 떨어지기 전에 얼른 팔아 치워야 돼."

김필기는 자신의 유능함을 강조하기 위해 엄경원에게 그렇게 설명했다. 그러나 설명할 때의 그 자신만만한 목소리와는 달리, 김필기는 그런 생각에 따라 몇 달의 시간을 보낸 후 몇 달 치 월급을 홀랑 다 주식에 날리고 말았다.

"기름값이 올랐을 때, 얼마 후에 항공사 주가가 떨어지는지, 얼마나 떨어지는지를 알아야 해.

기름값이 100원 오른다고, 항공사 주가가 100원 떨어지는 것은 아니잖아? 기름값이 100원 올라서 항공사 주가가 10원 떨어졌지만 만약에 무슨 다른 이유 때문에 항공사 주가가 1,000원 오른다면 기름값 오르는 것을 보고 항공사 주가를 예측한 것은 다 무용지물이 되는 거야."

김필기는 수성 컴퓨터 연구소의 우수한 연구원이었으므로, 자신이 흠뻑 빠져 있던 주식 투자에 컴퓨터를 사용하는 방법을 생각했다. 참고로 수성 컴퓨터 연구소는 태양계의 행성인 수성에 있는 컴퓨터 연구소가 아니라 대구광역시 수성구에 있는 연구소이다. 연구소 자체는 훌륭한 곳이었다.

"기름값이 바뀌었을 때 1시간 후, 6시간 후, 1일 후, 2일 후, 3일 후 항공사 주가가 어떻게 바뀌는지, 지난 10년 동안의 모든 기록을 다 뽑아보고, 거기에서 규칙성을 찾아보자. 그런데 잠깐만. 기름값과 항공사 주식 말고 다른 것들은 이런 관계가 없을까? 원화 환율이 오르면 한국 제품값이 싸지니까 수출 제품 만드는 회사는 유리해져서 주가가 오르겠지. 금값이 오르면 사람들이 금에 투자하지 주식에는 투자를 안 하게 될 테니까 금융권 주가는 내리겠지. 일본 자동차 회사가 잘 팔리고 있다는 소식이 들리면 경쟁 관계인 한국 자동차 회사는 장사가 잘 안 될 테니까 한국 자동차 회사 주가는 내리겠지. 디램(DRAM) 반도체 가격이 내려가면 당연히 소시지 만드는 회사 주가는 오르겠지. 이런 관계들을 다 찾아볼 수 있지 않을까?"

"디램 반도체 가격이랑 소시지 만드는 회사 주가가 무슨 상관…"

"그렇게 온갖 현상이랑 그 현상으로 예측할 수 있는 주가 간의 관계들이 뭐가 있는지 컴퓨터로 좍 다 뽑아보고, 그중에 제일 잘 맞는 것만 골라서 그걸로 미래의 주가를 예측하면 딱딱 맞지 않겠어?"

"잠깐만, 그런데 도대체 어떻게 디램 반도체 가격이랑 소시지 만드는 회사 주가가 관련이 있다는 게 그 예시가 될 수 있는 건데?"

김필기는 자신이 주가를 내다볼 수 있는 비밀을 알아냈다고 생각했다. 김필기는 과감하게 회사를 퇴직하고 컴퓨터 프로그램을 만들어 세상의 온갖 지식을 닥치는 대로 수집하여, 그 지식 중에 미래의 주가와 관계가 있는 것들을 뽑아내보려고 했다. 그리고 그 결과에 따라 퇴직금을 모두 주식에 쓸어다 넣었다.

그리고 3개월 후, 김필기는 무일푼의 빚쟁이가 되어 무서운 채권자들에게 쫓기는 형편이 되었다.

개판으로 개조된 우주선을 우연히 구해서 한밤중에 도망

치기로 했는데, 그 직전 김필기는 엄경원에게 사실은 예전부터 몹시 사랑하고 있었다고 고백했다. 우주 저편으로 떠나가는 김필기의 우주선을 보던 엄경원의 눈에 맺힌 눈물이 안타까움 때문이었는지, 하품 때문이었는지에 대해서는 잠시 논의를 미루어두기로 하자.

우리의 이야기는 그로부터 긴 시간이 흐른 후, 처녀자리 은하단의 M87 은하계 근처를 지나던 우주선 안에서 시작된다.

2

내가 눈을 뜨기 직전, 귀에서 두 사람의 말소리가 먼저 어슴푸레하게 들렸다.

"사장님, 그런데 이건 우리가 사업을 애초에 시작하기로 한 그 목적이랑은 거리가 멀잖아요."

"아니야. 결국은 그 목적을 향해 차근차근 따라가고 있는 거야."

눈을 떠보니 그런 대화를 나누던 것은 여자와 남자였다. 내가 눈을 뜬 것을 보더니, 남자가 말을 멈추고 나에게 먼저 말했다.

"어? 정신 들어요? 저는 김양식이라고 하고요. 이 회사 이사인데요. 혹시 기억 나는 거 뭐 있어요?"

"기억이요?"

나는 잠시 고민해보았다. 그리고 대답했다.

"당장 뭐가 기억나는 건 없는데요."

"큰일이네. 저는 이미영 사장입니다. 지금 기억장치에 접근하는 부분부터 뭔가 문제가 생긴 것 같거든요."

"기억장치요?"

내가 되물었다. 그러자 이미영은 "아차차!" 뭐 이런 소리를 냈다.

"기억이 아주 완전히 인식이 안 되는구나."

그러더니 대뜸 나에게 이렇게 말했다.

"선생님, 선생님은 사실 사람이 아니라 로봇이에요."

나는 그 말을 듣고 놀랄 수밖에 없었다.

"예?"

"선생님은 사람하고 비슷하게 생겼고 사람하고 비슷하게 행동하고 스스로 사람처럼 느끼고 계시겠지만, 사실은 사람이 아니라 로봇이라고요."

"좀 갑작스러운데요."

"그래도 중요한 사실인데 바로 알려드려야죠."

"사실은 나 자신이 사람이 아니라 로봇이었어, 이런 것은 뭔가 한참 다른 이야기를 하다가 마지막 즈음에 깜짝 놀랄 반전처럼 튀어나와야 하는 것 아닌가요?"

"에이, 뭘 그래요. 그렇게 중요한 거면 미리미리 빨리빨리 알려드려야지. 그래야 충격도 적지. 자기가 로봇인 걸 알아도 별로 크게 충격받지는 않았죠?"

그 말을 듣고 생각해보니, 과연 심각한 문제라는 느낌이 그다지 들지 않았다.

"정신 들자마자 내가 누군지도 모르는 상태에서 멍할 때 들어서 그런지, 확실히 충격이 그렇게 큰 말은 아니네요."

"정말이에요?"

김양식이 물었다. 나는 그렇다고 대답했다.

"내가 로봇이라니! 이렇게 한번 말해보세요."

"내가 로봇이라니!"

"어때요? 막 갑자기 내 삶이 다 부정되는 것 같고, 하늘이 무너지는 것 같고, 그런 느낌 없어요?"

"아니요. 별로 그렇지는 않은데요. 제 삶이라고 해봐야 기억 나는 부분이 아주 조금밖에 없고요."

"감정을 실어서 좀 더 격렬하게 한 번만 더 해보죠. '내가 로봇이라니이이이!'"

"내가 로봇이라니이이이!"

"이번에도 괜찮아요?"

"예. 뭐 별 큰 느낌은 없는데요."

이미영이 끼어들었다.

"봐, 별문제 없이 괜찮잖아. 기왕 이렇게 된 거 빨리빨리 팍팍 진행하자고. 그냥 시원시원하게 다 설명해드리자고."

나는 두 사람을 교대로 보았다. 둘 중에 한 사람은 대답해 주기를 바라며 물었다.

"그런데 이렇게 갑자기 기억을 잃은 채로 시작하는 것도

308

너무 꾸며낸 이야기 같지 않아요? 너무 이상한 일을 당한 것 같은데요."

"뭐가요? 큰 사고를 당하셨는데, 기억을 잃을 수도 있죠."

이미영은 손짓으로 우주선의 출입구 쪽에 눕혀놓은 소나 말만 한 쇳덩이를 가리켰다. 그 쇳덩이는 탈출용 캡슐이었다. 이리저리 망가지고 여기저기 그을리고 이상한 빛까지 번쩍이고 있는 모양이 확실히 큰 사고에 휘말렸다가 나온 것으로 보였다.

"제가 사고를 당했다가, 저걸 타고 탈출한 거예요?"

"그렇죠."

"그런데 그래도 이상하잖아요. 우주선이 뻥 하고 터졌으면 그냥 이것저것 다 박살 나서 저도 가루가 되거나, 쪼개지거나 하는 게 자연스럽지. 머리를 다쳐도 아주 크게 다칠 수도 있을 텐데, 어떻게 딱 정확하게 다 괜찮고 기억을 잃을 정도로만 다칠 수 있는 거예요? 일부러 사람 머리를 아주 잘 세밀하게 내리쳐서 다른 것은 하나도 손상 안 시키고 기억만 잊히게 도전해본다고 해도 그런 일은 쉽지 않을 것 같은데요."

"옛날에 옛날에 아칼라렉터 행성 외계 동물들이 지나가는 사람들 납치한 뒤에 둥지에 돌아가서 사람 머리를 망치로 두들기면서 그런 비슷한 놀이를 하고 놀았다는 이야기를 들어본 적은 있는데."

이미영이 그렇게 대답하자 김양식은 한마디를 덧붙였다.

"그런데 선생님은 사람은 아니고 로봇이기는 하지만."

나는 다시 물었다.

"하여튼 너무 이상하잖아요. 다른 데는 안 다치고 딱 기억만 없어진다는 게. 이런 거는 옛날 SF 연속극이나 환상소설 같은 데 많이 나오던 거 아니에요?"

"왜 하필 SF?"

이미영의 말에 김양식이 나 대신 대답했다.

"SF나 환상소설이 그렇긴 그렇잖아요. 그런 소설에서는 현대 사회와는 아주 다른 이상한 세계가 배경이니까, 그 세계에 대해서 작가가 독자에게 알려줘야 하잖아요. 이 세계는 용이 임금님 대신에 지배하고 있고, 늑대인간들이 귀족이고, 사람들은 평민이고, 요정들은 노비인 세계이다, 뭐 그런 걸 알려줘야 하는데, 그렇게 줄줄 설명으로 써서 알려주면 지겹고 재미없단 말이에요."

"그래서?"

"그래서 이렇게 하는 거죠. 주인공이 기억상실증에 걸렸다. 그래서 깨어나 보니 모든 것을 새로워한다. 그러면 주인공이 보고 듣는 것에 대해서 옆에 있는 사람이 계속 설명해주는 장면을 넣어야겠죠. '앗, 그런데 왜 늑대인간들에게 우리가 굽실거려야 하죠?' '저런, 기억을 잃어버려서 그것까지 까먹었구나. 늑대인간들은 모두 귀족이라서 우리 평민들은 항상 굽실거려야 한다.' 이렇게. 그런 식으로 그 세계의 배경에 대해 독자에게 알려줄 수 있는 거라고요."

"그래서?"

이미영은 이번에는 나를 보았다.

"그러니까, 제가 우주선 사고를 당했는데 딱 기억상실만 당한 것은 너무 꾸며낸 이야기 같다는 거예요. 그래서, 사실은 제가 진짜 사람이 아니라 그냥 꾸며낸 이야기 속 등장인물일 뿐이지 않느냐, 이런 생각도 해볼 수 있다는 거죠. 그러니까 제가 가상현실 게임 같은 것 속의 등장인물에 불과한 것 아니냐, 이야기 재밌으라고 만들어낸 인물 말이에요. 그런 의심도 할 수 있다는 거예요."

"엄청나게 충격적인 이야기를 하네. 그러니까, 사실은 이 모든 게 가상현실이고, 나 자신도 진짜가 아니고 가상현실 속에 누가 다 꾸며놓은 등장인물일 뿐이다. 그런 거라고요?"

"뭐, 조금 전에 제가 사람은 아니고 로봇이라는 이야기를 들었는데, 거기서 로봇도 아니고 가상현실이라고 한다고 해서 그렇게 크게 더 충격적인 거는 아니죠."

그러나 곧 이미영은 고개를 흔들었다.

"그렇지만 그건 아닐 거예요. 일단 정말로 그렇다면 그런 이야기는 결말 즈음에나 반전으로 나와야 하는데, 이야기 구조상 방금 선생님이 깨어나셨으니까 이제 이야기 시작이잖아요. 그러니까 아니죠. 게다가…"

이미영은 김양식을 한번 쳐다보았다.

"SF라고 해서 전부 다 그런 식으로 기억상실한 사람을 두고 머나먼 신비한 미래 세계의 배경에 관해 설명해주는 수법을 항상 쓸 수 있는 거는 아니에요. 예를 들어서, 그 SF가 시리즈 물이라고 해보자고요. 그러면 시리즈 1편에서 이미 이 세상이 어떤 세상이라고 어느 정도 알려줬을 텐데, 뒤늦게 2편이나 3편에서 다시 기억상실한 사람을 등장시켜서 배경을 설명해준다는 것은 이상하잖아요."

그 말에 김양식이 대답했다.

"그렇긴 하네요. 그러고 보면 실제로 로봇이 깨어나신 후에 별달리 배경 설명을 해주신 것도 없었고."

두 사람의 대화는 계속 자기들끼리 이어질 것 같았다. 나는 둘의 대화를 멈추게 하고 끼어들었다.

"잠깐만요. 그런데 배경설명은 아니라도 앞뒤 영문은 좀 알게 해주세요. 도대체 저를 어디서, 어떻게 구하신 건데요? 그리고 지금 우리는 어디로 가고 있는 건데요?"

내 말을 듣고 두 사람은 잠시 대화를 멈추고 멍하니 가만히 있었다. 왜 갑자기 말을 안 하지? 우주선 안은 고요해졌고, 초질량 광자 감속 엔진이 돌아갈 때 들리는 이상한 소음만 귓가를 감돌았다. 확실히 내가 로봇이기는 한 것인지, 사람이라면 들을 리는 없는 초음파가 조금 섞여 들려서 엔진 소리가 더욱 불길하게 들렸다.

두 사람이 머뭇거리며 계속 말을 안 하고 있는데, 조종석 쪽에 앉아 있던 이 회사의 비서 목소리가 들려왔다.

"목표 지점인 블랙홀 방향으로 직진하겠습니다."

3

우주선의 장비가 약간 무리를 겪는지 약간 이상한 진동이 느껴졌다.

"도대체 블랙홀에는 왜 가는 건데요? 위험하잖아요."

내 물음에는 이미영이 대답했다.

"원래 그쪽으로 가던 길이었어요."

"블랙홀에 뭐가 있다고요? 블랙홀은 뭐든 다 빨아들이잖아요. 한번 끌려 들어가면 아무것도 못 나오는 게 블랙홀 아니었어요? 세상에서 제일 빠르다는 빛도 블랙홀에서는 못 나오잖아요."

"그렇죠. 블랙홀에서는 빛도 못 빠져나온다고 하지요. 그래서 블랙홀을 보면 아무것도 안 보이고 그냥 까맣게만 보일 거거든요. 정말로 아무것도 안 보이고. 그런데 만약에 그런 와중에 뭐가 보인다면 그게 무슨 뜻일까요?"

"블랙홀에서 뭐가 튀어나온다고요?"

"만약에 블랙홀에서 뭔가 튀어나오는 게 보인다면, 그건 빛보다 빠르다는 뜻 아닐까요?"

나는 그 말을 듣고 소리쳤다.

"타키온!"

원래 소리치려고 했던 것까지는 아니었는데 우주선이 잠깐 기우뚱거려 놀란 탓에 소리가 커져버렸다. 이미영 사장은 흔들리지 않은 목소리로 계속 이야기했다.

"그렇죠. 블랙홀에서 튀어나올 수 있는 것은 빛보다 빠른 입자, 타키온밖에 없죠. 우리가 일상생활 중에 빛보다도 빠르다는 그런 신비한 물질인 타키온을 보기는 어렵잖아요? 이 넓은 우주 복잡한 세상에서 무슨 수로 타키온만 딱 잡아내겠습니까? 그런데 원래 블랙홀에서는 아무것도 안 보인다고 했잖아요. 그러니까 블랙홀을 계속 보고 있다가 뭐라도 튀어나오면 그건 무조건 빛보다 빠른 타키온밖에 없는 거예요. 아무것도 안 보이는데 뭐가 보이면 타키온일 수밖에 없다는 거죠. 그래서 순수하게 타키온만 보고 싶으면 블랙홀을 봐야 하거든요."

"사실은 호킹 복사 같은 것도 좀 보이겠지만."

"꼭 어딜 가든 저렇게 중간에 끼어들어서 별로 핵심이 아닌데 이상하게 예외적인 거 하나 말하면서 자기가 뭐 하나 더 아는 것 있다고 뽐내고 싶어 하는 사람들이 있죠."

김양식이 끼어들어서 한 말을 이미영은 그렇게 논평했다. 두 사람이 다시 또 무슨 긴치 않은 말다툼을 벌이려는 것 같았기에 내가 먼저 말했다.

"그래서, 지금 타키온을 관찰하려고 불나방처럼 블랙홀 쪽으로 뛰어드시려는 거예요? 두 분이 회사를 만들고 원래 하려던 일이 신비로운 물질을 찾아내는 과학 연구였습니까?"

"설마요."

"그건 아니죠."

두 사람은 동시에 부정했다. 김양식이 대답했다.

"저희가 타키온을 관찰하려고 하는 게 아니고, 타키온을 관찰하려고 거기에 진을 치고 있는 사람들을 찾아가려는 거예요."

"누가 타키온을 관찰하려고 블랙홀 앞에 목숨 걸고 진을 치고 있는데요?"

내 물음에 이미영은 아무 말 없이 손가락으로 한 방향을 가리켰다. 그 방향은 다름 아닌 내 쪽이었다.

"제가 타키온을 관찰하려고 블랙홀 앞에서 목숨 걸고 진 치고 있었다고요?"

"정확히 그런 건 아닐 수도 있는데, 하여튼 블랙홀 앞에 있는 우주정거장에서 선생님 탈출 캡슐이 튀어나온 거예요."

"저기, 이제 우리 카메라에도 잡혀서 보이네요."

김양식은 우주선 중앙의 화면을 가리켰다. 화면에는 처참하게 박살 나 있는 우주정거장이 보였다.

"정말 다 박살 났네."

"아무도 안 남아 있겠는데요."

남아 있는 우주정거장의 모양은 값싸고 저렴해 보였는데, 우주정거장 겉면에는 커다랗게 'ㅅㄱㅇㅎ'라고 적혀 있었다.

"ㅅㄱㅇㅎ이 뭐죠? 생각의 힘? 삶과 영혼? 세금인하?"

"세금인하, 달콤하게 들리는 말이기는 하네."

"아니에요? 그러면 ㅅㄱㅇㅎ이 뭔데요? 신길여행?"

"그게 무슨 말인데요?"

"서울 영등포에 보면 신길동 있잖아요. 거기에 여행 가는 사람도 있을 수 있지 않겠어요. 그러면 신길여행이죠."

"…."

"거의 비슷했는데."

"아."

나는 박살 난 우주정거장에서 부서진 로봇 부품 같은 것이 튀어나오는 것을 보다가 뭔가가 다시 기억나는 듯한 느낌이 조금 들었다.

"그러면, 혹시, 시간여행?"

내가 그 말을 하자 이미영은 고개를 끄덕거렸다. 우주선이 블랙홀의 영향을 받는지 조금 더 이상하게 움직였고, 김양식은 황급히 우주선 조종 장치를 조작하러 갔다.

이미영은 그래도 태연히 나에게 계속 말했다.

"가만히 있으면 시간이 점점 현재에서 미래로 흘러가잖아요. 1초 기다리면 1초 후의 미래로 가게 되는 식으로. 1초씩, 1초씩. 그런데 가만히 안 있고 빨리 움직이면 시간이 가는 속도가 조금 느려지거든요."

"그건 우리가 우주선 타고 빨리 가다 보면 시간이 느려지는 현상은 흔히 느껴지죠."

"어? 우주선 타고 다닌 기억이 돌아왔어요?"

"그런 건 아닌데요, 그냥 예를 들어 설명하자면 그렇다는 거죠. 상대성이론 때문에."

"그렇죠. 그리고 정말정말 빨리 움직여서 빛의 속도로 움직인다면 시간이 아예 멈추는 것처럼 느껴질 거란 말이에요. 자, 그런데 거기에서 한술 더 떠서 빛보다 더 빨리 움직인다면 우주선 바깥의 시간이 현재에서 과거로 흘러가는 것처럼 느껴질 거고요. 타키온을 만약에 찾아낸다면 타키온은 빛보다 빨리 움직일 테니까 과거로 가고 있는 거겠죠. 그래서 시간여행을 하려는 사람들은 타키온을 찾아내서 그 성질을 알아내려고 하는 거예요."

ㅅㄱㅇㅎ이라는 글자를 써놓은 우주정거장은 이제 한결 가까이에 다가와 있는 것으로 보였다.

"그러니까, 저 부서진 우주정거장이 원래는 시간여행에 대해서 연구하는 연구소였다는 건가요?"

"바로 그렇습니다. 자, 이제 저기 김 이사 옆에 방아깨비 로봇 조종석에 앉으세요."

이미영은 방아깨비라는 작은 우주 로봇을 조작하는 장치를 가리켰다. 나는 시키는 대로 그쪽으로 가면서도 어리둥절해서 물었다.

"제가 방아깨비 로봇 조종석에 왜 앉아야 되는 거죠?"

"왜냐하면, 우리가 방아깨비 로봇 두 대를 저 우주정거장에 보내서 저 우주정거장을 둘러볼 거거든요. 한 대는 제가 조종하고, 다른 한 대는 기억을 잃으시고 자신이 사실은 무슨 소설이나 영화 같은 가상현실 주인공은 아닌가 하고 생각하셨던 우리 로봇 선생님께서 조종하시고."

"제가 왜 방아깨비 로봇을 조종해서 저 우주정거장을 둘러

봐야 하는 건데요?"

"왜냐하면, 우리 로봇 선생님께서 원래 저 안에 계시다가 저기가 박살 나면서 탈출하신 거거든요. 그걸 우리가 마침 구조해드린 거지요. 그러니까 어디에서 무엇을 하다가 탈출하신 건지는 직접 한번 확인해보시는 게 좋지 않으실까요?"

우주선에서 손가락만 한 작은 로봇 두 대가 우주공간으로 발사되었다. 길쭉한 몸체에 다리가 여섯 개 달린 로봇이었다. 방아깨비 로봇이라는 이름도 그 모양 때문에 붙은 것 같았다.

방아깨비 로봇은 우주 공간을 빠르게 지나쳐서 우주정거장의 부서진 벽 쪽으로 다가갔다. 벽에는 쪼개진 틈이 작게 나 있었는데, 이미영 사장은 강물 위에 돌을 던져 수제비를 먹는 것 같은 느낌으로 로봇을 조작해서 그 틈으로 방아깨비 로봇이 우주정거장 속으로 쏙 들어가게 했다.

"제가 로봇을 조종한 것을 그대로 따라 하는 기능이 있어요. 그 기능을 실행시키면 조종하고 계신 방아깨비 두 번째 로봇도 따라 들어갈 거예요."

나는 시키는 대로 해서 내가 조종하는 방아깨비 로봇도 우주정거장 안으로 들어가게 했다.

"조명 켭니다."

이미영 사장이 말했다. 방아깨비 로봇의 앞부분에서 불빛이 나와서 앞을 밝혔다.

망가진 우주정거장 안쪽이 환하게 보였다. 우주정거장에서 오랫동안 일하고 있었던 것으로 보이는 로봇들이 부서진 채로 떠돌고 있었다. 로봇들이 모인 넓은 공간의 가운데 부근에는 생소한 느낌의 기계 장치가 있었다. 그 기계 장치는 강강술래 춤을 추는 것과 같은 형태로 여러 비슷한 기계들이 둥글게 손을 잡고 연결된 모양이었다. 다만, 강강술래가 땅 위를 도는 하나의 원이라면, 그곳에 보이는 기계들은 무중력 상태를 떠다니며 공중을 돌 수도 있는 여러 개의 원을 이루고 있었다.

"혹시 로봇 선생님은 이 우주정거장에서 머물고 있었던 때에 어땠는지 생각이 나요? 무슨 시간여행 실험을 했다든가?"

"전혀 기억 안 나는데요. 어디가 어딘지도 모르겠어요. 저런 게 다 뭐죠?"

나는 방아깨비 로봇의 카메라가 비추는, 강강술래 기계 장치 끝의 커다란 손잡이 같은 것을 가리켰다.

"보통 첨단 장비라면 조작할 때 음성인식으로 조작하든지 터치스크린으로 조작하든지 하다못해 키보드로 조작할 텐데, 왜 저런 자동차 사이드브레이크 같은 커다란 손잡이가 있는 걸까요?"

"너무 중요해서? 정말로 빨간색으로 색까지 칠해져 있네요."

이미영은 방아깨비 로봇을 조종해서 그 손잡이 가까이로 로봇을 움직였다. 그리고 로봇이 손잡이에 매달리게 하더니 곧 로봇의 비행 출력을 높여 손잡이를 밀게 했다. 김양식이 우리 쪽을 돌아보았다.

"어, 그거 뭔 줄 알고 눌렀어요?"

"딱 누르고 싶게 생겼잖아."

"그래도 그렇죠. 뭔지도 모르는데. 어? 전원이 들어온 것 같은데요?"

"맞잖아. 빨간색으로 큼지막하게 있는 게 딱 전원 느낌이었어. 원래 빨간색은 전원이잖아."

"비상통신망에도 전원이 들어오네요. 이쪽으로 연결하면 우주정거장 컴퓨터에서 자료를 다운로드 받을 수 있을 것 같아요."

그런데 곧 우주정거장이 여러 방향으로 움직이는 것 같더니, 돌기 시작하는 것 같았다. 방아깨비 로봇이 이리저리 흔들릴 정도로 움직임은 격렬했다.

"이게 뭐야?"

이미영의 말에 김양식은 화면에 얼굴을 가까이 갖다 대고 뭔가를 자세히 보았다. 그러더니 갑자기 소리쳤다.

"도망쳐야 돼요!"

우리는 그 말을 듣고 놀라서 황급히 방아깨비 로봇을 우주정거장 밖으로 움직이려고 했는데, 김양식이 다시 소리쳤다.

"방아깨비 로봇 말고요. 우리가 도망쳐야 된다니까요!"

그러더니 양식은 힘을 다해 우주선을 우주정거장 잔해에서 멀어지는 방향으로 움직이게 했다.

"아무거나 붙잡아요. 나자빠지면 다치니까요."

두려움에 빠진 나는 손을 허공에 휘저었다. 내 손에 이미영의 다리가 잡혔다. 나는 그것을 꼭 붙들었다. 그쪽을 보니,

이미영은 김양식의 멱살을 붙들고 매달리는 것 같았다.

우주정거장에서 환한 빛이 쏟아져 나왔다.

내가 눈에 장치된 감지기로 가만 살펴보니 온갖 방사선도 같이 막 튀어나오는 듯 보였다. 핵폭탄이라도 하나 터진 느낌이었다. 잠시 후 폭발이 가라앉고 다시 보니, 우주정거장은 거의 흔적을 알아보기 어려울 정도로 다 조각조각 나서 흩어져 있었다. 우주정거장 조각 중에 용케 여기까지 날아온 부스러기가 내가 탄 우주선에 투두둑거리며 부딪혔다.

우주정거장이 있던 자리에 남아 있는 잔해에서 원래 형체를 알아볼 만한 물건은 거의 없어 보였다. 그나마 강강술래 모양의 기계들은 어렴풋 그 모습이 남아 있었다.

방아깨비 로봇은 다 파괴되었는지, 내 조종석 화면에는 아무것도 나오지 않았다.

"어, 그런데 작동 성공한 것 같은데요? 폭발하기 전에 접속된 우주정거장 컴퓨터에서 전송된 자료에 작동이 잘된 것처럼 나와 있어요."

김양식이 말했다. 그 말을 듣고 이미영이 다급히 나한테 말했다.

"저 중앙에 한번 잘 보세요. 혹시 미래에서 현재로 시간여행 온 사람 같은 거 있어요?"

그 말을 듣고 나는 무심코 통신선에 손을 얹고 혓바닥을 내밀었다.

"그거 중성미자 위상 레이더 달린 로봇들이 멀리 있는 것

감지하려고 할 때 하는 동작인데?"

"그런가 봐요. 저한테 그런 게 달려 있는지 저도 몰랐는데. 먼 곳을 보고 싶을 때는 무심코 그냥 레이더를 작동시키게 되는 그런 버릇이 프로그램되어 있나 봐요."

"말 그만하고 가만히 한번 감지해봐요. 말하면 혓바닥 못 내밀고 있잖아요."

나는 혓바닥을 내민 채 우주선의 통신 장비와 연결해서 우주정거장의 부서진 잔해 한가운데에 뭔가 있는지 살펴보았다.

"아무것도 없는데요."

"아무것도 없어요? 정말 아무것도? 김 이사는 시간여행 실험이 성공이라고 했는데."

"없어요. 그냥 쇳가루 같은 거 한 톨밖에 없는데요."

"아, 그 쇳가루! 김 이사, 집중분석 개시!"

이미영은 내가 쇳가루를 봤다고 하자 갑자기 흥분했다. 나는 혹시 내가 뭘 잘못 감지했나 싶어 혀를 다시 찬찬히 내밀고 그 쇳가루 쪽을 잘 감지해보았다. 그런데 아무리 봐도 그냥 쇳가루였다.

"그냥 철이나 구리 비슷한 흔한 쇳가루일 뿐인 것 같은데요."

"사장님, 분석 결과 99퍼센트 확률로 미래에서 온 물질입니다."

"그렇지? 맞지? 저게 바로 미래에서 시간을 거슬러서 온 쇳가루예요."

"예? 쇳가루 한 톨을 시간여행을 시켜서 미래에서 과거로 보낸다고요?"

"아직 실험하는 수준이니까요."

"아니, 블랙홀 앞에서 저런 우주정거장을 띄워놓고 이렇게 거창하게 실험하면서 꼴랑 쇳가루 한 톨을 과거로 보내는 게 실험이에요?"

"정확하게 말하면 미래에서 보낸 걸 받아 오는 실험이죠."

"그러니까 저 강강술래 하는 모양의 기계 장치가 미래에서 시간여행을 시키고 싶은 물체를 보내면 그걸 현재에서 받아 주는 그런 기계란 말이죠?"

이미영은 그렇다고 했다. 나는 다시 물었다.

"그러면 미래에서 과거로 뭘 보내줄 때, 아무 데나 보내줄 수 있는 게 아니고, 받아주는 기계가 있는 곳으로만 보낼 수가 있는 거예요?"

"현대 과학으로 그나마 설명할 방법은 그 방법밖에 없어요. 시간여행에서 도착할 장소에 정거장이라고 해야 할지, 역이라고 해야 할지, 착륙장이라고 해야 할지, 그런 게 있어야해요. 시간여행이란 것은 그런 역이나 착륙장이 건설되어 있는 시대에, 바로 그런 게 있는 장소로만 갈 수 있는 거예요."

"그러니까 오늘 내가 시간여행 장치를 개발해내면 먼 미래의 사람이 오늘로 되돌아올 수는 있는 거지만 내가 그 장치를 이용해서 어제나 조선 시대나 공룡시대로 가지는 못하는 거네요."

"그렇죠."

"시간여행이라고 해도 한계가 있네요."

"공룡시대에 가보고 싶었어요?"

이미영의 얼굴은 쾌활해 보였다. 이미영은 김양식과 무슨 숫자를 서로 말하며 주고받더니, 우주선을 조종해서 우주정거장이 있던 방향으로 다시 다가갔다.

"그러면 우주정거장이 아니라고 시간정거장이라고 해야겠네요."

"그러고 보니 그렇네요."

"그런데 아까 엄청나게 크게 펑 터졌잖아요. 지금 이렇게 가까이 가면 안 위험해요?"

"지금은 에너지가 다 바닥났으니까 괜찮을 거예요."

가까이 다가가 보니 확실히 모래 한 톨만 한 쇳가루가 있는 것이 보였다.

"그런데 저 조그마한 쇳가루 하나를 시간여행 시키는 데 그렇게 위험하게 에너지를 다뤄야 하는 거예요?"

"그럴 수밖에 없잖아요. 미래에 있던 쇳덩어리 하나가 현재로 왔다고 해봅시다. 그러면 지금 현재 입장에서는 온 세상, 전 우주에 원래 없었던 쇳덩어리가 갑자기 새로 하나 생긴 셈이잖아요."

"그렇죠."

"그런데 그게 그렇지 않다는 거예요. 원래 온 우주의 에너지는 무슨 일이 일어나도 변하면 안 되거든요. 휘발유를 불태우면 에너지가 없어진 것 같아도, 사실은 그 불타는 열이 세상의 공기를 아주 조금 덥혀서 공기가 조금은 따뜻해진 거죠. 그 열이 그대로 다 옮아간 거거든요. 공기가 너무 많으니까 티가 안 날 뿐이지. 그런 식으로 원래 무슨 짓을 하더라도 에너지가 갑자기 없어지거나 없던 에너지가 생기면 안 돼요. 그게 우주가 돌아가는 원리고요."

"그게 쇳덩어리가 갑자기 생기는 거하고 상관이 있어요?"

"상관이 있죠. 뭐가 있다는 거는 그 양만큼 에너지가 있다는 거거든요. 없던 쇳덩어리가 갑자기 생기면 그 쇳덩어리 양만큼 에너지가 저절로 생겨난 거예요. 그런 일은 있을 수 없다는 거죠."

나는 시간여행 자체가 애초에 있을 수 있는 일인가 싶었다. 이미영은 계속 말했다.

"쇳덩어리 하나가 얼마나 큰 에너지인데요. 우라늄 하나에 엄청난 에너지가 들어 있고 어쩌고 하는 이야기 들어본 적 있죠? 반물질 반응용 에이프릴륨 1그램에 휘발유 426톤을 태우는 에너지가 있다는 그런 이야기 유명하잖아요. 그러다 보니까, 저런 쇳가루 하나를 미래에서 현재로 데려오는 일만 해도 저런 막대한 에너지랑 상관이 있는 거예요."

"막대하다면 얼마 정도요?"

"1그램의 물질을 미래에서 현재로 데려오려면, 그 양에 광속도를 제곱한 정도의 에너지를 들이부어야 한다고 하더라고요."

"그러면 그거는 미래에서 그 쇳가루를 현재로 데려오는 게 아니라, 현재에 있는 어마어마한 에너지를 소모해서 그 쇳가루를 만들어내는 거 아니에요?"

"그렇게 생각할 수도 있죠. 그렇게 딱 맞아떨어져야 에너지가 더 생기는 것도 없고 줄어드는 것도 없이 항상 변함없이 유지되는 거니까. 하여튼 이게 성공했다는 말은 아주아주 어마어마하게 많은 에너지가 있다면 쥐 같은 작은 동물이나, 사람이나, 로봇도 미래에서 현재로 보낼 수 있다는 것이고…."

"그러면 만약에 미래의 로봇 한 대를 현재로 받아 오려면, 그렇게 하기 위해서 그 로봇의 무게를 모두 만들어낼 만큼 많은 에너지를 다 소모해야 되고, 그런 거죠?"

"그렇죠."

"역시 그러면 에너지를 엄청나게 소모해서 그냥 그 에너지로 현재에 그 로봇을 이루고 있는 물질을 다 만들어내는 것 아닌가요?"

나는 무슨 대화를 하고 있는지도 모르게 될 즈음, 이미영이 갑자기 재빠른 속도로 우주복을 집어 입더니, 우주선 입구로 걸어갔다. 그러고 보니 그새 우주선이 시간정거장이 있던 곳에 다 와 있었다. 이미영은 우주선 문을 열더니, 바로 쇳가루 하나를 잡아챘다.

"이 쇳가루에 분명히 뭐라고 아주 작게 새겨놨을 거라고. 자기들 실험재료니까."

김양식은 이미영이 집어 온 쇳가루를 바로 분석기에 넣고 살펴보기 시작했다. 그러자 곧 김양식의 얼굴도 쾌활하게 변했다.

"맞습니다. 실험실 위치 번호가 있어요. 주식회사 염라대왕 쪽 우주선 한 대가 지나간 방향하고도 겹치는 쪽이에요."

"주식회사 염라대왕?"

저건 또 무슨 말인가 싶었다.

4

우주선은 주식회사 염라대왕이라는 회사가 운영하고 있는 것으로 보이는 안드로메다 은하계의 한 외딴 연구소로 날아가고 있었다. 다만 나는 주식회사 염라대왕이라는 곳이 어떤 곳인지, 왜 우리가 그곳으로 가고 있는지 전혀 모르고 있었다.

"주식회사 염라대왕이 뭐하는 회사인데요?"

"사람이 죽을 때가 되면, 그 사람 뇌만 뽑아다가 기계에 집어넣고 그 기계에서 뇌가 가상현실로 천국 같은 시간을 보내는 것 같은 느낌을 영원히 느끼게 해준다는 그런 서비스를 해주는 회사예요."

"그런 게 장사가 돼요?"

"죽어서 뇌가 없어지고 더 이상 아무 느낌도 못 느끼고 그런 거 싫어하고 무서워하는 사람들 많잖아요. 그러니까, 주식회사 염라대왕에 가입하려는 사람 많아요. 상조회사 쪽하고 연결해서 돈 모아서 가입하려는 사람들도 있고."

그 대목을 듣자 나는 내가 로봇이라는 점이 마음에 들었
다. 그렇지만 그 말을 듣고 나서도 주식회사 염라대왕이라는
곳과 이 모든 일이 다 무슨 상관인지는 전혀 알 수 없었다.

"그런데 거기에서 시간여행 연구를 한다고요?"

"그렇죠. 아까 블랙홀 앞에 있던 시간정거장도 주식회사
염라대왕에서 건설한 것 같고. 미래에서 온 쇳가루를 살펴보
니까, 시간여행 연구소의 본부도 따로 있는 것 같아요. 지금
우리가 가려는 곳도 거긴 거 아닌가 싶고요."

"그런데 죽기 직전에 사람들을 영원한 가상현실 세계에 넣
어주는 회사가 시간여행을 왜 연구하는 건지는 아직 잘 모르
겠는데요."

그때 휴식실에서 쉬고 있던 비서가 고개를 내밀었다.

"주식회사 염라대왕 사람들 생각은 제가 알아요. 그 사람
들은 결국 이제부터는 세상 모든 사람이 다 자기들 서비스에
가입할 거라고 생각해요. 그렇게 해서 드디어 세상 모든 사람
이 죽음의 두려움으로부터 완전히 해방되는 시대가 되었다고
선전하려고 하거든요. 이제부터는 다들 영원히 가상현실 속
에서 항상 즐겁게 살 수 있다! 그런 거니까요. 그런데 그러면
문제가 뭐냐면, 이 서비스에 가입하기 전에 먼저 세상을 뜬
사람들은 그런 기회를 못 잡았으니까 안타깝고 불쌍하잖아
요. 그래서 그 사람들은 그것 때문에 장사가 안 될 수도 있다
고 보거든요."

"내 아내는 염라대왕 서비스에 가입 못 하고 이미 세상을 떠나서 화장했는데 나 혼자 염라대왕 서비스 속에 들어가서 천년만년 영생하고 싶지 않다…. 뭐, 그런 사람들 말인가요?"

"그렇죠. 그래서 주식회사 염라대왕 사람들은 뭐라고 하냐면, 이러는 거예요. '걱정하지 마세요. 염라대왕 서비스의 가상현실에 들어가서 천 년, 2천 년 지내다 보면 언젠가는 시간여행 기술도 개발될 것이고 그러면 그때 시간여행으로 먼저 세상을 뜬 사람들도 데려오면 되는 겁니다. 잊지 마세요, 여러분에게는 영원한 시간이 있어요!'"

비서의 설명이 끝나자 김양식은 그 내용을 주식회사 염라대왕에서 광고로 만든 것도 보내주었다. 광고에 등장하는 가상현실 속 풍경이 정말로 아름다웠고 그곳에 정말 아름다운 사람들이 가득가득했다는 점에서 인상적인 연출이었다.

"그래서 주식회사 염라대왕 사람들은 자기들이 꾸준히 시간여행 기술을 연구하고 있다는 것을 보여주려고 하는 겁니다. 아마 그래서 아까 그 블랙홀 앞의 시간정거장도 건설했을 거예요."

"그런데 거기에서 저는 뭘 하고 있었던 걸까요?"

"아무도 모르죠."

"그리고 거기에서 도대체 무슨 일이 일어나서 그렇게 시간정거장이 부서졌던 걸까요? 우리가 했던 것처럼 실험하다가 사고가 났던 걸까요?"

나는 내가 한 말에 조금 이상하다는 판단을 내릴 수 있었다. 그 모든 현상의 자연스러움 정도가 100점 만점에 11점 정도로밖에 측정되지 않았다.

"그러면 아까 그 시간정거장을 왜 그렇게 꼭꼭 숨겨둔 위치에 놓아두었을까요? 그리고 아주 크게 대놓고 '여기가 주식회사 염라대왕의 연구소입니다' 뭐 그런 광고판 같은 것도 막 번쩍번쩍 세워두고 그래야 했던 것 아닐까요? 연구소 속에 들어가면 구석구석에 주식회사 염라대왕 상표 같은 게 다 붙어 있고 그래야 했을 것 같은데."

"그러네요."

"그건 정말 이상한데."

"정말 엄청나게 최첨단 기밀 기술 연구소라서 다 숨기려고 했던 것 아닐까요?"

"그래도 연구 내용을 숨기면 숨기지, 거기가 주식회사 염라대왕의 연구소라는 것 자체를 그렇게 숨길 이유가 있을까?"

그때 비서가 조종석 쪽을 확인해보았다.

"거의 다 도착한 것 같습니다. 원거리 전자파 감지 영상 만들어보겠습니다."

우리는 그때까지 주식회사 염라대왕의 시간여행 연구소 본부라고 생각했던 곳을 살펴보았다. 확실히 큰 건물이 있기는 있었다. 커다란 목성형 행성의 작은 위성에 기지가 제법 커다란 모습으로 설치되어 있었다. 그런데 이번에도 주식회사 염라대왕의 연구소라는 표시는 아무것도 보이지 않았다.

"통신 내용으로 분석해볼까요?"

"아무래도 좀 감이 이상한데."

"분석해보겠습니다. 분석합니다."

"이상한데."

"어, 저쪽에 주식회사 염라대왕 소속 우주비행사가 감지되긴 하는데요. 저 본부 쪽은 아니고."

"잠깐만, 멈춰봐. 멈춰봐. 분석하다가 저쪽에서 우리가 있는 거 눈치채면 어쩌려고. 저거 무장 우주선 아니야?"

"멈추라고 하시려면 진작에 말씀하셨어야죠. 이제 저쪽에서 우리가 여기 있는 줄 알 텐데."

그때 우주선이 번쩍하고 아주 환하게 빛나는 느낌이 들었다.

"이거 뭐야?"

"저쪽 우주선에서 공격하는데요!"

연구소 근처에 숨어 있던 이상한 우주선이 갑자기 우리 쪽을 광선 무기 종류로 공격하고 있는 것 같았다.

"도망가자. 도망가자. 도망가자!"

"어디로 도망가요?"

"그냥 도망가, 도망가. 사람 많은 데로. 은하수로, 태양계로, 지구로 도망가."

"공격용 광자를 계속 쏘고 있어서, 당장 초공간 도약을 못 하겠어요."

"그러면 그냥 통상 추진 엔진으로라도 어떻게든 해봐야지!"

이미영은 조종석 쪽으로 뛰어올랐다.

"꼭 붙잡아요."

그 말을 남기더니 이미영은 격렬히 우주선을 조종했다. 우주선으로 칵테일이라도 만들려는 것 같은 기세였다. 나는 진동과 어지러움을 감지하는 장치를 잠깐 끄고 있기로 했다.

이미영은 우주선을 움직여 행성의 수소 폭풍 속으로 숨어들었다. 우리를 공격한 우주선이 작심하고 따라오지 않는다면 당분간은 숨어 있을 수 있지 싶었다.

"저 자식은 왜 저러는 건데?"

"모르겠어요."

"주식회사 염라대왕 소속인 것 같다면서. 주식회사 염라대왕 소속 직원이 왜 우리를 공격하는 거냐고?"

"정말 모르겠네요."

이미영은 당황하고 있는데, 수소 폭풍의 격렬함 속에서 겨우겨우 자리에 붙어 있던 비서는 어떻게든 조금이라도 더 안전하게 버틸 방법을 찾다가 한 가지 통신문이 들어온 것을 감지했다.

"행성 내 통신망으로 비밀 구조 신호가 들어왔어요."

"구조 신호를 우리가 보내야 할 판인데, 무슨 구조 신호가 들어오고 있는 거지?"

"행성 속에 떠 있는 실험 기지가 하나 더 있는 것 같습니다."

김양식이 대화에 끼어들었다.

"사장님, 우리 저 실험 기지인지 뭔지로 일단 가야 합니다. 이런 폭풍 속에서 오래 버틸 수 있는 동력은 없거든요. 실험 기지에 도킹해서 동력을 더 공급받든지, 아니면 그 기지로 건너가서 머물든지 해야 합니다."

"구조해달라는 사람한테 우리가 구조되어야 한다는 그런 말이야?"

"원래 먹을 것 없을 때는 벼룩의 간이라도 빼 먹는다는 말도 있잖아요."

나는 전혀 어울리지 않는 속담이라고 생각했지만, 광선 공격을 받고 혼비백산해 있는 사람들은 그런 것에 연연하지 않고 이미 서로 뜻이 통한 듯싶었다. 김양식은 비서와 몇 마디 더 이야기하더니 수소 폭풍 속에 떠 있는 실험 기지의 위치를 찾아냈다.

다가가면서 보니, 새로 찾아낸 실험 기지는 블랙홀 주변에서 보았던 시간정거장과 아주 비슷해 보였다. 겉면에 'ㅅㄱㅇㅎ'이라는 말이 적혀 있었고, 원형 장비를 싣기 좋은 구조도 비슷해 보였다. 차이가 있다면 우주 공간에 떠 있는 것이 아니라, 수소 폭풍 속을 떠다니기 위한 구조라는 점이었다.

"도킹 허가받았습니다."

"착륙해서 저 기지 안으로 건너가도 된다는 거죠?"

"예."

"정말 그렇게 해도 될까?"

이미영이 말했다. 아무도 대답하는 사람은 없었다. 그렇지만 우주선이 접근하고 실험 기지와 연결되고, 서로 회로와 교류 장치가 부착되는 과정은 차근차근 진행되었다.

"문 열고 나가는 거예요."

"위험하지 않을까요?"

"별수 없잖아?"

"그렇긴 하죠."

"내가 그래도 사장이니까 맨 앞에 나갈게."

나는 내가 먼저 나서겠다고 했다.

"제가 그래도 로봇이니까 맨 앞에 서겠습니다."

곧 문이 열렸다. 나는 실험 기지 속으로 걸어 들어갔다.

기지 입구는 처음 보는 곳이었지만 익숙한 모양이었다. 값싸게 우주 곳곳에 건설하기 위해 개발된 화성 종합 건설에서 파는 가장 흔한 제품으로 조립된 재질이었다.

그렇지만 입구를 지나 기지의 생활 구역으로 들어서자마자 색다른 모습이 가득했다. 기지 내부 곳곳이 서기 900년 무렵의 중세 한반도 모습으로 치장되어 있었다. 그곳에서 두세 사람의 연구원이 나타나 우리를 맞이했다.

"구조하러 와주셔서 감사합니다. 수덕 만세!"

"수덕 만세!"

연구원들은 우리를 환영하면서 '수덕 만세'라는 알 수 없는 말로 인사했다. 뒤에서 이미영과 김양식이 작은 목소리로 중얼거리는 소리가 미세하게 들렸다.

"이 사람들 궁예파잖아."

5

　자신들을 '궁예 재단' 소속 사람들이라고 소개한 사람들은 우리를 홍보실로 데려갔다. 긴급 구조 신호를 보낼 만큼 위급한 형편이었는데도 일단은 먼저 홍보실에 들르게 한 것이다.

　"여기 출입하시는 외부인들은 아무리 급한 상황이라도 꼭 이것을 한 번은 보셔야 합니다."

　그리고 그 사람들은 후삼국 시대의 궁예가 얼마나 위대한 사람이었는지를 소개하는 입체영상 같은 것을 우리에게 보여주었다.

　"이 궁예파라는 사람들은 뭔데요?"

　"궁예파 사람들은 시간여행 엄청나게 좋아하는 사람들이에요."

　"시간여행을 왜 좋아하는데요?"

　"옛날에 후삼국 시대 역사 보면 후고구려의 궁예는 자기가 미래에서 온 깨달음을 얻은 사람이라고 했다잖아요. 이 사람들은 진짜로 그걸 믿어요."

　"그러니까 궁예가 진짜로 시간여행자라고 믿는 거예요?"

　"그뿐만 아니라, 궁예가 모든 사람에게 깨달음과 영원한 복을 줄 사람이라고 주장한 것도 다 사실이라고 믿어요."

　"어떻게 그럴 수가 있죠?"

　"미래가 되면 점점 더 발전이 빨라지고 그러다 보면 아주 아주 먼 미래에 언젠가는 시간여행 기술도 나오고 언젠가는 어마어마한 에너지와 힘을 아무것도 아니게 쓸 수 있는 시대도 올 거라는 그런 생각을 믿는 거지. 그래서 그런 미래에 그런 시대가 오면 그 사람들은 분명히 그런 힘이 없이 힘들게 살았던 과거의 사람들, 그러니까 요즘 우리 같은 사람들을 불쌍하게 여겨서 시간여행으로 찾아와서 도와줄 거라는 거지. 그게 궁예파들이 믿는 거예요."

"그러면 저도 도와주나요?"

"그렇지."

"막 아무렇게나 막살아도 언젠가는 시간여행 온 먼 미래의 후손들이 저를 도와줘서 영원히 행복하게 살게 해준다고요?"

"그런 거죠. 그 미래 사람들이라는 우리를 구해줄 사람들은 또 우리들의 삶의 방식은 존중해준다고 하거든요. 그래서 살아생전에는 우리 나름대로 살게 해준다고 해요. 그러다가 딱 우리가 죽을 때가 되면 그 순간 미래에서 시간여행을 온 우리 후손들이 나타나서, '과거의 힘든 시대에서 한 인생 사느라 고생했다, 이제 우리와 같이 미래로 가서 영원히 행복하게 살자!' 이런다는 거예요. 그게 후삼국 시대에 수많은 사람을 따르게 했던 궁예의 가르침이라는 거죠."

실제로 그 사람들이 틀어주는 홍보 영상에서는 그런 내용이 나오고 있었다. 김양식은 우는 소리로 중얼거리고 있었다. "어쩌자고 이런 맛이 간 사람들하고 또 엮였냐…" 그런 이야기를 하는 것 같았다.

홍보 영상을 다 보고 나니, 궁예 재단 사람들이 우리를 기지의 중심부 회의실로 이끌었다. 블랙홀 근처 우주정거장에서 보았던 강강술래 하는 기계와 닮은 것이 그곳에도 있었다. 다만 그곳에 있는 기계에는 안테나 내지는 바늘같이 생긴 것이 중앙으로 이리저리 뻗어 나온 모양이 많이 보였다.

"신형 시간여행 실험장치 같아 보이는데요?"

이미영이 아는 티를 내며 말했다. 말투는 공손했지만 들어보면 우리를 얕보지 말라는 투가 선명했다.

"역시 잘 아시네요. 주식회사 염라대왕의 장 과장이 저희를 저렇게 공격하는 것도 저희 시간여행 기술 수준이 너무나 발달했기 때문인 것 같습니다."

"저 밖에서 광선 무기 쏘는 사람이 장 과장이에요?"

"그렇습니다."

"그런데 시간여행 기술 수준이 발달했다고 왜 공격을 하는데요?"

이번에는 김양식이 물었다.

"아시겠지만 주식회사 염라대왕이 저희 궁예파 사람들을 엄청나게 싫어하거든요. 돈을 내고 가상현실 속에 들어가야지 죽은 후에 영원한 즐거움을 누릴 수 있다고 선전하는 것이 주식회사 염라대왕 사업의 핵심인데, 저희 궁예파의 원리에 따르면 누가 되었든지 간에 먼 미래의 엄청난 기술을 갖게 될 우리의 후손들이 시간여행으로 우리에게 나타나서 그냥 공짜로 결국은 다 때가 되면 낙원 같은 세상으로 데려간다는 것이니까요. 사실 저희 원리가 맞는 겁니다. 사람이 점점 발전하려면, 점점 선해질 수밖에 없고, 그렇게 해서 먼 미래에 사람이 온갖 기술을 다 개발할 정도로 발전하면 분명히 아주아주 선해져서 세상 모든 사람을 행복하게 해주려고 하고, 나중에는 시간여행을 와서 과거의 우리까지 모두 구해주려고 할 겁니다."

"네…."

"이렇게 주식회사 염라대왕의 선전보다는 저희 궁예파 이론이 훨씬 더 합리적이고 더 믿음직스러우니까. 그러니까 그 사람들은 저희를 정말 싫어하죠."

그 설명을 듣고 김양식은 아무 말을 하지 않았다. 그러자 이미영이 다시 대화에 참여했다.

"그래서 시간여행 기술을 개발하는 경쟁에서 패배하는 게 너무 싫어서 저렇게 쳐들어와서 아예 박살을 내려고 한다는 겁니까?"

"비슷한 거 같아요. 아마도 회사에서 너무 실적 압박이 심하다 보니까, 저 장 과장이라는 사람이 약간 맛이 가버린 것 아닐까요? 이대로 있다가는 나 죽겠다, 그러니 어차피 죽자 사자 된 거, 경쟁하는 궁예 재단에서 몇 사람만 처치해보자, 잘만 되면 한동안은 살길 열리겠지, 뭐 그런 생각을 품었을 수도 있을 거고요."

그때 김양식은 실험실에 있는 감지 장치의 숫자들을 보고 있었다. 곧 김양식이 말했다.

"지금은 우리가 수소 폭풍 속에 숨어 있어서 감지가 잘 안 되지만, 저 장 과장 쪽에서는 계속 통신 감시를 했거든요. 그걸 분석하면 분명히 얼마 안 돼서 우리가 여기 숨어 있는 걸 알아낼 거라고요. 그러면 이쪽에 또 광선 대포를 막 쏠 텐데. 광선 무기 방어 장치는 어떤 게 있어요?"

"아무것도 없습니다."

그 말을 듣자, 나는 차라리 우주선에서 내리지 말 걸 그랬나 하는 생각을 했다. 우주선에는 최소한의 방어 장치라도 있었는데.

김양식은 이어서 물었다.

"은하간 경찰성에는 신고했고요?"

"네, 신고했고. 이쪽으로 오고 있답니다. 조금만 더 버티면 오긴 할 텐데, 그 전에 장 과장에게 들키는 게 문제입니다. 혹시 장 과장과 맞서 싸울 무기라든가 그런 게 있으신가요?"

"없어요."

이미영의 대답에 이번에는 궁예 재단 사람들이 실망한 빛을 보였다. 그런데 이미영은 주변을 두리번거리다가 시간여행 실험장치 쪽을 보았다. 이미영이 말했다.

"저 실험장치를 개조해서 무기로 사용해보면 어때요? 미래에서 새로운 물질을 현재로 데려오려면, 그 물질을 만들어낼 수 있을 만한 에너지를 소모해야 하잖아요. 그러면 그만한 에너지를 다룰 수 있는 뭐가 있을 텐데, 그걸 폭탄처럼 이용해서 장 과장을 공격한다거나, 하다못해 터뜨려버리겠다고 위협이라도 못 하나요?"

"아, 저희 예전 버전 시간정거장 장치를 보셨나 보네요."

"예, 장 과장이 좀 전에 부수어놓은 시간정거장 장치에서 봤어요."

궁예 재단 사람은 대답하지 않았다. 대신에 컴퓨터를 잠깐 조작하더니, 자기 실험장치에 남아 있는 에너지를 보여주었다.

"저희 실험장치에는 무기로 쓸 만큼 그렇게 큰 에너지는 없는 것 같습니다."

"왜요? 실험장치가 작아요? 쳇가루 하나 정도가 아니라 그보다 훨씬 작은 미세 먼지 하나 정도밖에 미래에서 못 데려오는 장치예요?"

"아니요. 저희 새 버전 시간정거장 장치는 훨씬 큰 것도 미래에서 데려올 수 있습니다. 저희 장치는 초파리나 벼룩 한 마리를 통째로 데려올 수 있는 정도에 도전하고 있어요."

"그러면 더 큰 에너지를 다룰 수 있어야 될 거 아니에요? 초파리 한 마리 무게 정도의 물질을 에너지를 이용해서 만들어낼 정도라면 충분히 어지간한 폭탄 정도는 될 거 같은데요."

그 말을 듣고 궁예 재단 사람은 한숨을 쉬었다.

"저희 새 버전 시간정거장 장치는 작동 방식이 달라요. 아예 아무것도 없는 데서 에너지만을 이용해서 물질을 만들어내는 방식이 아니라, 주위에서 빨아들인 수소 같은 물질을 이용해서 그걸 조합하고 뭉쳐서 초파리든, 벼룩이든 만들어냅니다."

김양식이 물었다.

"그건 좀 이상한데요? 그러면 그건 미래에서 초파리를 데려온 것이 아니라, 그냥 주위에 있는 물질을 조합하고 뭉쳐서 초파리로 조립한 것뿐이지 않습니까?"

"그냥 조합하고 뭉친 게 아니라, 미래에서 업로드해준 미래의 초파리에 대한 정보를 전부 다 다운로드해서, 미래의 초파리 모양 그대로 초파리를 만드는 겁니다."

"그러니까, 미래의 초파리와 똑같은 모양의 초파리를 현재에 있는 물질을 조합해서 만든다는 거죠?"

"그렇죠. 그러니까 물질을 아예 새로 만들어내는 데 들어가는 그런 어마어마한 에너지는 필요가 없습니다."

그러자 이번에는 이미영이 물었다.

"그래도 역시 이상하죠. 그러면 미래의 초파리와 정말 비슷한 초파리가 생기긴 생기겠죠. 심지어 초파리에게 마음이 있다면 자기 스스로도 자기가 미래에서 온 초파리라고 믿고 있을 거고요. 그렇지만 그렇다고 해서 그 초파리가 정말로 미래에서 온 것은 아니잖아요. 재료로 된 물질들이 전부 현재의 물질인데."

"아니요. 그렇게 생각할 문제는 아닙니다. 어차피 미래가 되어도 재료 물질 자체가 바뀌는 것은 아니니까요."

"미래가 되면, 무슨 물질이든 그만큼 변질되고 낡고 오래된 것으로 바뀌고 그렇지 않을까요?"

"물론 커다란 쇳덩어리 같은 것을 보면 시간이 지나면 녹이 슬어 낡은 것처럼 보이겠죠. 그렇지만 사실은 그것은 철 원자에 공기 중의 산소 원자가 달라붙어서 산화철로 바뀐 현상이 일어난 것일 뿐입니다. 철 원자와 산소 원자가 서로 붙어 있는 방식만 바뀐 것이지 있던 철 원자가 어디로 가거나 없던 산소 원자가 갑자기 나타난 것이 아닙니다. 수소 원자핵인 양성자는 시간이 지나도 어디에 어떻게 붙어 있느냐 하는 점만 변할 뿐이지 항상 그대로 있습니다. 원래 있던 자리에서 다른 엉뚱한 데로 붙어버리면 그걸 보고 사람들이 '변질됐다' '낡았다'라고 말할 뿐이지요. 그러니 항상 변치 않을 재료를 미리 조합해서 미래의 모양대로 먼저 만들어두면, 그게 미래에서 온 것과 다를 게 없습니다. 안 그렇습니까?"

"그래도 뭔가 기분이 이상한데요."

"이상할 거 없습니다. 지금은 말짱한 쇳가루도 일주일이 지나면 녹슨 쇳가루가 되겠지요. 지금의 철 원자에 지금 공기 중에 있는 산소 원자가 일주일 후에 달라붙어서 산화철로 변하게 된단 말입니다. 그 일주일 후에 산화철이 어떤 모양으로 어떻게 생겼는지 그 정보를 미래에서 업로드해주면 우리는 그 정보를 다운로드 받습니다. 그래서 그 모양대로 철 원자를 산소 원자에 당장 붙이죠. 일주일 후의 미래와 정확히 같은 상태가 지금 당장 나타난 거니까, 미래의 녹슨 쇳가루를 지금 나타나게 한 겁니다."

"아무래도 납득이 안 가요. 어쨌거나 시간여행이라고는 하지만 물질 자체가 이동한 것은 아무것도 없고 미래의 녹슨 쇳가루 구조가 어떤지, 초파리는 어떤 입자들을 조합해야 만들어지는지, 벼룩 구조 정보가 뭔지 하는 그 정보만 수신받은 것 아닌가요? 그게 어떻게 다른 시간대로 물질을 보낸 것이 되나요? 정보는 보냈지만 물질을 보낸 것은 아니잖아요."

이때는 사실 잠시 후 스트레스 때문에 맛이 간 회사원이 쏜 대포를 맞을지 모르는 상황이었다. 하지만 그런 상황에서도 궁예 재단 사람은 자신의 지식을 뽐내는 것이 그렇게 기쁜지, 뭔가 심오한 것을 말할 테니 놀라면 좋겠다는 표정으로 이렇게 말했다.

"아! 정보가 곧 물질입니다."

김양식과 이미영의 얼굴에는 그 모습을 보고 바로 입맛을 버렸다는 표정이 짧게 스쳐 지나갔다.

양자역학의 몇 가지 계산하는 방법을 배운 대학생이, 혹은 알 듯 말 듯한 엔트로피 따지는 방법을 배운 뒤에 너무나 아는 척하고 싶어진 인간이, 자신은 아주 신비하고도 심오한 것을 배우고야 말았음을 사방에 드러내며 잘난 척하기 위해서 아무 재미도 없는 '공대생만 이해할 수 있는 농담' 따위를 외워와서 남들 앞에 읊으며 자기 혼자 싱긋 웃는 것을 볼 때 느낄 수 있을 만한, 그 짙은 부정적 감정. 바로 그런 감정을 두 사람의 얼굴에 아주 짧게 지나간 표정 속에서 나의 시각 감지 장치는 선명히 확인할 수 있었다.

곧 실험실 컴퓨터가 말하는 소리가 울려 퍼졌다.

"곧 통신 감지 상대가 통신 연결 성공점에 도달합니다."

그 말을 듣고 이미영이 김양식에게 물었다.

"저게 무슨 말이지?"

"장 과장이 이제 잠시 후면 우리를 찾아낸다는 거죠."

"어떡하지?"

"광선 무기로 한 발 갈기면 우리는 그냥 끝장일 텐데요."

"한번 잘 말을 해볼까? 어차피 지금 경찰성에서 전투함들이 오고 있다. 곧 잡힐 거다. 지금까지 사람은 아무도 안 다치게 한 거 같으니 괜히 일 크게 벌이지 말고, 그냥 곱게 있어라. 그러면 우리가 잘 말해줄게. 차라리 도망을 가든지. 이렇게 말하면 알아듣지 않을까요?"

"그러다가 괜히 자기가 더 궁지에 몰려 갈 곳이 없어졌다는 생각에 자포자기로 다 박살 내려고 하면 어떡해요."

"아니면 허풍을 쳐서 겁을 줘볼까? 이대로 멈추면 자비로운 궁예의 정신으로 다 용서해주겠지만, 만약 조금이라도 난동을 부리면 궁예 재단의 뛰어난 기술력으로 너를 붙잡아서 아무도 모르는 궁예 재단의 비밀 행성 깊숙한 지하감옥으로 데려가서 2천 년 동안 계속 20세기 후반에 나온 옛날 가수들 뮤직비디오만 보게 할 것이다. 뭐 이런 식으로?"

궁예 재단 사람은 "저희 재단에 그런 지하감옥은 없습니다."라고 말했지만, 이미영과 김양식은 전혀 신경 쓰는 것 같지 않았다.

그러는 사이에 장 과장의 우주선이 나타나는 낌새가 보였다.

"도망칩시다. 도망쳐요. 어서요. 선생님들께서 타고 오신 우주선으로 피하는 게 상책입니다."

궁예 재단 사람은 그 자리를 피하자고 졸랐다. 그러나 미영과 양식은 어차피 우주선으로 가도 빠져나가기란 쉽지 않다는 사실을 잘 알고 있었기에 머뭇거렸다.

곧이어 장 과장의 우주선이 모습을 드러냈다.

"피해야 합니다!"

그렇지만 어디로? 나는 속으로 그런 생각을 했다. 다들 겁만 먹고 어정쩡한 모습으로 있는데, 화면에 장 과장이 나타났다.

"장 과장이 통신을 보내옵니다."

그리고 화면에는 주말에 상사에게 끌려 강제로 산행을 갔다 온 뒤 월요일 아침에 참 재미있었다고 말하는 표정에 참 어울릴 만한 30대 후반에서 40대 초반 정도의 사람 한 명이 등장했다.

"자꾸 그러지 말고, 이제 돌려주세요."

흥분해 있었지만 목소리 자체는 "상무님, 다음번에는 태백산 쪽으로 한번 또 가시죠."라고 말할 때에 잘 어울릴 법했다. 그러나 이미영은 목소리보다는 내용을 이상하게 여겼다.

"돌려주기는 뭘 돌려달라는 거지요?"

"거기, 궁예 재단에서 제가 찾은 거 빼앗아 갔잖아요."

"무슨 말씀 하시는지 모르겠습니다만, 그런 다툼이면 말로 하시고, 만약에 말로 잘 안 되면 소송을 거셔서 법으로 해결하셔야 할 문제 아닙니까? 갑자기 광선 무기로 공격을 하시면 어쩌자는 겁니까?"

김양식도 끼어들었다. 장 과장이 다시 말했다.

"아니, 제가 처음부터 그랬냐고요. 먼저 험하게 덤빈 거는 궁예 재단 쪽에서 정말 위험하게 나왔잖아요. 초전도행성에서 저 패대기치고 물건 빼앗아 갔을 때, 정말 저 죽을 뻔했거든요?"

장 과장의 설명이 그 대목에 이르자, 궁예 재단 사람은 갑자기 확 억울하다는 표정을 지었다. 그 억울함의 감정은 곧 공포마저 능가한 것 같았다. 궁예 재단 사람이 화면에 달린 카메라 쪽으로 나서면서 말했다.

"무슨 말씀이세요? 애초에 초전도행성에서 물건을 먼저 발견한 것은 저희들이죠. 선생님께서는 한발 늦으셨던거고요."

"야, 이 사람들 환장하겠네. 어떻게 궁예 재단이 물건을 먼저 발견했다는 거예요. 제가 애초에 초전도행성에 먼저 도착을 했는데."

"장 과장님이 초전도행성에 먼저 도착하셨는지는 모르겠는데, 초전도행성에서 물건을 발견한 것은 저희 쪽이 먼저죠."

"먼저 발견했으면, 그러면 사람을 그렇게 차가운 행성에 막 내던져 버려도 돼요?"

"저희가 먼저 발견했던 것은 인정하시는 건가 보네요?"

"그렇다고 그런 건 아니죠."

두 사람들의 논쟁은 무의미하게 격해졌다. 한참 그 격한 것이 흥을 더한다고 할 때 즈음, 이미영이 다시 끼어들었다.

"잠깐만요. 그런데, 도대체 무슨 물건을 두고 먼저 발견했다, 저 사람들이 훔쳐 갔다, 그때 너무 험하게 대했으니 각오해라,

그러시는 겁니까? 도대체 뭘 두고 그러시는 거예요?"

"16년 뒤의 미래에서 시간여행 온 시간여행자요."

그 대답을 듣고 이미영은 김양식을 쳐다보았다. 눈치를 보니, 두 사람도 시간여행자를 찾아다녔던 것 같다.

"시간여행자요? 장 과장님이 정말 시간여행자를 찾았어요?"

"그렇다니까요."

"자기들의 시간여행 기술력을 과시하기 위해서 주식회사 염라대왕과 궁예 재단이 경쟁적으로 현상금을 걸었던, '미래에서 온 시간여행자를 데려오면 상금을 드립니다' 행사에서 승리할 수 있는 바로 그런 시간여행자를 찾으셨다는 거예요?"

"예."

이미영은 그 대답을 듣고 한숨을 쉬었다. 김양식이 이미영에게 말했다.

"보세요. 이런 일은 우리가 안 나서도 잘 아는 빼꼼이들이 있다고 했잖아요. 얼마나 경쟁이 치열한데, 도대체 어디 가서 우리가 시간여행자를 찾겠어요?"

"그래도 블랙홀 근처에 있는 시간정거장 찾아내는 것까지는 성공했잖아."

"그 정도는 운으로 어쩌다 보니 된 거죠. 애초에 우리가 회사를 처음 세운 목적하고도 아무 상관 없는 이런 일에 도대체 왜 손을 대서…."

김양식의 말은 주절거림으로 변했다. 이미영은 그 말을 무시하고 다시 장 과장 쪽을 보며 따졌다.

"도대체 시간여행자를 어디서 찾으셨는데요? 지금 시간여행자가 어디에 있다는 거예요?"

그 말을 듣자 장 과장은 좀 어리둥절한 표정이 되었다. 장 과장은 잠깐 상황을 몰라서 주춤거리다가 뒤늦게 대답했다.

"거기, 거기 있잖아요."

화면에 보이는 장 과장의 손가락은 바로 나를 가리키고 있었다.

6

그 옛날 김필기가 주식하다가 망한 후 빚쟁이들로부터 우주선을 타고 도망쳤을 때, 김필기는 자신이 만들었던 미래 주식 가격 예측 프로그램도 함께 갖고 도망치고 있었다. 김필기의 도망 생활이 어려워지던 중 그 프로그램을 담은 컴퓨터는 우주의 저편으로 분실되고 말았는데, 공교롭게도 그 컴퓨터가 초전도 행성으로 흘러들었다.

초전도 행성은 지금도 그렇지만 그때에도 반도체와 컴퓨터 회로들이 잡초와 나무처럼 무성하게 활발하게 자라날 수 있는 행성이었다. 그곳에 떨어진 주식 가격 예측 프로그램 컴퓨터는 주변의 생태계에 어울려 용케 자리를 잡았다.

주식하다 망한 사람이 쓰던 하잘것없던 프로그램이었을 뿐일지언정 커다란 반도체 컴퓨터 행성 생태계의 하나로 자리 잡은 그것은 점점 더 성장해나갈 수 있었다. 특히 얼마 후, 초전도 행성의 컴퓨터들이 872차 음악 축제를 열었을 때와 426차 향토 음식 축제를 성대하게 열었을 때, 그 준비 과정이 계기가 되어 그 프로그램은 대단히 뛰어난 수준으로 성장할 수 있었다. 그리고 그 후에도 꾸준히 성장하고 더 성장하며 시간이 흐른 끝에, 고작 엉터리 주식 가격 예측 프로그램이었던 것이 실제로 미래를 예측할 수 있는 프로그램으로 발달하기에 이르렀다.

장 과장의 설명에 따르면 그 무렵, 주식회사 염라대왕의 시간여행 개발팀에서는 연구 방향이 미래의 정보만을 과거로 보내는 쪽으로 옮아간 상태였다고 한다.

"어차피 시간여행자를 과거로 보내는 데에도 정보를 보내는 것이 가장 중요하잖아요. 그러니까 굳이 엄청난 에너지를 들여서 뭔가 물질을 미래에서 과거로 거슬러 보내려고 하는 것은 포기하고 정보만을 미래에서 과거로 보내는 데에 집중한 거예요."

"그러니까 어제의 나 자신에게 전화를 걸 수 있는 전화기 같은 것을 만들려고 했다는 겁니까?"

"비슷하죠."

"정말로 그런 게 가능한가요?"

"거의 근접했죠. 아주 느린 속도지만 옛날 19세기 조선시대 말 사람들이 모스 부호로 전신 보내던 시절 비슷한 느낌으로 과거로 문자메시지를 보낸다거나 하는 것을 할 수 있었어요."

그러나 궁예 재단 사람은 그 말을 부정했다.

"주식회사 염라대왕의 기술은 절대 그런 수준까지 도달 못했습니다. 사실 정보를 과거로 보내는 데 초점을 맞춘 연구 방식은 저희 궁예 재단 쪽에서 먼저 시작한 거죠. 그런 저희도 그 수준에는 도달하기 어려웠는데요."

상대방이 광선 대포를 겨누고 있는 상황인데도 고작 그 정도를 따지고 들고 싶었을까? 이미영은 궁예 재단 사람들을 이해할 수 없었다. 실제로 양쪽의 대화가 험악해질 뻔도 했다. 그렇지만 이미영과 김양식이 사이에서 잘 말리려고 든 덕택에 그다음 이야기가 간신히 이어질 수 있었다.

장 과장이 말했다.

"그런데 과거에서 미래로 정보를 전해준다는 거랑, 과거에서 미래를 정확하게 예측한다는 거랑, 사실 결과적으로 보면 똑같은 거거든요."

"그게 무슨 이야기지요?"

"내일 시점에서 날씨를 겪어보니까, 비가 왔다고 해봐요. 그래서 과거인 오늘에 연락을 해서 '내일 비가 2밀리미터 온다'라고 알려줬다고 치죠. 그러면 컴퓨터에 '내일 비 2밀리미터'라는 결론이 들어가 있겠죠."

"그게 지금 시간여행 연구하면서 도전하고 계신 거라고 하신 거고. 어제로 전화를 걸 수 있는 전화기."

"그런데 오늘 시점에서 내일 날씨를 예측해보니까 비가 2밀리미터 올 거로 아주 확실히 완벽히 예상된다고 쳐보죠.

그래서 컴퓨터에 '내일 비 2밀리미터'라고 결론을 입력해 넣어요. 그러면 그것도 같은 내용이 컴퓨터에 들어가 있는 거예요."

그 말을 듣고 김양식은 입을 이상한 모양으로 벌렸다.

"그거하고 그거하고 다르지 않아요? 하나는 정보가 정말로 미래에서 과거로 온 거고, 하나는 과거 시점에서 미래를 예측한 것뿐인데."

"그런데 어쨌거나 결론적으로 '내일 비 2밀리미터'라는 결과가 저장되어 있는 것은 같죠. 어느 쪽 경로로 왔든지 간에 컴퓨터에 2밀리미터라는 숫자가 나오고 있는 것은 똑같습니다. 미래에서 받아 온 통신이라고 해서 2자가 더 예쁘게 생겼고, 과거에서 예측한 결과라고 해서 2가 더 낡아 보이고 그런 차이가 있는 것은 아니잖아요. 결과로 나온 정보는 구분되는 게 아니니까."

그때 다시 궁예 재단 사람들이 끼어들었다.

"그래서 저희 연구팀은 미래를 정말로 완벽하게 예측할 방법이 있다면, 그것이 미래에서 과거로 시간여행을 하는 것과 사실상 동일하다는 결론을 내렸습니다. 예를 들어서 어떤 로봇을 만든 다음에 그 로봇의 머릿속에 자신이 16년 후의 미래에서 온 로봇이라는 기억을 주입해주고, 그 기억 속 16년 후의 미래 모습은 완벽하게 예측한 미래의 모습으로 꾸며 넣어준다면, 이 로봇은 정말로 16년 후의 미래에서 온 로봇과 다를 바 없을 겁니다. 로봇은 16년 후의 미래 모습을 기억 속에 담고 있고 스스로도 자신이 16년 후의 미래에서 시간여행으로 과거에 왔다고 믿을 것이고, 정말 미래에서 온 로봇처럼 행동할 겁니다. 그리고 예측이 완벽하다면, 로봇이 미래에 일어날 거라고 하는 일들이 정말로 일어나야 할 일들이겠죠. 완벽하게 예측된 미래니까요. 이것이 바로 시간여행을 가능하게 할 수 있는 현실적인 방법입니다. 미래를 완벽하게 예측해서, 그 미래를 실제로 살아온 기억을 갖고 있는 로봇을 만들고 그 로봇을 지금 깨워내면, 그 로봇은 미래에서 현재로 시간여행 온 로봇과 똑같이 행동할 것이고, 실제로 미래에서 현재로 시간여행 온 로봇과 다를 바 없을 겁니다. 이것이 저희 궁예 재단이 찾아낸, 모순 없는 시간여행의 유일한 방법입니다."

궁예 재단 사람은 끼어들 틈 없이 빠르게 이야기하려 했다. 하지만 장 과장은 기어코 끼어들었다.

"뭔 소리를 하는 거예요. 그런 결론을 내린 것은 저희 주식회사 염라대왕 연구팀이 더 먼저였다니까요. 그리고 그 내용은 이론적으로는 이미 정보예측의 K한계 이론에서 결론으로 나와서 잘 알려져 있는 거예요. 정보예측의 K한계 이론, 다 알잖아요? '양자 한계 이상으로 미래의 정보를 예측하는 것이 가능해지면 그것은 시간여행과 동등하며 광속 이상의 속도를 가정하는 것과 동등하다.' 이런 건 다 알잖아요."

장 과장의 목소리를 들으며 이미영이 중얼거렸다.

"그런 중에 초전도 행성에 미래를 완벽하게 예측할 수 있는 컴퓨터가 있다는 소식을 듣고 그걸 찾아내면 그게 시간여행과 똑같다고 생각하게 된 거네요."

장 과장이 이어서 말했다.

"초전도 행성에 미래 예측 수준이 한계 이상인 컴퓨터 프로그램이 있다는 것을 발견하고 그걸 붙잡으러 간 것은 저희 주식회사 염라대왕 연구팀이 확실히 먼저입니다."

"그런지 어떤지는 불확실하지만, 정말로 초전도 행성에서 그 컴퓨터를 붙잡아서 실제로 로봇에 장착시키고 16년 후의 미래를 예상한 뒤에 16년 뒤의 미래에서 온 로봇이라고 생각하도록 기억시킨 것은 확실히 저희 궁예 재단 쪽입니다."

"그렇지만 그건 가로챈 거잖아요."

어째 장 과장의 광선 대포가 점점 달아오르는 것처럼 보이기에 이미영은 다시 둘을 말리고 싶었다. 그렇지만 궁예 재단 사람들을 말리기에는 이미 흥분의 정도가 예측 한계를 벗어나 있는 듯 보였다.

"가로챈 게 아니라 저희가 초전도 행성에서 먼저 발견하고 먼저 입수한 겁니다."

"무슨 소리예요? 그러면 왜 도망갔는데요?"

"광선 무기를 들고 쫓아오니까 위험해서 피한 거죠."

"초전도 행성에서 위험하게 위협하고 궁예 재단 쪽에서 먼저 위험하게 가로챘으니까 저도 가만있을 수는 없어서 그런 거예요."

"저희는 어디까지나 방어를 위해서 그렇게 행동한 겁니다."

"그렇게 당당하시면 M87 은하계 블랙홀에 있는 시간정거장은 왜 자폭시키신 건데요?"

장 과장의 그 말을 듣고 이미영과 김양식은 빠르게 대화를 자기들끼리 주고받았다. "애초에 그게 자폭시킨 거였어?" "그랬나 봐요." 궁예 재단 사람의 대답이 이어졌다.

"이 우주 전체 모든 생명체의 미래와 저희의 고귀한 이상이 담긴 것일지도 모르는 소중하고 소중한 시간여행의 증거를 이상한 다른 회사에 빼앗기면 절대 안 되니까 그런 겁니다."

그 말을 듣고 나니 나는 이제 도대체 내가 왜 기억을 잃었는지 알 수 있었다. 내가 말했다.

"아, 그래서 저를 빼앗길 것 같으시니까 다른 것보다 제 기억을 제일 먼저 없애신 거군요. 16년 후의 미래를 담고 있으면서 미래에서 과거로 시간여행 온 로봇이라고 믿고 있는 제 기억이야말로 시간여행의 본체고, 증거고, 시간여행 그 자체니까. 그걸 빼앗기기 싫었을 겁니다! 그래서 다른 모든 자폭 장치를 가동하기 전에 제일 먼저 최우선 순위로 제 기억부터 없애신 거구나. 이제 말이 되네요. 폭발 사고가 났는데 공교롭게 딱 기억 상실만 일어났다는 게 너무 이상했는데, 사실은 일부러 기억을 지우려고 애초에 계획하셨던 거네요."

그러나 그 말 속에서 무엇인가 즐거움이나 깨달음의 기쁨을 느끼는 사람은 나 한 명밖에 없는 듯 보였다.

장 과장은 이제 정말로 광선 무기를 예열하고 있었다.

"이제 상황 다 아셨을 줄로 압니다. 거기 이미영 사장님도 분위기 돌아가는 것 아셨으면, 그대로 도망치시든지 아니면 저희 쪽을 도와주세요. 당장 그 로봇이랑 자료 다 내어놓지 않으면 무슨 일이 벌어질지 모릅니다."

궁예 재단 사람은 우리 쪽을 보았다.

"저렇게 사람한테 대포 겨누면서 협박하는 것이 제대로 된 일로 보입니까? 장 과장 쪽 편을 들면 결국 악당을 돕는 길밖에 안 됩니다. 경찰성에서 전함들이 오면, 결국 누가 잡혀가겠습니까? 장 과장도 결국은 후회하게 될 겁니다."

미영과 양식, 그리고 나는 뭐든 한마디씩 말하려고 하는 참이었다. 그런데 그 전에 장 과장이 먼저 말했다.

"그렇다고 당신네들 그냥 보고만 있다가 연구한 것 다 훔쳐 가게 하면 어떻게 되는지 아세요? 그렇게 되면, 나도 망하고, 우리 회사도 결국 다 망할지도 모르는데? 다, 전부 다 끝장이에요."

양쪽이 서로 다투며 겨루고 있는 모양이 도무지 어떻게 풀릴 기미가 없어 보였다. 그런데 잠시 생각에 빠져 있는 모습이던 이미영이 화면 카메라 앞에 나섰다.

"제 생각에 지금 방법은 하나밖에 없는 것 같습니다. 미래에서 온 로봇…."

"미래에서 왔다고 생각하고 있는 로봇이죠."

"하여튼 미래에서 온 로봇의 기억을 지웠다고는 하지만, 일부러 비상탈출시켰던 것을 보면 그 삭제한 기억을 복구할 수 있는 방법을 갖고 있을 것 같습니다. 그러니 로봇 선생님의 기억을 복구시켜서, 실제로 미래가 어떻게 되는지 알려달라고 해봅시다. 그리고 그 말을 들어보고 미래를 알아본 뒤에 판단하면 어떻겠습니까? 그걸 들어보면 우리가 지금 어떤 판단을 내려야 하는지 훨씬 더 잘 알 수 있지 않겠습니까?"

그로부터 15분 후, 장 과장은 물러섰고, 궁예 재단에서는 경찰성에 별일이 아니라고 설명했다.

만약 물러서지 않고 그대로 대치한다면, 잠시 후 궁예 재단이 장 과장의 광선 공격에 박살이 나고, 장 과장은 경찰성 기동타격 전함에 파괴될 것이며, 그러면서도 궁예 재단이 몰래 숨겨놓은 복제본 자료 때문에 궁예 재단이 시간여행 기술에서 더 앞서가고 있다는 발표를 하는 데 성공할 것이다. 나는 그렇게 미래를 말해주었다. 양쪽 모두 그것은 바라지 않았기 때문에, 양쪽의 대결은 끝이 난 것이다.

7

나는 지금 다시 미영과 양식 일행의 우주선을 타고 있는 상태다.

내 기억에 대한 권리가 주식회사 염라대왕과 궁예 재단 둘 중에 어느 쪽에 가는 것이 옳은지는 재판으로 결정하게 되었다. 나는 그 재판이 끝날 때까지 가니메데 분쟁 정보 보관소에 기억을 보관해야 된다는 명령을 받았다. 그 때문에 우리는 태양계의 가니메데 위성으로 가는 길이다.

오래간만에 고요한 우주를 평화롭게 항해하는 것이 그저 아늑하기만 한 느낌이었다. 그 여유로운 와중에 문득 비서가 나에게 물었다.

"그런데 로봇 선생님이 알고 계신 미래는 둘이 싸우다 둘 다 박살 나는 미래였잖아요. 사실 처음에 궁예 재단 지도부 쪽에서 목숨 걸고 계속 버티라고 지시했던 것도 그렇게 되면 자기들에게 결국 유리할 것 같아서 그렇게 했던 거였고. 그런데 그게 미래라면 어찌 되었든 결국 둘이 싸우다 둘 다 박살 나야 하는 것 아니에요?"

"제가 미래에서 과거로 온 순간, 이미 과거가 바뀌기 시작하고 그러면 미래도 바뀌게 되겠죠. 그러므로 제가 왔던 미래와는 다른 미래가 펼쳐질 겁니다."

비서는 그렇구나 하듯이 고개를 끄덕거리는 듯싶었다. 그러나 곧 다시 궁금한 표정이 되었다.

"잠깐만요. 그런데 로봇 선생님은 정말로 미래에서 몸체가 그대로 오신 게 아니라 미래를 정확히 예측하는 능력으로 그에 맞춰서 미래에서 오신 것 같은 기억을 예상해서 꾸며서 갖고 계신 거잖아요."

"그렇습니다."

"그런데 미래에서 오신 사람이 현재에 오게 되면 미래가 바뀌기 때문에 그 미래의 예상대로 되지는 않는다는 거고?"

"그렇습니다."

비서는 잠시 말을 멈추었다. 그리고 다시 말했다.

"그러면 미래를 정확하게 예측할 수 있다는 것이 맞는 이야기인가요? 그리고 그렇기 때문에 그게 시간여행과 다를 바 없다는 거는 맞는 이야기인가요?"

나는 그 문제에 기대하는 바대로 대답하지는 못했다. 16년 후의 미래에서 제조된 것으로 되어 있는 나의 기억에 따르면 내 나이는 마이너스 16세인 셈인데, 마이너스 16년 평생을 사는 동안에도 쉽게 풀어 대답할 정도로 결론을 내리지 못한 문제였다. 대신에 나는 이렇게 대답했다.

"그렇지만 앞뒤 아귀는 들어맞지 않습니까?"

비서는 무엇인가 나에게 더 물어보려고 했다.

이 정도면 긴 우주여행 시간 동안 지루함을 달래줄 이야깃거리는 되어줄 듯싶다.

— 2019년, 역삼동에서

작가의 말

　인생을 살다 보면, 오늘은 왜 이렇게 뭔가 일이 잘 안 풀리는 거지, 싶은 날이 있지 않은가? 참고로 나는 거의 매일이 그렇다. 일상생활의 작은 일들이 뜻대로 되지 않고, 동시에 한번 걱정도 한 적 없어 아무 문제도 되지 않을 거라고 생각한 일이 어긋나서 골칫거리가 된다. 그러면서 마음속 한편에 갖고 있던 큰 근심이 해결되는 것도 아니고, 언젠가 꾸준히 노력하면 잘 될지도 모른다고 품고 있던 꿈에 다가가고 있는 느낌도 아니다. 그런 날들이 계속 이어진다는 이야기다.

　예를 들어 설명하자면 이런 거다. 아침에 면도를 하다가 베여서 턱에 상처가 났는데, 그러고 나서 출근길 버스를 타려고 카드를 대었더니 카드가 잘 인식이 되지 않아 갑자기 천 원짜리 현금을 구하려고 부산을 떨게 된다. 뛰어다니다 보니

문득 어깻죽지가 아파 오는 것이 느껴지고, 나는 어깨뼈가 좋지 않아 언젠가 큰 수술을 하게 될지도 모른다는 생각이 들고 그러면 몸에 큰 문제가 생길 거라는 걱정이 휘몰아친다. 그런데 그런 날이라고 해서 내가 최근에 낸 소설책이 잘 팔린다는 소식이 들려오는 것도 아니다.

몇 년 전에는 상황이 더 좋았냐 하면, 그런 것도 아니다. 예를 들어 2012년쯤에는 더욱 사정이 안 좋았다. 그러고 보니, 2012년이면 벌써 거의 10년 전이라는 생각이 드는데 시간이 이렇게 빨리 지나갔다는 생각도 답답한 느낌을 더 묵직하게 만든다.

2012년 무렵, 나는 거의 아무도 찾아주지 않는 작가였다. 그런 사람을 작가라고 할 수 있을까? 보통 신춘문예 같은 행사에서 당선이 되거나 무슨 공모전에서 입상하여 상금을 받으면 등단을 하는 데 성공했다고 하여 그 이후로는 계속 작가라고 불러주곤 한다. 그런데 나는 그런 적도 없었다. 내가 기성 문단의 질서를 거부했기 때문에 원고를 투고하지 않았다고 하면 나름대로 멋이라도 있을 것 같은데 그런 것도 아니었다. 나는 공모전이나 신춘문예에 열심히 응모했지만 떨어졌다. 다 떨어졌다. 그런 공모전의 심사평을 읽어보면 "누구누구의 소설도 좋았고 충분히 가능성이 있어 보였지만 아쉽게도 이러저러해서 당선작으로는 다른 소설을 뽑았다" 같은 언급이 나오는 경우가 있는데 나는 그런 평에 언급되어 본 적도 없다. 그냥 전망이 없는 작가였다.

그나마 어찌어찌 가끔 여러 작가의 단편 소설들을 묶어서 책을 낸다는 기획이 있으면, 가끔 그런 기획에 끼어 10명의 작가가 단편 한 편씩을 서서 내는 책에 한 토막으로 참여하는 정도가 작가로 활동하며 돈을 버는 거의 유일한 사례였다. 그나마 2012년 무렵에는 그런 일조차 거진 끊어졌다. 나는 너무 답답해서, 자선 단체 같은 곳에서 내는 책자에 "재능기부로 글을 써주실 분을 찾습니다"라는 공고들을 찾아서 공짜로라도 좋으니 내 글을 실어주면 좋겠다고 연락했다. 그러나 그런 곳에서도 나에게 회신을 주는 곳은 한 군데도 없었다. 뭔가가 무척 쓸모가 없다고 할 때 쓰는 한국어 표현 중에 "거저 줘도 안 가진다"라는 말이 있는데, 바로 그것이 그 무렵 내 신세였다.

얼마나 절필을 하고 싶었겠는가?

그때에도 세상에 SNS라는 것은 있었다. 나는 SNS에 "재능이란 무엇일까. 나는 재능이 없는 것을 깨달았다. 한국 문단의 높은 벽과 예술로 살기 어려운 자본주의 사회의 차가움이 내 의지의 숨통을 갑갑하게 잠식한다. 어쩌고저쩌고…" 하는 글을 써 올리면서 "이제 저는 더 이상은 소설을 쓰지 않기로 결심했습니다."라고 끝을 맺고 싶다는 생각을 했다. 그런 생각을 여러 번 했다. 그러면, 인터넷에서 친한 사람들 서너 명 정도는 "아, 곽재식님 글 그래도 재미있었는데. 절필하지 마시죠." 뭐 이런 글을 올리지 않을까, 그러면 위로가 될까, 어떤 기분일까, 뭐 그런 상상을 하기도 했던 것 같다.

지금껏 작가로 살면서 가장 잘했다고 생각하는 일은 그때 그런 절필 선언을 올리지 않은 것이다.

나는 지금도 누가 나에게 작가로 사는 삶이나 글쓰기에 대해서 물어보면, 그때 내 경험담을 이야기한다. "절필한다"고 괜히 SNS 같은 곳에서 거창하게 말할 필요는 없다. 글을 쓰기 싫으면 그냥 슬며시 안 쓰면 된다. 그리고 그렇게 글 쓰는 것을 멈추었다가도, 만약 자기가 정말로 글쓰기를 좋아하는 사람이면 어느 날 갑자기 다시 글을 쓰고 싶어질 때가 올 것이다. 그러면 그때 다시 아무 일 없었다는 듯이 또 글을 쓰면 된다. 어느 날 글 쓰고 싶다는 의지가 갑자기 자발적으로 생기는 그런 좋은 순간이 온다면 그 순간을 놓치지 않고 살려야 한다. 그런데 만약 쓸데없이 괜히 몇 마디 동정이나 위로를 받고 싶어서 "절필합니다" 같은 글을 그에 앞서 여기저기 올리고 다녔다면, 좋은 때를 만나도 다시 글쓰기 민망해진다. 그러면 글쓰기가 곧 귀찮아지고 싫어진다. 소중한 의욕은 흩어진다.

나는 그럴지도 모르겠다고 생각했다. 절필한다고 했다가 혹시라도 먼 미래에 또 소설 쓰고 싶어지면 어쩌나 싶었다. 그래서 나는 만약을 대비해서 겉으로는 말을 안 하고, 대신 그냥 슬며시 소설을 더 이상 안 쓰고 살아보려고 했다.

그런데 그러고 불과 며칠이 지나자 그래도 소설을 쓰는 게 더 재미있고 보람차겠다는 생각이 들었다. 그런데 보는 사람도 없고 돈도 안 되는 소설을 써서 어쩐단 말인가? 그래서 나는 그냥 생각나는 이야기를 생각나는 그대로 거침없이 바로 소설로 확 써서 부담 없이, 누구나 볼 수 있는 〈환상문학 웹진 거울〉의 단편란에 올려 보자고 결론을 내렸다. 그런 사연으로 2012년 7월 처음 올리기 시작한 것이 이미영 사장과 김양식 이사라는 사람이 우주를 돌아다니며 이런저런 돈 되는 일을 하려고 한다는 소설 시리즈였다. 그러니까, 이 소설 시리즈는 소설 쓰기 싫었을 때, 그래도 뭐라도 써야 되지 않겠냐는 생각에 헤매다가, 그러니 뭐든 써보자는 생각으로 시작된 이야기다.

이때만 해도, 한국 SF는 뭐가 문제다, 한국 SF는 이렇게 가야 한다, 무슨 SF가 진정한 SF다 등등의 말을 길게 늘어놓는 사람들이 좀 많았다. 한국 SF는 하드 SF가 없다거나, 한국 SF는 대중적으로 다가가는 소프트함이 부족하다거나, 한국 SF는 아이디어만 던질 뿐 문학적인 치장이 없다거나, 한국 SF에는 과학적인 통찰력이 없다거나, 한국 SF에는 S는 있지만 F는 없다거나, 한국 SF에는 S는 없고 F만 있다거나, 한국 SF에는 한국이 없다거나, 한국 SF는 너무 한국적이기만 하다거나, 별의별 이야기들이 다 있었던 것이 생각난다. 나름대로 다 뼈가 되고 살이 되는 이야기였겠지만, 나는 그냥 그런 것 저런 것 다 무시하고 가끔 정말 소설 쓰기 싫을 때는, 생각나는 대로 확 쓰고 싶은 대로 쓰고 마는 SF를 써볼 수도 있지 않겠냐고 생각했다.

그래서 유독 미영과 양식 이야기 시리즈에는 황당한 내용이 많고, 내용이 흘러가는 방향도 종잡을 수 없는 것들이 적지 않은 편이다.

처음부터 계획 없이 쓰는 이야기였기 때문이다. 소설의 질도 들쭉날쭉하다. 내가 봐도 한심해 보이는 소설도 여러 편이다. 전체적으로 무슨 거대한 구상이 있는 시리즈도 아니다. 예를 들어, 두 번째 편이나, 세 번째 편쯤 되어서 공개하려고 했던, "두 사람이 사업을 처음 시작할 때 세웠던 목적"이라는 소재는 거의 10년이 지난 지금도 아직 공개하지 못하고 있다.

그렇지만 한 가지 확실한 것은 그 소설들을 쓰면서, 나는 계속 소설 쓰는 것을 이어나갈 수 있었다는 점이다.

나는 책도 별로 안 팔리는 작가이고 여태껏 무슨 대단한 평가를 보는 작가도 아니지만, 그래도 나는 작가인데, 왜냐면, 나는 꾸준히 글을 쓰고 있기 때문이다. 그렇게 글이 안 팔리고 글을 잘 못 쓰는 작가 인생의 늪지대를 헤치고 나아갈 때, 내가 던져서 어디인가 걸리면 그래도 붙잡고 한 발씩 나갈 수 있던 밧줄 같았던 소설들이 바로 미영과 양식이 나오는 이야기들이다.

이 책에 실려 있는 소설들은 그중에서도 읽을 만하고 괜찮아 보이는 것들을 골라 엮은 것이다. 나는 이 책의 이야기 속에서 당장 회사가 망할 것 같아서 겁에 질리고 힘이 빠지면서도, 그래도 어떻게든 버텨보려고 우주 끝까지 날아가는 두 사람의 모습을 묘사했다. 그러다 보면, 두 사람은 신비로운 행성을 구경하며 놀라운 모험을 하게 될 때도 있고, 가끔의 삶의 의미와 보람에 대해 돌아보는 짧은 순간을 갖기도 한다.

왜 이렇게 일이 안 풀리나 싶은 날, 숨을 한번 돌리기에는 그런 이야기도 괜찮지 않나 싶다. 짧게 써서 얼른 끝내야지 하고 쓴 작가의 말이 괜히 구구하게 길어졌는데, 이런 사연이 있는 이야기를 그런 느낌으로 쓴 글이라고 생각하며 다시 이 책의 소설들을 돌아본다면, 또 색다른 재미가 있을지도 모르겠다.

— 2021년, 교보문고 앞 햄버거 가게에서

초판 1쇄 발행   2021년 7월 15일

지은이   곽재식
펴낸이   박은주
편집장   최재천
기획   김아린
편집   최지혜
일러스트   이로우
디자인   김선예, 서예린
마케팅   박동준

발행처   (주)아작
등록   2015년 9월 9일(제2021-000132호)
주소   04050 서울특별시 마포구 양화로 156
                 LG팰리스빌딩 1428호
전화   02.324.3945-6   **팩스** 02.324.3947
이메일   decomma@gmail.com
홈페이지   www.arzak.co.kr

ISBN   979-11-6668-615-3 03810